Carmen Hübner
Frühmord

Zu diesem Buch:

Wen interessiert es, dass sie keine Ahnung von Detektivarbeit haben? Camillas Freundinnen Liz und Tessa jedenfalls nicht. Die beiden sind fest entschlossen, den Mord an einer Bekannten aufzuklären und die Unschuld des Witwers zu beweisen. Dass der gar nicht verdächtig ist, erfährt Camilla einige Zeit später von Fabian Schmetz, dem ermittelnden Kommissar. Der beeindruckt die junge Frau immer mehr, nicht nur, weil er einen verbalen Schlagabtausch mit Tessa gewinnt, sondern auch, weil er in Camilla etwas sieht, das ihr Verlobter Daniel nicht sehen möchte.

Über die Autorin:

Carmen Hübner wurde 1975 Aachen geboren. Neben ihrer Arbeit als Sozialarbeiterin begann sie mit dem Schreiben von Kurzgeschichten, von denen einige bereits veröffentlicht wurden. Trotz einiger Stippvisiten in andere Städte blieb sie Aachen treu, wo sie auch heute noch zusammen mit zwei Katzen lebt.
Weitere Informationeen zur Autorin und ihren Werken finden Sie im Internet: https://carmenhuebner.jimdofree.com

Carmen Hübner

Frühmord

Ein Krimi aus der Kaiserstadt

Der erste Fall für Camilla und ihre Freundinnen

Cover: ©Farbenmelodie
www.farbenmelodie.jimdo.com
Unter Verwendung von Stockdaten:
grop / bigstockphoto.com
freepik / freepik.com

Buchsatz: Carmen Hübner
gesetzt aus der EB Garamond
mit *SPBuchsatz*

Herstellung und Verlag: BoD – Books on Demand, Norderstedt
ISBN: 9783739218137

Für Fee und Giacomo

Kapitel 1

Max Raabe drang in mein Unterbewusstsein.

Kein Schwein ruft mich an, keine Sau interessiert sich für mich ...

Langsam öffnete ich die Augen.

So lange ich hier wohn' ...

Sechs Uhr früh.

... ist es fast wie Hohn ...

Ich zog mir das Kissen über die Ohren.

... schweigt das Telefon.

Meins nicht.

Schlaftrunken griff ich nach links und erwischte etwas Weiches, Seidiges. Es folgte ein empörtes Miauen.

»Ach Tristan«, flüsterte ich und schob meinen grauen Angorakater zur Seite, wobei ich seine lautstarken Proteste ignorierte.

»Hallo?«, nuschelte ich schlaftrunken in mein Telefon.

»Machst du endlich mal die Tür auf?« Das war Tessa, eine meiner besten Freundinnen.

»Es ist sechs Uhr früh«, beschwerte ich mich.

»Liz braucht Hilfe.«

Seufzend schlug ich die Decke zurück, stieg die schmale Wendeltreppe zum Wohnzimmer runter und öffnete die Tür.

Liz, ebenfalls beste Freundin, fiel mir weinend in die Arme.

Automatisch strich ich über ihre blonden Haare, um sie zu trösten.

Tessa ging mit einer Tüte in die Küche. Der Duft von frischen Brötchen zog an mir vorbei, war um diese Zeit aber nicht so verführerisch, wie es eine Tasse Kaffee gewesen wäre.

»Was ist denn los?«, wollte ich endlich wissen.

»Ramona ist tot.«

Liz schluchzte laut. Die dunklen Ränder unter ihren Augen verrieten, dass sie nicht geschlafen hatte.

»Aha.«

Tessa rumorte in der Küche. Kurz darauf erschien sie in der Tür und hielt zwei Tassen Kaffee in der Hand, die sie Liz und mir reichte.

Während das Koffein sich einen Weg in mein Gehirn bahnte, hielt Liz mir die Zeitung hin.

»Böses Erwachen«, las ich. »Gestern in den frühen Morgenstunden wurde Ramona K. (34) erschossen in ihrem Schlafzimmer aufgefunden.« Ich sah meine Freundin ratlos an. »Ja und?«

»Ramona war unsere Freundin«, sagte Liz.

»Ach ja?«

»Jetzt kommt frühstücken«, rief Tessa aus der Küche.

Wir setzten uns an den runden Tisch, der leider nicht fürstlich gedeckt war.

Tessa deutete auf einige Verpackungen.

»Marmelade und Käse, mehr gibt der Kühlschrank nicht her. Wie kann das sein, wo du doch immer am Essen bist?«

»Für mich hätte es gereicht«, nuschelte ich, stand auf,

öffnete den Schrank über der Spüle und holte Butter, ein Glas Nutella und einen Rest Honig raus.

»Und jetzt erklärt mir endlich, was das alles soll. Mord ist schrecklich, aber auch in Aachen kommt sowas gelegentlich vor.« Ich wandte mich an Liz. »Also warum bist du so erschüttert?«

»Warum lässt dich dieses grausige Verbrechen völlig kalt?«

»Ich habe es mir abgewöhnt, bei jedem Toten dieses Landes in Tränen auszubrechen.«

»Aber Ramona Sommer ist nicht irgendeine Tote,« rief Liz schluchzend.

Eine Erinnerung bahnte sich ihren Weg durch's Gehirn in mein Bewusstsein.

»Unsere Klassenkameradin vom Gymnasium?«

Liz nickte.

Jetzt war ich erschüttert.

Zwar hatte ich Ramona seit Jahren nicht mehr gesehen, trotzdem fühlte ich mich als Beteiligte eines Verbrechens.

»Aber hier steht Ramona K.«

»Sie hat geheiratet, du Dussel«, unterbrach mich Tessa.

»Woher weißt du das?«, fragte ich Tessa, denn sie hatte eine andere Schule besucht.

»Weil ich Liz schon die ganze Nacht getröstet habe und du nicht zu erreichen warst.«

Ich griff nach meinem Handy. Zehn Anrufe.

»Das muss ich wohl überhört haben.«

»Und dein Festnetz war dauernd besetzt«, sagte Tessa.

»Probleme mit dem Anbieter«, behauptete ich, denn ich wollte nicht zugeben, dass mein Telefon seit Tagen in den

Untiefen meines Chaos verschollen war. »Außerdem war Daniel hier.«

Ich dachte an gestern, an die köstliche Lasagne, die ich für meinen Freund und mich gemacht hatte, an die Flasche Wein und alles, was danach passierte.

»Zum Glück war ich für sie da«, erklärte Tessa.

»Ramona kam vor ein paar Monaten in meinen Laden«, erzählte Liz. »Wir haben uns sehr lange unterhalten und uns seitdem regelmäßig getroffen.«

Liz betrieb einen kleinen Kinderbuchladen, einen Traditionsbetrieb, wie sie immer wieder betonte, weil das Geschäft schon ihren Eltern gehört hatte.

»Wie viele Kinder hatte sie?«, fragte ich.

»Noch keins«, erklärte Liz. »Aber sie und ihr Mann Frank versuchten alles, damit es endlich klappt.«

Ich griff nach einem Brötchen und bestrich es mit Butter und Zucker. Herrlich, dieser Kalorienkick am Morgen.

»Dann hat er sie ermordet«, sagte Tessa. »Vermutlich hat sie ihn zu sehr damit genervt.« Sie bestrich ihr Brötchen mit Nutella und legte noch eine Scheibe Käse darauf.

»Beide wollten Kinder«, erwiderte Liz.

»Sagt wer?« Tessa nahm ihre Kaffeetasse. »Die Tote?«

Ich versuchte, mich an Ramona zu erinnern, aber es war noch zu früh und ich hatte bisher nur eine Tasse Kaffee getrunken.

Wortlos hielt ich Tessa meine Tasse hin. Da sie sich häufig die Nacht um die Ohren schlug, war sie um diese Uhrzeit schon putzmunter.

»Willst du nachher mit mir zu Ramonas Eltern fahren?«,

fragte Liz. »Ich möchte gerne mein Beileid bekunden und erfahren, ob es schon erste Erkenntnisse gibt.«

»Im Gegensatz zu euch bin ich nicht selbstständig.«

»Ich kann den Laden auch nicht einfach zulassen.«

»Du hast aber Angestellte«, konterte ich.

»Ich habe nachher noch einen wichtigen Termin«, erklärte Tessa. Sie goss uns allen dreien Kaffee nach.

Das Gebräu entsprach ganz und gar nicht meinem Niveau, aber es erfüllte seinen Zweck.

»Lass uns morgen hinfahren«, schlug ich vor.

Hätte ich zu diesem Zeitpunkt geahnt, wie sehr der Mord mein Leben verändern würde, wäre ich nicht so entspannt in den Tag gestartet.

Kapitel 2

Drei Stunden später saß ich im Foyer der Seniorenresidenz Frankenberg, wo ich im Sozialen Dienst arbeitete. Hauptsächlich ging ich mit den Bewohnern spazieren, las vor oder bot Spielerunden an.

Zwölf Bewohner hatten sich zu meiner wöchentlichen Zeitungsrunde eingefunden, wobei es passender wäre, von Bewohnerinnen zu sprechen, denn außer Herrn Backes saßen nur Frauen in der Runde. Aber so ist das in Deutschland. Sobald ein Mann anwesend ist, sind Frauen nur mitgedacht.

»Dann wollen wir doch mal sehen, was die Aachener Zeitung zu berichten hat.« Ich griff mir eine Ausgabe vom Tisch. »Das Einkaufscenter am Kaiserplatz wurde eröffnet.«

»Dafür sind wir zu alt«, sagte Frau Görres. »Shopping oder wie ihr jungen Leute das nennt.«

»Das heißt einkaufen auf englisch«, belehrte uns Herr Backes, ehemals Rektor einer Hauptschule.

»Hat ja lang genug gedauert mit dieser Einkaufspassage«, entgegnete Frau Backes. »All die Jahre, in denen man sich nicht einigen konnte, aber schon mal die alten Häuser abgerissen hat. Das sah aus, wie direkt nach dem Krieg.«

»Einen Mord gab es«, sagte Frau Görres, die ebenfalls in einer Zeitung blätterte.

»Im Fernsehen, gestern Abend.« Herr Backes lachte.

Frau Backes knuffte ihren Mann in die Seite. Die beiden waren seit sechzig Jahren verheiratet und gehörten zu den Paaren, die sich nicht nur in ihren Gewohnheiten, sondern auch in ihrem Aussehen immer mehr angeglichen hatten. Beide waren von rundlicher Statur, trugen schwarze Hosen mit Strickpullis und Goldrandbrillen. Allerdings baumelte sie bei Frau Backes an einer Kette um den Hals , während Herr Backes seine immer auf den kahlen Schädel schob und dann suchte.

»Lesen Sie doch bitte vor, Camilla. Ich habe meine Brille oben vergessen.« Frau Görres reichte mir die Zeitung und ich las den Artikel zum zweiten Mal an diesem Morgen.

»Ein Mord in Aachen?«, rief Frau Richter, eine begeisterte Krimileserin. »Das ist ja aufregend.«

»Ich finde es eher gruselig«, sagte Frau Backes, »dass so etwas auch bei uns passiert.«

»Der Ehemann war's«, sagte Frau Richter. »Es sind immer die Ehemänner.«

»Nanana«, rief Herr Backes. »Das ist diskriminierend.«

»Nein, Tatsache«, erwiderte ich. »Es tut mir leid, Herr Backes, aber die meisten Gewalttaten werden von Männern begangen.«

»Das gilt besonders für's Erschießen. Hab ich neulich noch auf 3Sat gehört.« Frau Richter zog ihre weiße Spitzenstola, die sie fast immer trug, enger um die Schultern.

»Natürlich«, sagte Frau Görres. »Uns sind diese Dinger suspekt. Selbst auf dem Öcher Bend habe ich noch nie so ein Gewehr in die Hand genommen.«

»Sie könnte Selbstmord begangen haben«, meldete sich

Frau Backes zu Wort. »Genau wie die Tochter von Schwester Regina auf Station drei.«

»Frauen möchten gut aussehen, auch im Tod«, widersprach Frau Richter. »Und ein Loch im Kopf sieht nicht so gut aus.«

»Außerdem ist die Familie Sommer sehr gläubig«, entgegnete Frau Görres. »Da begeht man keinen Selbstmord.«

Mich wunderte nicht, dass Frau Görres über die Familie der Toten bescheid wusste. Sie hatte dreißig Jahre in einer Zeitungsredaktion gearbeitet, in der sie ihre Neugier zum Beruf machen konnte. Zu den meisten ihrer Bekannten von damals hatte sie noch Kontakt und war immer bestens über alles informiert.

Ich schenkte jedem ein Glas Wasser ein.

»Hat die Familie nicht einen Malereibetrieb?«, fragte ich.

»Farben und Lacke Sommer«, antwortete Frau Görres. »Die haben fast jedes öffentliche Gebäude angestrichen. Die Tote ist die Tochter und müsste etwa in ihrem Alter gewesen sein, Camilla.«

»Wir waren Schulkameradinnen«, erklärte ich. »War sie nicht so eine attraktive Blonde?«

»Ja«, sagte Frau Görres. »Skandinavischer Typ. Genau wie Grace Kelly damals.«

»Und genauso gut gebaut.« Herr Backes grinste.

»Mit einem ähnlich tragischen Ende«, sagte Frau Richter. »Und bei beiden sind die Umstände nicht geklärt. Es heißt ja, die Stefanie habe damals das Auto gefahren.«

»Was wissen Sie über Ramona Sommer?«, wandte ich mich an Frau Görres.

»Klein-Sommer«, antwortete sie. »Über ihren Mann weiß ich leider nichts. Er ist so'n Mausschubser, Sie wissen schon.«

»Informatiker«, erklärte Herr Backes.

Frau Görres sprach unbeirrt weiter. »Jedenfalls stammt er nicht aus Aachen, lebt aber schon lange hier. Ramona hat im elterlichen Betrieb mitgearbeitet. Vor ein paar Jahren übernahm ihr Bruder die Leitung. Wie es hieß, würde sie ihm unter die Arme greifen, da Ralf Sommer eher durch Abwesenheit glänzte.«

»Warum leitete sie dann nicht die Firma?«, fragte ich.

»Weil sie die Tochter ist«, antwortete Frau Görres.

»Schon erstaunlich«, sagte Frau Backes. »Wir haben Kanzlerin Merkel, die Engländer seit Jahrzehnten ihre Queen, aber diese Familienbetriebe sind so konservativ, dass es weh tut.«

Frau Hansen kam mit ihrem Rollstuhl. Sie sah Richtung Küche und schnüffelte. »Es riecht nach Rouladen.«

Ich nahm eine Speisekarte vom Tisch. »Schmorbraten mit Salzkartoffeln oder gefüllte Paprika mit Reis.«

»Dann hätte ich gerne den Schmorbraten, Fräulein.«

»Später, Frau Hansen«, antwortete ich.

Es hätte keinen Sinn, ihr zu erklären, dass ich für die Betreuung und nicht fürs Essen zuständig war. Dafür war die Demenz bei ihr zu weit fortgeschritten.

Ich sah auf die Uhr. »Schluss für heute. Ich bringe sie wieder auf ihre Stationen.«

Es begann das gewohnte Chaos. Zwölf nahezu identitische Rollatoren und zwölf Bewohner, die nicht warten wollten, bis ich sie allen zugeordnet hatte.

Viertel nach elf war jeder der Teilnehmer wieder auf seiner

Station. In einer halben Stunde würden achtzig Bewohner nach unten zum Essen strömen.

Das Leben in einem Altenheim bot nicht mehr viele Highlights und so wurde das tägliche Mittagessen zu einem. Mein Magen knurrte. Ich würde gefüllte Paprika essen und mich mit einer doppelten Portion Schokopudding stärken, bevor der Freitagsalptraum begann.

Als ich die Tür zum Verwaltungstrakt öffnete, wo sich unser Büro befand, stieß ich beinahe mit einer jungen Frau zusammen, deren roter Bürstenhaarschnitt mir vertraut war.

»Tessa?«, fragte ich.

»Jou«, antwortete sie. »Keine Zeit, ich habe gleich einen Termin.«

»Die können sich deine Beratungsdienste leisten?«

»Ich bewerbe mich als Altenpflegerin.«

Ohne weitere Erklärung betrat Tessa das Büro der Pflegedienstleitung und ließ mich irritiert im Flur zurück.

Als Fachfrau für Computersicherheit verdiente meine Freundin mit ihrer Firma ein Heidengeld. Aber das war nur ein Nebenjob, denn ihre Leidenschaft galt dem Kampf gegen die Ungerechtigkeiten des Systems. Sie sah sich als Stimme des Volkes, als Rächerin der Abgehängten. Was plante sie diesmal?

Nach der Mittagspause versammelten meine Kolleginnen und ich uns im Büro des Sozialen Dienstes zur wöchentlichen Teamsitzung. Wie immer gab es Gedränge, da unser Team größer war als unser Büro. Allerdings litten auch wir unter Personalmangel. Das lag nicht an den schlechten Arbeitsbedingungen, sondern an unserer Teamleiterin Hera, vor der die meisten über kurz oder lang das Weite suchten. Der letzte neue Kollege war nach drei Wochen geflohen. Zwar hatte er als Mann bessere Karten, als wir Frauen, aber er hatte sich schon bald unbeliebt gemacht, da er ihr nicht genug Bewunderung entgegenbrachte. Ich hatte schon vor längerer Zeit den Überblick darüber verloren, wer wen ersetzte, genau wie die Bewohner, die sich auch über die vielen neuen Gesichter beklagten.

Zur Zeit waren wir gut besetzt, so dass sich elf Mitarbeiterinnen im Büro drängten. Sonja, Anja und ich kannten den Ablauf der wöchentlichen Dienstbesprechung zur Genüge. Wir wussten, wo man sich am besten hinsetzen und welche Plätze man besser meiden sollte. Wer neben Hera saß, musste ständig aufspringen, um ihr einen Stift oder einen Ordner zu reichen. Diesmal erwischte es Emma. Nachdem alle Platz genommen und sich mit Kaffee versorgt hatten, begann unsere Teamleiterin mit ihrem Monolog.

»Nächste Woche ist St. Martin. Da werden wieder die Kinder der Kita zu uns kommen und Lieder vorsingen.«

Anja gähnte, was Hera zum Glück nicht bemerkte.

Sie plapperte weiter. »Dann geht es mit strammen Schritten auf Weihnachten zu. Also macht euch Gedanken, wer in drei Wochen Plätzchen backen möchte.«

Meine Gedanken schweiften zu Grace Kelly, der Leinwandschönheit der fünfziger Jahre.

Auch Hera entsprach dem nordischen Typ, wirkte aber nicht vornehm kühl wie Grace Kelly, sondern strahlte immer etwas Gehetztes aus.

Das lag unter anderem daran, dass sie sich nie langsam

durchs Haus bewegen konnte. Herr Backes hatte ihren Gang einmal als typischen Feldwebelschritt bezeichnet, flott und zackig.

Ihre Haare wirkten wie Stroh, nicht wie eine goldene Welle, die sich um den Kopf schmiegte. Hera war von Natur aus dunkelhaarig, was man an den Ansätzen erkennen konnte. Deshalb wurden ihre Haare regelmäßig einer Wasserstoffperoxydbehandlung unterzogen, aber für eine Kurpackung schien sie nur selten Zeit zu haben.

Hera sprach jetzt über rückläufige Bewohnerzahlen, die Einstellung weiterer Mitarbeiterinnen und geplante Adventaktivitäten.

Meine Gedanken schweiften zu Ramona, die so früh aus dem Leben gerissen worden war. Wer hatte ihr das angetan?

»Camilla, ich muss dir ein Lob aussprechen.«

Ich schreckte hoch, als Hera mich ansprach.

»Ihr hättet Camilla gestern bei der Gymnastik sehen sollen«, schwatzte Hera weiter. »Die Bewohner hatten einen Mordsspaß.«

Ich sah in die Runde. Emma kämpfte mit der Müdigkeit, während Sonja ihren Schreibblock bemalte und Anja den gesamten Schokoladenvorrat vernichtete.

Eilig griff ich die letzte Praline, einen Trüffel mit Vanillearoma. Ich schloss kurz die Augen und genoss den weichen Schmelz, der leider etwas zu süß war.

»Überhaupt ist sie richtig gut geworden in letzter Zeit, eine ganz wertvolle Kraft. Camilla erzähl doch mal.« Hera sah mich erwartungsvoll an.

»Öhm, ja«, stammelte ich und schluckte eilig den Trüffel

hinunter. »Wir konnten auf der Terrasse sitzen. Die Sonne schien und alle hatten gute Laune.«

»Gute Laune«, sagte Hera. »Frau Görres hat die ganze Zeit gelacht. Hast du Fotos gemacht?«

»Nein Gymnastik«, erwiderte ich.

Sonja sah mich belustigt an. Sie war nach Hera die Dienstälteste und wurde als die eigentliche Chefin angesehen, denn Sonja hatte immer den Durchblick.

»Macht mehr Fotos«, ermahnte Hera. »Die Bewohner lieben es, sich die Fotos ihrer Aktivitäten im Foyer auf dem Monitor anzusehen.«

»Da achtet kein Mensch drauf«, flüsterte mir Sonja zu.

Ich hatte sie einmal gefragt, warum sie nicht die Chefin sei. Sonja antwortete, Hera habe sich dazu ernannt und niemand habe widersprochen. Da sie lieber mit Bewohnern spräche, anstatt in irgendwelchen Besprechungen zu sitzen, sei sie mit dieser Regelung zufrieden.

Hera ließ einige Spiele herumreichen, die sie heute morgen in der Stadt gekauft hatte.

»Ich weiß, die Schränke sind voll«, sagte sie. »Aber die waren so billig, da musste ich zuschlagen.«

Es handelte sich ausnahmslos um Spiele, die wir entweder schon besaßen oder nicht gebrauchen konnten, weil die Bewohner die Schrift nicht lesen oder die winzigen Einzelteile nicht greifen konnten.

Anja nahm ein Monopoly. »Darüber sterben uns die Bewohner doch weg«, raunte sie mir zu.

Ich stupste meine Kollegin Sonja an. »Und dafür war sie den ganzen Vormittag weg?«

»Sie hat auch noch eine Torte besorgt«, flüsterte Sonja mir zu. »Für den Kindergeburtstag ihres Sohnes.«

»Hat noch jemand etwas zu sagen?«, fragte Hera.

Sonja sah alle böse an. Vor allem die Neuen mussten daran erinnert werden, dass eine harmlose Frage das Meeting um eine halbe Stunde verlängern konnte.

»Camilla, würdest du noch einen Moment bleiben?«, fragte Hera, während alle anderen eilig das Büro verließen.

Sie setzte sich an den Schreibtisch, griff zum Telefon und gab mir ein Zeichen, kurz zu warten.

»Hallo Elke, ich muss dir unbedingt etwas erzählen …«

Ich ging zum Fenster und sah hinaus. Drei Enten liefen über die Terrasse. Sie kamen seit ein paar Wochen regelmäßig vorbei und ließen sich von den Bewohnern mit Brot füttern. Das warme, sonnige Wetter wollte ich für Spaziergänge mit Rollstuhlfahrern nutzen, die nur wenig Gelegenheit hatten, an die frische Luft zu kommen. Bei Sonnenschein trafen sich alle hinter dem Haus am Seerosenteich und sahen den Schildkröten beim Sonnen zu.

»Gestern hattest du ja nicht viele Teilnehmer in der Malrunde«, sagte Hera unvermittelt zu mir. Ihr Tonfall klang nicht mehr so begeistert wie vor einer viertel Stunde.

Hastig drehte ich mich um. »Drei Bewohnerinnen.«

»Warum nicht mehr?« fragte Hera in dem ihr typischen Tonfall, der nichts Gutes erahnen ließ.

»Viele hatten Besuch gestern Nachmittag. Und andere wollten lieber in der Sonne sitzen. Aber Frau Richter, Frau Mayer und Frau Lohe hatten viel Spaß. Und sie haben wunderbare Bilder gemalt.«

»Das zählt nicht Camilla. Eine Gruppe mit drei Bewohnern ist keine Gruppe.«

»Anja hatte auch nur drei Bewohner beim Mensch-ärgere-dich-nicht«, wagte ich einen Einwand.

»Das war eine Spielerunde, keine Gruppe«, erwiderte Hera in der ihr eigenen Logik. »Du hast ein Kreativangebot gemacht. Das machen wir nicht so oft wie Spiele, und es sollte deshalb von mehr Bewohnern in Anspruch genommen werden.«

»Aber du betonst doch immer, dass Qualität vor Quantität geht. Und wie gesagt ...«

»Ich möchte nicht weiter diskutieren«, fiel mir Hera ins Wort. »Beim nächsten Mal holst du dir noch mehr Bewohner zusammen oder du änderst den Plan und spielst ein Gesellschaftsspiel.«

»Vorige Woche hast du mich doch zur Kreativbeauftragten ernannt, damit wir nicht ständig nur Spiele spielen.«

Hera wandte sich dem Computer zu. »Hast du heute Nachmittag nichts zu tun?«

Resigniert verließ ich das Büro und begab mich auf die Suche nach willigen Spaziergängern. Aber ich hatte Pech. Frustriert lief ich über Station eins. Am hinteren Ende war eine Toilette, die selten benutzt wurde. Ich setzte mich auf den Klodeckel und holte mein Smartphone aus der Hosentasche.

Um den angestauten Frust des Tages abzubauen, hätte ich einen Dauerlauf nach Hause machen müssen, aber dazu waren meine Pumps ungeeignet. Deshalb wurde es ein langer Fußmarsch, der mich durch die Oppenhoffallce führte.

An anderen Tagen sah ich mir die stuckverzierten Fassaden der historischen Stadthäuser an, von denen es hier noch viele gab. Ein Eckhaus hatte es mir dabei besonders angetan, ein gelb gestrichenes mit weißen Säulen neben der Eingangstür und kleinem Rundturm im oberen Stockwerk. In Gedanken malte ich mir aus, in diesem Turmzimmer eine Leseecke einzurichten. Das ideale Ambiente für die Romane von Nora Roberts oder Ingrid Noll.

Doch heute hatte ich keinen Blick für das Turmhaus, denn der Ärger mit Hera steckte mir noch in den Knochen. Zum Glück war Freitag und ich hatte keine Pläne fürs Wochenende, außer einer Verabredung mit meinem Freund Daniel morgen Abend. Den Rest der Zeit wollte ich lesen, stricken und faulenzen.

In einer Nebenstraße bemerkte ich ein Wohnmobil, das ganz in Schwarz lackiert war. Es war eins dieser riesigen Luxusfahrzeuge, wie man sie manchmal in amerikanischen Dokus bewundern kann und die von einem schlichten Camper soweit entfernt sind wie Hera von einem liebevollen Charakter.

Ich ging hinüber. Gardinen mit Einhörnern verdeckten die Sicht nach innen, ließen aber dumpfe Bässe und einen süßlichen Geruch nach draußen. An der Tür hing ein massiver Türklopfer in Form eines Löwenkopfs. Ich klopfte.

»Gestern standest du noch auf dem Campingplatz«, sagte ich zur Begrüßung, als meine Freundin Tessa die Tür öffnete. »Und gestern dominierten noch Totenköpfe.«

»Totenköpfe wurden mir zu trist.« Sie ging zur Seite und ich betrat Tessas Reich, wo ich einige Papierstapel zusammenschob, die die ganze Sitzfläche im Wohnmobil einnahmen.

»Man sollte meinen, ein Computerfreak wie du kommt ohne Papier aus«, sagte ich und dachte an Tessas Wohnung, in der sie bis vor einigen Jahren gelebt hatte.

Unzählige Rechner hatten jede freie Fläche eingenommen, drei bis vier Monitore waren ständig in Betrieb, auf denen verschiedenste Zahlenkolonnen und Programmiercodes runter ratterten. Im Sommer war es durch die Wärmeerzeugung der Geräte nicht auszuhalten, dafür sparte sie im Winter die Heizung. Zeitweise hatte ich Angst, die Böden würden unter dem Gewicht der Lasten zusammenbrechen, denn außer den Computern hortete Tessa noch CDs, Fachbücher und jede Menge Ersatzteile.

Jetzt übernahmen ein Rechner und ein Laptop die gleiche Aufgabe. Tessa hatte mir einmal erklärt, die Rechenleistung der Computer würden sich alle anderthalb Jahre verdoppeln.

Ich setzte mich. »Wie war dein Vorstellungsgespräch?«

Statt eine Antwort zu geben, machte Tessa es wieder einmal spannend, in dem sie wortlos unter den Tisch in der Mitte des Innenraums griff und zwei Flaschen heraufholte. Es war Kriek, belgisches Kirschbier.

Tessa öffnete die Flaschen mit einem Feuerzeug, das sie unter einem Papierstapel hervorkramte. Dann setzte sie sich und nahm einen großen Schluck.

»Die haben Vorstellungen«, sagte sie nach einer Weile. »Zwölf Tage am Stück arbeiten. Die Frühschicht beginnt um halb sieben, die Spätschicht endet um acht.«

»Hast du gleitende Arbeitszeiten erwartet?«, fragte ich lachend. Tessa als Pflegerin?

»Nein«, sagte Tessa. »Aber einen Dienstwagen und die

Garantie, dass ich keine Überstunden machen muss. Du hättest das Gesicht der Pflegedienstleiterin sehen sollen.«

Ich mochte Frau Otto, die häufig zwischen dem Sozialen Dienst und den Pflegekräften vermitteln musste. Sie war eine der wenigen, die unsere Arbeit würdigte und uns nicht als Faulenzer betrachtete, wie die Pflegekräfte es häufig taten.

»Ein Altenheim ist kein Daxunternehmen«, erwiderte ich. »Ein Dienstwagen ist da wohl zu viel verlangt.«

»Wenn die so dringend Leute brauchen, sollen sie sich was einfallen lassen, um gutes Personal zu bekommen.«

»Apropos gutes Personal«, sagte ich. »Du hast nicht die geringste Ahnung von Pflege.«

Tessa griff nach einer Bewerbungsmappe und warf sie mir herüber.

»Therese Becker«, las ich. »Examinierte Altenpflegerin.«

Die folgenden Seiten zeigten eine Reihe Zeugnisse und Urkunden, die mir bekannt vorkamen.

»Du hast meine Examensurkunden gefälscht?«

»Nur als Vorlage verwendet.«

»Und warum das Ganze?«, wollte ich wissen. »Hast du deine altruistische Ader entdeckt?«

»Recherche«, antwortete sie. »Ich möchte herausfinden, was Arbeitssuchende sich alles gefallen lassen müssen.«

»Das hat Günter Wallraff schon rausgefunden«, sagte ich.

»Wie war der Drachen heute?«

Ich seufzte. »Erst großes Lob, dann großer Tadel.«

»Warum arbeitest du da eigentlich noch?«

Sie nahm zwei weitere Flaschen Kriek und reichte mir eine.

Ich lehnte mich zurück. »Weil du dich nicht ins System

der Deutschen Bank einhacken willst, um mir eine Million zu überweisen.«

»Und was willst du deiner Familie sagen?«

»Lottogewinn.« Ich nahm einen großen Schluck Kriek. »Du könntest so viel Gutes bewirken, wenn du den Banken Geld wegnehmen und zum Beispiel Frauenhäusern spenden würdest.«

Tessa zuckte mit den Schultern. »Habe ich schon drüber nachgedacht. Aber ich habe noch keinen Weg gefunden, wie ich das schaffe, ohne für großen Wirbel zu sorgen. Du weißt doch, wie die Medien bei sowas reagieren.«

»Seit wann hast du was gegen Wirbel?«

»Glaubst du, die Frauenhäuser würden das Geld behalten, wenn es von der Deutschen Bank käme?«

»Schade«, entgegnete ich. »Dabei könnten wir einen modernen Robin Hood wirklich gebrauchen.«

»Möchtest du einen Joint?« Tessa nahm eine Dose vom Tisch. Sie holte Tabak und ein kleines Tütchen mit Marihuana heraus, verteilte beides auf einem Zigarettenpapier und drehte es zusammen.

»Aber mal ehrlich«, sagte Tessa, nachdem sie den Joint angezündet hatte. »Mensch-ärgere-dich-nicht mit alten Leuten spielen. Dafür bist du zu gut.«

»Nicht jeder kann selbstständig sein wie du«, antwortete ich. »Ich hätte auch programmieren lernen sollen, aber meine Eltern fanden den Computerkurs an der Schule nicht so wichtig.«

Tessa nahm einen langen Zug. »Glaubst du, ich habe meine Kenntnisse aus der Schule?«

»Ich habe wohl die falschen Interessen«, überlegte ich, nicht zum ersten Mal.

»Du hast den falschen Arbeitgeber«, erwiderte Tessa. »Ich erinnere mich noch, als du dort angefangen hast. Damals war von vernetzter Arbeit die Rede. Von Kontakten zu anderen Vereinen oder Teilnahme der Alten am Stadtleben. Alles nicht sonderlich spannend, aber was ist davon geblieben?«

»Wir fahren regelmäßig zum Wochenmarkt.«

Tessa schnaubte.

»Ich habe interessante Aufgaben«, verteidigte ich meine Arbeit in der Seniorenresidenz.

»Was denn?«

Ich dachte einen Moment nach.

»Aktivierung bettlägeriger Bewohner, Brauchtumspflege und generationenübergreifende Kontakte.«

»Das heißt Gymnastik im Bett, einmal im Jahr Grillfest und Kleinkinder ins Altenheim.«

»Alte Leute mögen kleine Kinder.«

Tessa gab noch keine Ruhe. »Und was ist mit der vernetzten Vereinsarbeit?«

»Macht Hera.«

»Und hält euch dabei klein.« Tessa reichte mir den Joint. »Warum machst du nicht endlich etwas, was deinen Fähigkeiten entspricht?«

»Dazu müsste ich wissen, was meine Fähigkeiten sind.«

Ich nahm einen Zug vom Joint und unterdrückte den Hustenreiz, den der Tabak auslöste.

»Was machst du, wenn sie dir einen Festvertrag anbieten?« Tessa nahm den Joint und zog daran.

»Damit rechne ich nicht.«

»Aber du bist zwei Jahre da und danach wird ein Festvertrag fällig.«

»Oder die Kündigung«, entgegnete ich.

»Das Soziale im Verständnis der Sozialverbände bezieht sich nie auf die Angestellten«, philosophierte Tessa. »In anderen Ländern werden soziale Berufe besser bezahlt und mehr geachtet.«

Ich antwortete nicht, sondern überlegte, was ich mir zum Abendessen gönnen würde. Angebratene Nudeln mit Ei, Fleischwurst und Apfelmus. Das war eines meiner Lieblingsessen, schon seit der Kindheit. Habe ich erwähnt, dass ich seltsame Essgewohnheiten habe?

Da mir die Luft zu stickig wurde, beugte ich mich nach hinten, um ein Fenster zu öffnen. Die süßlichen Haschischschwaden drangen nach draußen. Sie würden Tessa nicht sonderlich beliebt machen bei den Anwohnern, denn das Frankenberger Viertel war eine bevorzugte Wohngegend für junge Familien.

Ich stand auf. »Ich gehe nach Hause, mache mir ein ungesundes Abendessen und setze mich dann mit Jane Austen auf die Couch.«

»Ich empfehle Quentin Tarrantino«, antwortete Tessa. Sie holte ein Tütchen Marihuana heraus und gab es mir. »Zur Entspannung.«

Kapitel 3

Samstag Morgen, acht Uhr.

Kein Schwein ruft mich an, keine Sau interessiert sich für mich. Solange ich hier wohn'…

»Wird das jetzt zur Gewohnheit?«, schimpfte ich in mein Telefon.

»Ich habe nachgedacht«, sagte Tessa.

»Kein Grund, mich in aller Herrgottsfrühe zu wecken.«

»Liz und ich haben Frühstück mitgebracht.«

Das war schon eher ein Grund.

Auf der obersten Treppenstufe hatte sich meine zweite Katze Isolde eingerollt, wo sie seit einigen Wochen gerne lag, bevorzugt morgens. Und wie jeden Morgen stand sie auch heute nicht auf, sondern sah mir dabei zu, wie ich in einem Balanceakt über sie auf die darunterliegende Stufe stieg. So auch heute.

Ein paar Minuten später waren wir in meiner Küche versammelt. Während ich den Tisch mit Käse, Croissants und Marmelade deckte, kochte Tessa Kaffee und Liz machte eine große Pfanne Rühreier.

»Und worüber hast du nachgedacht«, fragte ich Tessa zwischen zwei Bissen Käsebrötchen.

»Über den Mord«, antwortete sie. »Ist doch eine spannende Sache.«

Spannend war nicht das Wort meiner Wahl, aber Liz schien sich nicht daran zu stören.

»Ramonas Mann kann es nicht getan haben«, sagte sie.

»Was?«, fragte ich.

»Na sie erschossen. Die beiden haben einen gemeinsamen Liebesurlaub in Venedig geplant.«

»Mir wird schlecht«, sagte Tessa.

»Mir auch.« Ich stand auf. »Sorry, Tessa, aber Kaffeekochen ist eins der wenigen Dinge, die du nicht beherrschst.«

Ich holte eine Kupferkasserolle aus dem Schrank und füllte sie mit Wasser. Dann gab ich drei Löffel Kaffeepulver, eine Prise Chili und ein paar Kardamomsamen dazu.

»Aber der große Unbekannte war es auch nicht«, überlegte ich. »Dagegen sprechen sämtliche Statistiken.«

»Entscheidender ist, dass es dann Einbruchsspuren gegeben hätte«, erwiderte Tessa. »Aber darauf gibt es keinen Hinweis.«

»Hast du etwa den Polizeifunk abgehört?«, fragte ich.

»Quatsch«, antwortete sie. »Aber Google gefragt.«

Sie legte ihr iPad auf den Tisch und wischte eine Weile darauf herum.

»Weder in den Zeitungen, noch in den sozialen Netzwerken findet sich etwas über einen Einbruch.«

»Die Polizei gibt nicht alle Ermittlungsergebnisse raus«, sagte ich.

»Aber die können ihn doch nicht verhaften!«, rief Liz. »Er wäre nie zu einem Mord fähig.«

Ich schüttete den fertigen Kaffee in eine Kanne. Wortlos hielten mir Tessa und Liz ihre Tassen hin.

»Wer wäre denn zu einem Mord fähig?«, wollte ich wissen.

»Tessa«, erwiderte Liz trocken.

»Ich habe für die Tatzeit ein Alibi«, konterte Tessa ebenso trocken.

»Ist Ramonas Mann denn verhaftet worden?«, fragte ich.

»Keine Ahnung«, antwortete Liz. »Aber ich glaube an seine Unschuld.«

»Weil sie gemeinsam über den Canale Grande schippern wollten?«, fragte Tessa.

»Es ist so ein Gefühl«, erklärte Liz. »Frank ist vom Wesen her viel zu sanft. Und Ramona hat nur liebevoll über ihn geredet, während sie sich oft über ihren Bruder beklagt hat.«

Tristan sprang auf die Anrichte und steckte seinen Kopf in die Brötchentüte, mit der er langsam Richtung Fenster wanderte.

Tessa stand auf, griff den Kater und sah ihm in die Augen. »Du bist zwar kastriert, bleibst aber trotzdem ein nerviger Mann.«

Sie setzte ihn in den Flur und schloss die Tür. »Von euch gibt es einfach zu viele.«

Das vorwurfsvolle Miauen überhörten wir.

»Die Polizei weiß schon, was sie tut«, sagte ich.

Ein deutliches Schnauben erinnerte mich daran, dass Tessa nicht gut auf sie zu sprechen war.

»Wir können nur abwarten«, redete ich weiter. »In der Regel findet sich der Täter innerhalb der ersten zweiundsiebzig Stunden.«

»Wir könnten selbst ermitteln«, erwiderte Tessa.

»Aber klar«, antwortete ich. »Das kann schließlich jeder.«

»Stimmt. Man braucht lediglich einen Gewerbeschein. Aber den sparen wir uns, da wir kein Gewerbe gründen. Wir arbeiten ehrenamtlich.«

»Tessa!«

Ich setzte zu einer heftigen Erwiderung an, wurde aber von Liz unterbrochen.

»Das ist super Tessa. Ich bin dabei.«

Mein Handy klingelte, was mir Zeit zum Nachdenken gab.

»Morgen«, meldete ich mich nach einem Blick auf das Display.

»Camilla, Liebling.« Die Stimme meines Freundes Daniel klang munter. Vermutlich kam er gerade vom joggen.

Ich beneidete Daniel um seine Selbstdisziplin, denn meine Versuche scheiterten regelmäßig.

»Ich habe dich gestern Abend vermisst«, sagte er.

»Waren wir denn verabredet?«, fragte ich erschrocken.

»Leider nicht. Ich hätte den Abend lieber mit dir verbracht. Das wäre amüsanter gewesen als das Jahrestreffen der Juristenvereinigung.«

Tessa und Liz diskutierten heftig, was auch Daniel hörte.

»Was ist denn bei dir so früh schon los?«, fragte er.

»Kriseninvention«, antwortete ich. »Erkläre ich dir heute Abend bei einem Glas Wein.«

»Deshalb rufe ich an. Wir wurden auf einen Geburtstag eingeladen. Ein neuer Geschäftspartner. Ich hole dich ab. Bis dann Liebling.«

Ein Abend im Kreise mir unbekannter Menschen, war nicht das, wonach mir der Sinn stand. Als Wirtschaftsanwalt bewegte sich Daniel in ganz anderen Kreisen als ich.

Er würde nie mit seinen Kumpels drei Flaschen Sekt leeren und Schokoladenwettessen spielen, wie Liz, Tessa und ich es letztes Wochenende gemacht hatten. Stattdessen würde mich ein Abend mit trockenem Rotwein, trockenen Gesprächsthemen und überschaubaren Essensportionen erwarten.

Ich ging wieder in die Küche. Hoffentlich hatte sich die Schnapsidee mit der Ermittlung mittlerweile erledigt.

Hatte sie nicht, wie ich an dem eifrigen Gespräch erkannte. Die beiden planten das weitere Vorgehen, von Zeugenbefragung über Tatortbesichtigung zu den kriminaltechnischen Recherchen.

»Ihr habt zu viele Krimis gelesen«, versuchte ich, sie auf den Boden der Tatsachen zurückzubringen.

»Denk doch mal nach Camilla«, erklärte Liz. »Wir als ihre Freundinnen können viel mehr herausfinden als die Polizei.«

»Moment Miss Marple«, sagte ich. »Du brauchst vielleicht ein Ventil, um deine Trauer zu verarbeiten. Aber ich habe Ramona seit fünfzehn Jahren nicht mehr gesehen.«

»Du brauchst ein Erfolgserlebnis nach dem Frust auf deiner Arbeit«, warf Tessa ein.

»Wieder Ärger mit der Chefin?«, fragte Liz teilnahmsvoll und griff meine Hand. »Du solltest dir wirklich etwas Neues suchen. Es gibt doch so viele Altenheime.«

Über meine Arbeit wollte ich jetzt nicht reden, das hatte ich gestern schon zur Genüge getan.

»Die Polizei hat dutzende wissenschaftliche Methoden, um den Mörder zu finden«, wandte ich ein. »Wir wissen noch nicht mal, mit welcher Waffe sie erschossen wurde.«

»Mit einer FN Baby, Kaliber 6,35«, klärte uns Tessa auf.

Sie drehte das iPad so, dass wir den Artikel lesen konnten, den Tessa in den Tiefen des World Wide Web gefunden hatte.

»Das süße Pistölchen?«

Diese Frage von Liz verschlug mir die Sprache.

Auch Tessa sah sie mit großen Augen an.

Liz plauderte weiter. »Wir besuchen heute Nachmittag Ramonas Eltern. Zu Frank sollten wir erst morgen gehen, er ist sicher noch zu aufgewühlt.«

Tessa fand als Erste ihre Sprache wieder. »Was weißt du, was wir nicht wissen?«

Liz nahm sich ein Brötchen. »Kommst du nachher mit Camilla? Tessa, du solltest nicht mitfahren.« Sie musterte Tessas Outfit, Löcherjeans und ein Shirt mit der Aufschrift *Dein größter Albtraum.* »Du passt nicht in ein Trauerhaus.«

Dieses Ablenkungsmanöver wollte ich Liz nicht durchgehen lassen. »Was heißt Pistölchen?«

»Die FN Baby ist eine kleine handliche Waffe mit Elfenbeingriff«, erklärte Liz. »Man kann sie bequem einstecken. Trotzdem hat sie eine gute Durchschlagskraft auch auf kurzer Distanz.«

»Also ein Ladycolt?« Tessa klang interessiert.

»Kein Colt, eine Pistole«, antwortete Liz. »Sie wurde von Offizieren im Ersten Weltkrieg benutzt.«

Mein Erstaunen stand mir wohl ins Gesicht geschrieben, denn sie fügte erklärend hinzu: »Weiß ich aus einem YouTube Video.«

»Wieso?«, fragte ich.

»Du kennst das doch. Man zappt sich so durch und landet bei den komischsten Sachen.«

»Hatte Ramonas Mann Schusswaffen?«, wollte Tessa wissen. »Das könnte über Schuld oder Unschuld entscheiden.«

Liz zögerte einen Moment.

»Darüber habe ich nie mit Ramona gesprochen. Immerhin sind wir nicht in den USA. Also was ist?«

»Zwecklos.« Tessa wandte sich an mich. »Also ihr geht zu Ramonas Eltern und ich gehe ins Fastrada. Dort versuche ich, näheres über den Mord und den Stand der Ermittlungen zu recherchieren.«

»Ich muss ins Geschäft. Holst du mich nachher da ab, Camilla?« Liz stand auf und griff nach ihrer Handtasche.

»Ich habe noch nicht zugestimmt«, rief ich ihr hinterher, aber sie war schon zur Wohnungstür raus.

»Am Ende sagst du sowieso ja«, sagte Tessa. »Also sieh dir *Mord ist ihr Hobby* , *Columbo* oder was weiß ich zur Vorbereitung an und gib dir einen Ruck.«

»Warum machst du eigentlich mit?«, fragte ich Tessa.

»Klingt doch spannend«, sagte sie.

Eine halbe Stunde später lag ich in der Badewanne und genoss den sanften Duft von Lavendel und Ylang Ylang, der von einer Brausekugel kam, die sich sprudelnd im Wasser auflöste und kräftige Luftblasen in meinen Rücken trieb.

Sollten wir tatsächlich ins Detektivgeschäft einsteigen, wovon ich immer noch nicht völlig überzeugt war, dann würde es in nächster Zeit nicht viele entspannte Mußestunden für mich geben. Deshalb war ich entschlossen, mir einen stressfreien Samstagvormittag zu gönnen.

Meine Katze Isolde leistete mir im Bad Gesellschaft und

widmete sich der Körperpflege. Während ich ihr zusah, wie sie sich mit Hingabe die linke Pfote ableckte und dann über den Kopf strich, dachte ich an meine Kindheit.

Als Teenager hatten Liz und ich die Geschichten über die drei Fragezeichen und die TKKG-Bande regelrecht verschlungen. Ständig hatten wir nach möglichen Verbrechen in der Stadt Ausschau gehalten, aber nie waren wir über eine Leiche gestürzt. Auch Liz' Hund nicht, obwohl wir ihm viele Gelegenheiten dazu boten, indem wir stundenlang im Wald mit ihm spazieren gingen. Im Laufe der Jahre hatte ich mich Sachbüchern über Kriminalistik zugewandt, während Liz Krimis regelrecht verschlang. Sie kannte sie alle: klassische Figuren wie Hauptkommissar Maigret, Sherlock Holmes oder Miss Marple, aber auch die Romane um Lindsay Gordon oder Guido Brunetti.

Durfte man in Deutschland wirklich einfach so ermitteln, wie Tessa behauptete?

Ich griff nach meinem Smartphone, das auf einem Hocker neben dem Kopf der Badewanne lag.

Tessa hatte recht.

Isolde saß jetzt auf dem Klodeckel und sah mich mit ihren großen grünen Augen an.

»Was meinst du? Soll ich Detektivin werden?«

Sie sah mich weiter an und begann zu schnurren.

Im Geiste machte ich eine Pro- und Kontraliste:

Pro:

Etwas Spannung im Leben konnte ich brauchen, denn alles plätscherte vor sich her, Job, Beziehung und Freizeit.

Es wäre interessant herauszufinden, wie weit Realität und Krimi übereinstimmen. Vielleicht könnte ich sogar einen Blick in die Rechtsmedizin werfen.

Ich könnte die verschiedenen Verhörtechniken üben, von denen ich schon so viel gelesen hatte. Das tat ich gelegentlich auch auf der Arbeit, aber das war nicht dasselbe.

Kontra:

Es würde mit Sicherheit Ärger geben, viel Ärger. Polizisten mögen keine Privatschnüffler und wir waren blutige Anfängerinnen.

Die Ermittlungen würden viel Zeit in Anspruch nehmen.

Die Erfolgsaussichten waren gering. Aber hatten wir irgendetwas zu verlieren? Im schlimmsten Fall erledigte die Polizei den Job und ich wäre um eine Erfahrung reicher.

Gedanklich zerriss ich die Kontraliste und widmete mich ebenfalls meinem Schönheitsprogramm, Gesichtspeeling mit anschließender Schokoladenmaske.

Ich schloss die Augen und dachte an Daniel. Seit zehn Jahren waren wir ein Paar, hielten unsere Beziehung aber bis heute eher locker. Kennengelernt hatten wir uns auf der Geburtstagsfeier einer gemeinsamen Bekannten. Er studierte damals Jura in Düsseldorf, ich Sozialarbeit in Aachen.

Für Daniel stand fest, dass er eine glänzende Zukunft vor sich hatte und das verlieh ihm eine Selbstsicherheit, die mich faszinierte. Trotzdem war er nie arrogant, wie viele dieser Erfolgstypen es sind.

Nach seinem zweiten Staatsexamen hatte Daniel in einer

Anwaltskanzlei in Düsseldorf gearbeitet und war dann nach Aachen zurückgekehrt, um in die Kanzlei seines Vaters einzusteigen, die er vor kurzem übernommen hatte. Er wohnte in einem geräumigen Loft, das nur wenige Minuten von meiner Wohnung entfernt lag.

Daniel hätte es damals gerne gesehen, wenn ich zu ihm nach Düsseldorf gezogen wäre. Aber ich mochte mein Leben in Aachen nicht aufgeben. Und so hatten Daniel und ich die ganze Zeit eine Fernbeziehung geführt, bis er vor einem halben Jahr zurückgekommen war.

Das Haus, in dem ich lebte, war ein Altbau aus der Kaiserzeit und gehörte Liese, einer alten Freundin meiner Mutter. In den unteren beiden Etagen betrieb sie das Fastrada, ein uriges Café, in dem man den besten Reisfladen der Stadt bekam. Oben wohnte ich in einer geräumigen Wohnung, beste Lage und zu einem unverschämt günstigen Preis. Liese war zweimal verheiratet gewesen und dank einer geschickten Scheidungsanwältin dadurch wohlhabend geworden.

Eine weitere halbe Stunde später saß ich, in meinen kuscheligen Bademantel gewickelt, auf der Couch und zappte mich durch die Fernsehprogramme. Auf einem der Kanäle backte eine blonde Frau mit lustiger Frisur kleine Kuchen im Glas. Das erinnerte mich daran, dass ich mir vorgenommen hatte, Cupcakes zu backen. Und keine Ermittlung konnte so wichtig sein, dass ich dieses Vorhaben verschob.

Zuerst suchte ich Milch, Eier und Mehl zusammen, dann machte ich mich auf die Suche nach Erdnussriegeln, die ich als süßen Kern in den Teig einbacken wollte.

Nach einigen Minuten wurde ich im Wohnzimmerschrank fündig. Noch ein Topping aus Schokosahne und etwas Erdnussbutter, fertig wäre eine neue Kreation.

Während die kleinen Kostbarkeiten im Ofen standen, lief ich nach oben auf meine Schlafempore und zog mich an. Nach einigem Überlegen entschied ich mich für eine schwarze Marlenehose, dazu ein taillenkurzer blauer Strickpulli und eine Baskenmütze.

Nach einer Stunde waren die Cupcakes fertig. Ich gönnte mir einen, zusammen mit einem Earl Grey. Das Innere war noch warm, was ich ganz besonders mochte.

Ein Blick auf die Uhr verriet mir, dass ich los musste. Vorsichtig packte ich einige Cupcakes in eine Dose und verließ die Wohnung.

Der Weg zu Liz' Buchhandlung war kurz. Erstens lag sie, genau wie meine Wohnung, in der Nähe des Marktplatzes, zweitens sind in Aachen fast alle Wege kurz.

Im Laden war es voll, was nicht weiter verwunderte. Dieser Ort war nicht nur ein Büchergeschäft für Eltern und welche, die es werden möchten. Er war auch ein Spielparadies für ihren Nachwuchs, in dem die Kleinen nach Herzenslust rennen und toben durften. In bunt eingerichteten Nischen konnten die Kinder neues Spielzeug ausprobieren oder in Büchern stöbern.

Auch ich hatte hier schon viele Nachmittage verbracht, denn Liz hatte den Laden von ihren Eltern übernommen, einschließlich Einliegerwohnung über dem Geschäft.

Gleich neben dem Eingang gab es eine Spielecke mit Playmobil. Zwei Mädchen spielten mit einem Drachen aus der

Fantasyreihe. Einmal mehr fiel mir auf, wie viel bunter und vielfältiger das Spielzeug heute war. Ganz anders als in meiner Kindheit. Kritiker könnten einwenden, dass den Kindern kein Raum mehr blieb, ihre Fantasie auszuleben, aber diesen Gedanken wischte ich beiseite.

Eine Ecke mit Kissen, Polstern und Sitzsäcken wurde von älteren Kindern mit ihren Lieblingsbüchern belagert.

Sogar ein kleines Karussell gab es, mein Favorit früher. Die Wände waren bunt, da Liz die einzelnen Abteilungen farblich unterschied. Abenteuer blau, Tierbücher grün und Wissensbücher gelb.

Aber als Kind hätte ich mich am meisten für die Schwärze interessiert, genauer gesagt für die Wendeltreppe, die an der linken hinteren Seite in den Keller führte und mit einem halbhohen Türchen gesichert war. Schwach erinnerte ich mich, dass dort früher eine Wand mit einer Tür war.

Meine Freundin war in ein Gespräch mit einer Kundin vertieft, so dass ich mich noch ein wenig umsehen konnte.

Dinosaurier gab es immer noch zur Genüge, sie hatten aber Gesellschaft von Einhörnern bekommen. Allerdings waren das nicht die ätherischen, eleganten Wesen, wie man sie aus Filmen kannte. Diese hier waren klein und pummelig, mit einem bunten Horn.

Ich blätterte im inoffiziellen Harry Potter Kochbuch, und fand das Rezept für Butterbier. Interessiert las ich es durch. Da Liz immer noch beschäftigt war, holte ich mein Smartphone aus der Tasche und fotografierte einige Rezepte ab.

Nach einer halben Stunde ließ der Ansturm nach und ich gesellte mich zu Liz hinter die Kasse.

»Cupcake?« Ich hielt ihr die Dose hin.

Liz griff zu. »Köstlich. Du solltest wirklich ein Geschäft aufmachen.«

»Was für ein Mensch war Ramona?«, fragte ich.

»Sie war immer optimistisch, außer was ihren Kinderwunsch anging. Der war schon fast neurotisch, weil es nicht klappen wollte. Ständig überprüfte sie ihre Fruchtbarkeit und wenn es soweit war, traf sie sich mit Frank zum Sex. Egal zu welcher Tageszeit.«

Eine Frau neben der Kasse funkele Liz empört an und deutete auf ihren kleinen Sohn, der sich in einem Autobuch vergraben hatte.

Liz lächelte entschuldigend, während ich mir ausmalte, wie diese Treffen abliefen. Trafen sie sich im Kopierraum auf seiner Arbeit oder doch eher in einem Hotel? Ob Daniel begeistert wäre, wenn ich ihn in der Kanzlei überfallen und zum Sex auf dem Kopierer nötigen würde?

»Wie ging es Frank damit?«, fragte ich flüsternd.

»Ich habe nie gefragt«, antwortete Liz. »Aber Ramona sagte, wenn das Kind erst da sei, würde er schon einsehen, wozu es gut war.«

Ein etwa sechsjähriges Mädchen kam zur Kasse, einen riesigen Teddy in den Armen haltend. Stolz reichte sie ihn Liz, während der Vater die Kreditkarte zückte. Ich band dem Teddy eine Schleife um den Hals und das Mädchen nahm ihn strahlend entgegen.

»Und was ist mit ihrer Familie?«

»Mensch Camilla«, sagte Liz. »An irgendwas musst du dich doch erinnern.«

»An einen Swimmingpool.« Nach einigem Überlegen fügte ich hinzu: »Und an das offene Obergeschoss, wo man als Erstes vor der großen Badewanne stand.«

»Ja, das ist schräg.« Liz lachte. »Hab ich so nie wieder gesehen.«

»Kein Wunder.« Ich grinste. »Könntest du dich unter diesen Umständen entspannen, während dein Mann sich mit seinen Kumpels im Wohnzimmer die Sportschau reinzieht?«

Liz grinste.

»Ich bewunderte Ramona für ihre positive Lebenseinstellung«, erzählte sie weiter, »war aber auch erstaunt über ihre Weltfremdheit.«

»Was meinst du?«

Liz überlegte einen Moment.

»Sie sah immer nur das Gute im Menschen. Nie hat sie für etwas im Leben kämpfen müssen. Aus einem behüteten Elternhaus in die Ehe mit einem Mann, der sie auf Händen trug. Deshalb sah sie die Welt immer als einen tollen Ort, wo alle Menschen glücklich sein könnten.«

»Woher kannten die beiden sich?«

»Vom Studium«, antwortete Liz.

»Vermutlich haben Ihre Eltern bezahlt?«

»Klar«, antwortete Liz. »Ramona musste sich nie viel erarbeiten.«

»Im Gegensatz zu uns.«

»Versteh mich nicht falsch. Ich mochte Ramona sehr. Ihre herzliche Art und ihre Unbekümmertheit waren für mich eine willkommene Abwechslung zu Tessas ewiger Schwarzmalerei.«

Liz sah auf die Uhr. »Feierabend.«

Sie machte die letzten Kunden darauf aufmerksam, dann nahm sie einen Schlüssel aus der Kasse und ging zur Tür.

Ein Mann betrat eilig den Laden. Ich hätte erwartet, sie würde ihn abweisen, aber da irrte ich. Einerseits konnte ich das verstehen, denn er sah sehr gut aus mit den breiten Schultern und dem Dreitagebart. Andererseits hatten wir noch einen Termin, den ich schnell hinter mich bringen wollte.

Die beiden unterhielten sich einen Moment, dann kamen sie zu mir.

»Camilla, das ist Hauptkommissar Fabian Schmetz. Er leitet die Ermittlungen.«

»Ermittlungen?«, fragte ich erstaunt.

»Wegen Ramona«, half Liz mir auf die Sprünge.

Zivilbeamte stellte ich mir immer mit praktischer und unscheinbarer Kleidung vor, mit Jeans und Turnschuhen, dazu eine Jacke, die jederzeit Zugriff auf die Dienstwaffe im Schulterhalfter ermöglichte. Der fesche Hauptkommissar entsprach nicht diesem Typ.

»Guten Tag, Frau ...?« Er reichte mir die Hand.

»Camilla Kaußen.«

Sein Händedruck war fest, aber angenehm. »Waren Sie auch eine Freundin von Frau Klein-Sommer?«

»Nur in der Schule.«

»Schade.« Er lächelte mich an. »Aber von ihrer Ermordung haben Sie gehört?«

»Die Nachricht hat mich um meine Nachtruhe gebracht«, erwiderte ich.

»Das kann ich verstehen«, antwortete er. » Zum Glück

passieren Morde selten. Umso erschreckender ist es, wenn es einen Menschen aus dem persönlichen Umfeld erwischt.«

»Ramona war meine Freundin«, unterbrach Liz unser Gespräch. »Camilla kann sich kaum noch an sie erinnern.«

Schuldbewusst sah ich Liz an.

»Wie lange warst du mit der Toten befreundet?«, wandte sich der Hauptkommissar an Liz.

Während Liz Fragen zu ihrer Bekanntschaft mit Ramona beantwortete, sah ich mir den Hauptkommissar noch etwas genauer an. Er hatte schulterlange, rötliche Haare und eine durchtrainierte Figur. Dazu trug er Jeans, Lederjacke und abgetragene Doc Martens. Außerdem hatte er einen Motorradhelm dabei.

Ein Motorrad eignete sich bestimmt besser für eine Verfolgungsjagd als ein Auto, vor allem in der Stadt. Aber wie oft kam so etwas wirklich vor? Ich nahm mir vor, ihn bei Gelegenheit danach zu fragen, falls wir uns noch einmal begegnen würden.

Nach diesen Beobachtungen lauschte ich dem Gespräch.

»Wie gut kennst du die Familie von Frau Klein-Sommer?«, fragte er mit einer angenehm tiefen Stimme.

»Ich habe sie gelegentlich gesehen«, antwortete Liz. »Vor allem hat Ramona mir von ihnen erzählt.«

»Gab es Streit in der Familie?«

»Mit Frank nicht«, antwortete Liz. »Die beiden schienen mir sehr glücklich zu sein. Aber mit ihrem Bruder Ralf gab es Ärger. Das hing mit der Firmenleitung zusammen.«

»Kannst du mir Genaueres sagen?«, fragte er.

»Ramona war der Meinung, Ralf sei zu sehr mit anderen

Dingen als der Leitung beschäftigt. Zum Beispiel weigerte er sich, einem Karnevalsverein beizutreten.«

»Karneval?« Ich sah Liz erstaunt an.

»Öcher Klüngel«, erklärte mir Hauptkommissar Schmetz. »Die Firma bekam aber vor ein paar Monaten einen Großauftrag der Stadt.«

»Herr Sommer Senior ist immer noch aktiv im Vereinsleben«, erwiderte Liz.

»Und wo engagiert Ralf Sommer sich?«, fragte er weiter.

»Im Reitsport.« Liz lachte. »Er hatte wohl die verrückte Idee, beim CHIO ein Rodeo zu etablieren.«

»Würde das Reitturnier aufpeppen«, entgegnete ich.

Das CHIO gilt als eines der schönsten Reitturniere Europas, wenn nicht sogar als das schönste der Welt.

»Interessieren Sie sich für Reitsport?« Hauptkommissar Schmetz sah mich an.

»Nein«, antwortete Liz an meiner Stelle. »Das CHIO habe ich bisher immer mit Ramona besucht, weil Camilla sich weigert.«

»Es lohnt sich auch, wenn man mit Pferden nichts am Hut hat«, sagte der Hauptkommissar.

»Möchten Sie einen Cupcake?« Ich reichte ihm die Dose.

»Vielen Dank.« Er griff hinein und nahm den letzten, den ich selber hatte essen wollen. Aber es schien mir wichtiger, von Anfang an ein gutes Verhältnis zur Kripo zu haben, nur für den Fall, dass es Ärger geben sollte. Von Liz befürchtete ich in dieser Hinsicht nichts, aber bei Tessa wusste man nie.

»Lecker«, lobte er mit vollem Mund.

»Selbst gemacht.« Liz zeigte auf mich.

Ich grinste verlegen.

»Wenn dir noch etwas einfällt Liz, ruf mich an.« Er griff in seine Jacke und holte zwei Visitenkarten heraus. Auch mir gab er eine.

»Vielleicht fällt Ihnen auch noch etwas ein.«

»Müssen Sie häufig Flüchtige verfolgen?« Ich wies auf seinen Motorradhelm.

Er zog die Augenbrauen hoch, dann lachte er.

»Nein. Das Motorrad fahre ich, weil ich damit immer einen Parkplatz finde.«

Kapitel 4

»Verfolgungsjagden?«, fragte Liz, als wir wenige Minuten später auf dem Weg zu ihrem Auto waren. »Etwas Besseres fiel dir nicht ein?«

»Mir würde schon noch einiges einfallen«, erwiderte ich. »Zum Beispiel, warum ihr euch duzt.«

»Wir sind uns einige Male begegnet«, antwortete Liz.

Da musste mehr dahinterstecken, denn in all den Jahren unserer Freundschaft hatte sich Liz nie etwas zu Schulden kommen lassen. Selbst Knöllchen für zu schnelles Fahren kassierte sie höchst selten. Andererseits reichten ein oder zwei Vergehen bestimmt nicht aus, um mit den Polizisten auf so vertrautem Fuß zu stehen.

»Hat er Kinder, mit denen er bei dir einkauft?«

»Nicht das ich wüsste.« Sie schloss ihren Seat Ibiza auf und wir stiegen ein.

»Und wo seid ihr euch begegnet?«

Schweigend startete Liz den Wagen und lenkte ihn vom Parkplatz herunter.

»War er einer von den Typen, die du damals auf diesem Flirtportal kennen gelernt hast?«, machte ich einen neuen Versuch, mehr über die Bekanntschaft der beiden zu erfahren.

»Ja genau.«

Liz war viele Jahre mit Stefan zusammen gewesen, einem

Maschinenbaustudenten. Nach seinem Abschluss hatte er sie schon bald wegen einer Arbeitskollegin verlassen.

Mit Hilfe von viel Schokolade, noch mehr Prosecco und Sex and the City war es Tessa und mir damals gelungen, sie wieder aufzurichten.

Vor einem Jahr hatte Liz ihr Glück beim Onlinedating versucht. Mit einigen Männern hatte sie auch Verabredungen gehabt, aber die Erfahrungen, die sie damals gemacht hatte, waren so haarsträubend, dass sie nach einigen Wochen entnervt aufgegeben hatte.

»Wie hieß nochmal der Typ, der auf deine Kosten ein Yogastudio eröffnen wollte?«

»Auf Ibiza?« Liz lachte. »Michael, aber er nannte sich Krishnasuva oder so. Den habe ich neulich nochmal getroffen. Er war mir immer noch böse, dass ich nicht an ihn und seine Berufung geglaubt habe.«

»Und welche Marotten hatte der attraktive Hauptkommissar?« Ich lachte. »Stand er auf Fesselspiele?«

»Wie bitte?« Liz sah kurz zu mir hinüber. »Woher soll ich das wissen?«

»Habt ihr bei euren Dates nicht über eure sexuellen Vorlieben gesprochen?«

»Ich hatte doch nie ein Date mit ihm.«

Ich war verwirrt. »Du hast doch gesagt, ihr kennt euch vom Onlinedating.«

»Nein.«

»Woher dann?«

»Warum willst du das unbedingt wissen?«

So ein ausweichendes Verhalten passte nicht zu Liz. Von

all ihren Bekannten wusste ich, wann und wo sie ihn oder sie kennengelernt hatte, nur bei so einem attraktiven Typen schwieg sie sich aus. Trotzdem beschloss ich, die Sache auf sich beruhen zu lassen, zumindest für heute.

Liz fuhr den Alleenring entlang, vorbei am Hauptbahnhof Richtung Lichtenbusch, einem der etwas besseren Stadtteile am Südrand.

»Wo wohnten eigentlich Ramona und Frank?«, fragte ich.

»Auch in Lichtenbusch«, sagte Liz. »Ramona mochte nicht im Großstadttrubel wohnen. Außerdem hat sie mit ihrem Bruder Ralf seit einiger Zeit die Leitung von Farbe und Lacke Sommer übernommen. Da war es so praktischer.«

»Und das hat funktioniert?«

»Ralf ist der eigentliche Chef, aber Ramona meinte einmal, sie habe den inoffiziellen Auftrag, ihm auf die Finger zu schauen.«

Wir ließen den Großstadtverkehr hinter uns.

»Das heißt, seine Eltern vertrauen ihm nicht genug«, stellte ich fest.

»Er wollte nicht in den elterlichen Betrieb einsteigen«, erklärte Liz. »Lieber wäre er für eine Weile in die USA gegangen, um auf einer Ranch zu arbeiten. Aber er durfte nicht. Einziger Sohn und so.«

»Wäre das nicht ein klassisches Mordmotiv?«, überlegte ich. »Ralf hat Firmengelder veruntreut oder wollte sich ins Ausland absetzen und sie kam ihm auf die Schliche.«

»Zu klassisch«, antwortete Liz.

Sie lenkte das Auto in eine Sackgasse und hielt am Straßenrand.

Das Haus der Sommers war das typische Haus einer Familie, die es mit Fleiß zu Wohlstand gebracht hat. Groß, aber nicht zu groß, mit dem richtigen Maß an Protz. Es vermittelte mittelständischen Wohlstand. Das Haus stand etwas nach hinten versetzt und davor waren mehrere SUVs geparkt.

Gut, dass Tessa die nicht sieht, dachte ich. Sie hätte uns einen Vortrag über die moderne Bourgeoisie gehalten und Familie Sommer vermutlich ihre Verachtung spüren gelassen.

Die Fassade des Hauses bestand aus Natursteinen, wie man sie hier häufiger sieht, denn es gibt einige Steinbrüche in der Nähe. Zwei Säulen neben der Eingangstür stützten eine Balustrade.

Frau Sommer erschien in der Tür und winkte Liz zu. Sie trug ein schwarzes, enganliegendes Kleid, das ihre schmale Figur betonte.

»Liz, Liebes«, sagte sie und umarmte meine Freundin zur Begrüßung. »Danke, dass du vorbeikommst.«

»Ich habe Camilla Kaußen mitgebracht.« Liz zeigte auf mich. »Wir waren alle zusammen in der Schule.«

»Camilla«, begrüßte mich Frau Sommer, schien sich aber nicht an mich zu erinnern. »Kommt doch herein.« Sie reichte mir ihre perfekt manikürte Hand.

Wir folgten ihr in ein großes Esszimmer, an dessen Tisch mindestens zwölf Personen Platz fanden. Ob hier Diener abends das Dinner servierten?

Offensichtlich mochte das Ehepaar Sommer Afrika, wie man an der Einrichtung erkennen konnte. Neben einigen traditionellen Masken fanden sich auch sehr viele Dinge, die jedem Tierschützer Tränen in die Augen getrieben hätten:

Stoßzähne in Originalgröße, ein Gepardenfell und Hocker aus Elefantenfüßen. Sogar einen ausgestopften Löwen konnte ich durch die geöffnete Tür im Wintergarten erkennen.

»Mein Mann hat leider einen Termin«, sagte Frau Sommer, nachdem sie uns Kaffee eingeschenkt hatte.

Den hatte sie selbst in der Küche geholt, also gab es kein Dienstpersonal oder es hatte seinen freien Nachmittag.

Du siehst zu viele historische Filme, rief ich mich selbst zur Ordnung.

»Ralf wird noch zu uns stoßen.« Frau Sommer wandte sich meiner Freundin zu. »Du kennst ihn doch?«

Liz nickte.

Ich nahm einen Schluck Kaffee. Er schmeckte annehmbar, wie Kaffees aus Vollautomaten eben schmecken. Aber nicht vergleichbar mit meinem Mocca.

»Der Verlust muss schrecklich für Sie sein«, sagte ich.

»Es ist immer schrecklich, ein Kind zu verlieren«, antwortete Frau Sommer. »Aber durch Mord?«

Sie griff nach einer Packung Taschentücher und wischte sich einige Tränen weg. »Der Mörder hat uns nicht nur unsere Tochter genommen, sondern auch die Zukunft der Firma.«

»Wie das?«, fragte ich.

»Ramonas Schwangerschaft«, antwortete sie.

»Das wusste ich ja gar nicht.« Liz' Gesichtsausdruck war eine Mischung aus Freude und Bestürzung.

»Ramona hat es erst vor ein paar Tagen erfahren.« Frau Sommer wurde von einem heftigen Weinkrampf geschüttelt. »Nachdem sie und Frank so lange darauf gehofft hatten.«

Liz legte ihr mitfühlend eine Hand auf den rechten Arm.

Große Erwartungen an ein Ungeborenes, aber das wollte ich nicht laut aussprechen.

»Aber ihr habt doch noch Ralf«, sagte Liz tröstend zu Frau Sommer.

»In Ralf setze ich diesbezüglich keine großen Hoffnungen«, antwortete Frau Sommer. »Keine seiner Beziehungen hielt länger als zwei Jahre. Er wird uns sicher nie einen Enkel schenken.«

Ich nahm einige Bissen Reisfladen, eine belgische Delikatesse, die auch bei Aachenern beliebt ist. Währenddessen sah ich mich weiter um. Durch die breite Fensterfront sah ich den Swimmingpool. Vage Bilder einer Poolparty kamen mir ins Gedächtnis. Viele ausgelassene Teenager, die sich im Sonnenschein amüsierten, darunter Liz und ich.

»Hallo zusammen.« Ein Mann um die vierzig betrat das Zimmer.

»Hallo Ralf«, begrüßte ihn Liz. »Camilla und ich sind gekommen, um euch unser Beileid auszudrücken.«

Ralf Sommer reichte mir die Hand und warf mir ein Lächeln zu, das den erfahrenen Schürzenjäger erkennen ließ.

Bei mir würde er auf Granit beißen. Erstens hatte ich in Daniel einen lieben Freund, zweitens war Ralf nicht mein Typ. Seine Kleidung erinnerte an einen Cowboy: Jeans, Cowboystiefel und eine überdimensionierte Gürtelschnalle. Fehlte nur noch das Hemd mit Fransen. Aber das gab es garantiert in seinem Kleiderschrank.

»Liz, dein Artikel neulich hat mir sehr gut gefallen«, sagte Ralf, während seine Mutter ihn mit Kaffee versorgte. »Wie du die Vor- und Nachteile der einzelnen Ansätze ausgearbeitet hast. Gratuliere.«

»Danke«, antwortete sie.

Fragend sah ich meine Freundin an, die auf einmal sehr mit ihrem Reisfladen beschäftigt schien.

»Ich kann nicht glauben, dass Frank es getan hat«, kam Frau Sommer auf unser Gespräch zurück. »Die beiden waren so glücklich.«

»Sie wurde mit Franks Waffe erschossen«, sagte Ralf. Er wirkte seltsam gefasst. Oder er verbarg seine Trauer besser.

»Die Waffe wurde doch gar nicht gefunden«, entgegnete Frau Sommer. »Woher weiß man das also?«

»Sie wurde mit einer FN Baby erschossen und Frank hat sich erst vor kurzem eine gekauft.«

»Das sagt doch gar nichts«, verteidigte Frau Sommer ihren Schwiegersohn.

»Sie ist ein historisches Modell und nicht besonders verbreitet«, erklärte Liz.

»Aber die hätte doch jeder nehmen und Ramona damit erschießen können«, erwiderte ich.

»In Deutschland haben wir strikte Waffengesetze.« Ralf Sommer sah mich an. »Da kann man nicht einfach in ein Haus spazieren und sich eine Pistole schnappen.«

»Und Frank war in diesen Dingen immer sehr zuverlässig«, sagte Frau Sommer. »Trotzdem war er es nicht.«

Auf einem Sideboard bemerkte ich Familienfotos. Die Leidenschaft für Waffen lag in der Familie, denn viele Fotos zeigten Vater und Sohn bei der Jagd. Auf einem posierten beide vor einem erlegten Nashorn.

»Ramona hat sich nie wohl gefühlt mit den Waffen im Haus«, bemerkte Frau Sommer.

»Damit ist sie doch aufgewachsen.« Ich wies auf die vielen Jagdfotos.

»Das stimmt. Aber Ramona hielt sich immer davon fern.« Frau Sommer stand auf und nahm ein Hochzeitsfoto in die Hand. »In Frank hat sie sich unter anderem verliebt, weil er nichts mit der Jagd zu tun hatte.« Sie reichte mir das Bild.

Ramona strahlte, genau wie ihr schneeweißes Kleid. Es erinnerte mich an das Brautkleid, in dem Grace Kelly Fürst Rainier von Monaco geheiratet hatte.

Frank wirkte glücklich, aber farblos mit seinen blonden Haaren und den hellen Augenbrauen.

»Und warum ...?«

»Mein schlechter Einfluss«, antwortete mir Ralf Sommer grinsend.

Ich stellte das Foto zurück auf das Sideboard, auf dem es mehr Fotos von Ramona als von Ralf gab. Vielleicht das behütete Nesthäkchen, denn Ralf schien einige Jahre älter zu sein. Fühlte er sich dadurch benachteiligt?

»Wobei er nur auf den Schießstand ging, nie auf die Jagd«, sagte Liz. »Zumindest hat Ramona das erzählt.«

»Das stimmt«, erwiderte Ralf. »Er brachte es nie fertig, auf etwas Lebendes zu schießen.«

»Und deshalb kann er nicht der Mörder sein«, warf Frau Sommer ein. »Es gab doch gar keinen Grund. Sie erwarteten ihr erstes Kind.«

Wäre Frank nicht der Vater, wäre das durchaus ein Grund. Aber konnte ich Frau Sommer danach fragen? Wohl eher

Ramonas Freundinnen, überlegte ich und machte mir gedanklich eine Notiz.

»Wurde auch höchste Zeit, dass er das endlich hinbekam«, sagte Ralf.

Fragend sah ich ihn an.

Ralf grinste anzüglich.

»Ich finde es nur seltsam, dass Frank sich an nichts erinnern kann.« Frau Sommer schenkte uns Kaffee nach.

»Wie meinen Sie das?«, fragte Liz.

»Frank sagt, er habe keine Erinnerung an den Abend oder die Nacht. Er wachte morgens im Wohnzimmer auf und fand unsere Ramona tot.« Wieder kamen Frau Sommer Tränen.

»Das ist doch vorgeschoben«, sagte Ralf. »Hätte Frank so viel gesoffen, dass er einen Filmriss hat, könnte er unmöglich noch geschossen haben.«

»Es sei denn, er hat vorher geschossen«, sagte ich.

Ralf Sommer schnaubte.

»Aber er hatte doch kaum Alkohol im Blut«, erwiderte Frau Sommer. »Und nichts Anderes.«

»Die Polizei hat aber keine Einbruchsspuren gefunden.«, sagte Ralf.

»Also hatte der Täter einen Schlüssel oder jemand ließ ihn herein«, überlegte Liz laut.

»Man kann es drehen und wenden wie man will. Alle Spuren führen zu Frank.« Ralf erhob sich. »Entschuldigt mich. Für einen Geschäftsmann gibt es kein Wochenende.«

»Ganz so heile ist die Familie doch nicht«, sagte ich zu Liz, als wir wieder im Auto saßen.

»Welche Familie ist das schon?« Liz bog auf die Hauptstraße. »Am schlimmsten sind doch die, die sich selbst als ganz normale Familie bezeichnen.«

Da hatte Liz recht.

»Du wusstest also, dass Frank eine Waffe hat?«, fragte ich.

»Klar«, antwortete sie.

»Heute Morgen hast du gesagt, du wüsstest es nicht.«

»Ich habe gesagt, wir haben nie darüber gesprochen.«

»Was sollen diese Wortklaubereien Liz?« Ich war genervt. »Wenn wir was erreichen wollen, musst du ehrlich sein.«

»Ich bin ehrlich«, widersprach sie.

»Gut«, lenkte ich ein. »Aber du verheimlichst was.«

»Gar nicht«, rief Liz. »Frag mich irgend was, ich werde alles sagen.«

»Weißt du, ob Ramona eine Affäre hatte?«, fragte ich.

»Wie kommst du darauf?« Liz sah mich an.

Wir hielten vor einer roten Ampel.

»Nur so eine Idee«, erklärte ich. »Eben dachte ich, wenn das Kind nicht von Frank war, wäre das ein Mordmotiv.«

Liz schüttelte den Kopf. »Warum hätte sie das tun sollen?«

Liz wirkte auf mich manchmal sehr naiv.

»Externe Samenspende, weil er unfruchtbar war?«

»Ich glaube nicht«, erwiderte Liz. »Laut Ramona war körperlich alles mit den Beiden in Ordnung.«

Eine Weile fuhren wir schweigend. Es wurde schon dunkel und regnete, was das Sehen erschwerte. Trotzdem konnte ich links von uns Höckerlinien erkennen, jene steinernen Überbleibsel des Westwalls, die immer noch als Mahnmal gegen den Wahnsinn des Krieges dienten.

»Was meinte Ralf damit, dein Artikel habe ihm gefallen?«

»Dass ich einen guten Artikel geschrieben habe.«

Schon wieder diese Wortklauberei.

»Worüber? Und wo ist er erschienen?«, fragte ich.

»In den Aachener Nachrichten.«

»Und worum ging es da?«

»Pädagogische Ansätze in Kinderbüchern.«

Ich sah Liz zweifelnd an. »Was hat Ralf Sommer denn mit Pädagogik zu tun?«

»Was weiß ich«, sagte sie. »Kann ich dich da vorne raus lassen?«

Sie fuhr rechts ran und ich stieg ratlos aus.

Kapitel 5

Seit einer halben Stunde lief ich jetzt durch meine Wohnung, dabei hätte ich mich dringend für die Geburtstagsfeier stylen müssen.

Aber mir stand weder der Sinn nach Styling, noch nach Party. Ich kannte dort niemanden und rechnete mit einer steifen Veranstaltung, bei der sich die Gespräche um Mandanten, Karriere und Familie drehen würden. Zumindest war das die Art Party, zu der Daniel mich normalerweise mitnahm.

Seit wann hatte Liz Geheimnisse? Und warum? Das waren die Fragen, die mich umtrieben.

Es gab nur eine, die mir helfen konnte, deshalb griff ich zu meinem Smartphone und rief Tessa an.

»Jou«, antwortete sie nach dem zweiten Klingeln.

»Liz hat Geheimnisse«, sagte ich.

»Cool.« Ich hörte rascheln im Hintergrund. »Was?«

Tessa klang, als hätte sie etwas im Mund. Ob etwas essbares oder einen Joint konnte ich nicht abschätzen.

Ich setzte mich auf die Treppe und erzählte ihr von Hauptkommissar Schmetz und diesem Artikel, den Ralf Sommer so genial fand.

»Ein Mann im Leben von Liz?« Tessa lachte. »Das wäre ja mal was.«

»Kein Sex.«

Tristan sprang auf meinen Schoß und ließ sich nach ein paar Pirouetten schnurrend nieder.

»Schade«, sagte Tessa. »Dann hätte sie ihn postkoital ausfragen können.«

»Willst du ihn anrufen und dein Glück versuchen?«, fragte ich. »Dir traue ich so eine postkoitale Aushorchaktion eher zu als Liz.«

»Wie sieht er denn aus?«

»Super«, antwortete ich und fragte mich, ob das nicht zu begeistert geklungen hatte.

»Polizist bleibt Polizist«, entgegnete Tessa.

»Dann google wenigstens den Artikel. Keine Ahnung, warum sie daraus so ein Geheimnis macht.«

»Oder sie hat die Wahrheit gesagt.«

»Ich würde Liz nicht als Expertin für Pädagogik betrachten«, überlegte ich.

»Wer weiß«, antwortete Tessa. »Vielleicht geht es um etwas Peinliches. Spezielle Sextechniken oder so.«

Sie lachte.

Ich blieb skeptisch. »Und da fühlte sie sich durch Ralf Sommers Lob geschmeichelt?«

»Was ist er für ein Typ?«

»Alternder Cowboy«, sagte ich.

Tessa lachte. »So verzweifelt ist sie bestimmt nicht.«

Ich sah auf die Uhr. »Ich muss mich jetzt fertig machen. Daniel holt mich zu einer Geburtstagsfeier ab.«

»Er wird wohl ein paar Minuten auf dich warten können.«

»Du kennst doch Daniel«, sagte ich. »Unpünktlichkeit ist ihm ein Gräuel.«

»Kommt er im Bett auch pünktlich auf die Minute?«

»Da hat er auch zwei Zeit.« Ich legte auf.

Seufzend erhob ich mich und stieg nach oben, um mir ein passendes Outfit zu suchen.

Sollte ich das kleine Schwarze anziehen? Ich holte es aus dem Schrank und betrachtete es kritisch. Zu förmlich und zu luftig. Das Kleid hatte keine Ärmel, sondern eine mit schwarzer Stickerei verzierte Passe, die Schultern und Oberarme bedeckte.

Letzten Endes entschied ich mich für ein schlichtes silbergraues Kleid, dass ich mit einem roten Schultertuch und einer selbst gehäkelten Mütze aufpeppte. Dann räumte ich alles wieder in den Schrank, was in der letzten Viertelstunde auf meinem Bett gelandet war.

In einer Zeitschrift hatte ich einmal gelesen, die Farbe rot wecke müde Geister. Einen Energieschub konnte ich brauchen, denn der Tag war recht anstrengend gewesen. Ich lief ins Bad, um meine Müdigkeit mit Make-up zu überdecken.

Zehn Minuten später hörte ich Daniel an der Tür.

»Komme gleich«, rief ich und schminkte mich rasch zu Ende. Noch ein Spritzer Aqua Colonia und ich war bereit.

»Es ist nur ein Abendessen im kleinen Kreis.« Daniel war nach oben gekommen und stand jetzt hinter mir.

Er sah blendend aus mit seinen braunen Haaren und den tadellos weißen Zähnen.

»Neues Hemd?« Ich drehte mich um und gab ihm einen Kuss zur Begrüßung. »Sieht teuer aus.«

»Ich bin jetzt Geschäftsmann«, antwortete Daniel. »Ein seriöses Auftreten mit gepflegter Kleidung ist wichtig.«

»Du warst schon immer Geschäftsmann«, entgegnete ich. »Und immer gepflegt.«

»Bis vorige Woche war ich nur der Juniorchef in der Anwaltskanzlei.«

»Erkennt man an der gepflegten Kleidung nicht eher den Angestellten?«, fragte ich. »Wenn ich da an Mark Zuckerberg denke.«

»Das ist doch eine ganz andere Branche.« Daniel sah auf seine Armbanduhr. »Wir kommen zu spät.«

»Wir könnten auch hier bleiben.« Ich legte eine Hand um seine Hüfte. »Ich hatte einen wirklich anstrengenden Tag.«

»Das sähe nicht gut aus«, sagt er. »Der Gastgeber ist immerhin ein neuer Geschäftspartner.«

Seufzend griff ich zu meinem Mantel.

Daniel nahm mir die Mütze ab. »Die passt nicht zu einer legeren Geburtstagsfeier.«

Ich nahm ihm die Mütze ab und setzte sie erneut auf. »Du hast die Wahl. Entweder diese schicke Mütze oder eine viertel Stunde Haarstyling. Dann kämen wir zu spät.«

»Dann Mütze.« Er lief nach unten und ich folgte ihm.

Außer uns waren drei weitere Paare anwesend: unsere Gastgeber Saskia und Holger, Mary und Gordon, sowie Jana und Matthias.

Matthias und Gordon standen schon an der Minibar und tranken etwas bräunliches, vermutlich Whisky. Daniel gesellte sich zu Ihnen.

»Schön, dich kennenzulernen«, sagte Saskia und zog mich zum Wohnzimmertisch zu den beiden Frauen.

Eine nippte an einem Gläschen Sekt, die andere hatte Orangensaft in der Hand.

Mein Blick fiel auf den Esstisch im hinteren Teil des riesigen Raumes, in dem meine ganze Wohnung Platz finden würde. Die Tafel war schon gedeckt und herbstlich dekoriert, genau wie das gesamte Zimmer.

»Mary arbeitet als Kindergärtnerin.« Saskia wies auf die Orangensafttrinkerin.

»Aber nicht mehr lange.« Mary strich sich lächelnd über den Bauch.

»Wann ist es denn soweit?«, fragte ich, mehr aus Höflichkeit als aus Interesse.

»In vier Monaten.«

»Dann wird es ein Wassermann«, sagte die Sekttrinkerin. »Das sind sehr tolerante und feinfühlige Menschen. Genau wie unser Otto.«

Saskia reichte mir ein Glas Sekt.

»Jana wird demnächst ihre Familienphase beenden und in die Kanzlei ihres Mannes einsteigen«, stellte sie die Sekttrinkerin vor.

Gedanklich zählte ich die Sekunden, bis mir eine der drei die entscheidende Frage stellen würde. Ich tippte auf Mary und behielt recht.

»Wollt ihr beiden auch Kinder?«

Gespannt sahen sie mich an, doch ich musste das Trio enttäuschen. »Die Freuden der Mutterschaft haben sich mir leider nie erschlossen.«

»Wie kannst du so etwas sagen?« Mary riss entsetzt die Augen auf.

Mich traf ein tadelnder Blick meines Freundes, der Marys Aufschrei gehört hatte. Ich sah entschuldigend zurück.

»Es ist Zeit für die Vorspeise«, rief das Geburtstagskind aus der Küche.

Ich setzte mich neben Daniel und fühlte mich angesichts der vielen Teller und Bestecke an meinem Platz ein wenig wie Julia Roberts in Pretty Woman.

Mir gefiel das zeitlose weiße Villeroy & Boch Service mit seinen geschlungen Wellenrändern. Liz und ich hatten uns vor einiger Zeit diese Serie genauer angesehen. Ich hatte kurz mit einer Anschaffung geliebäugelt, mich dann aber dagegen entschieden. Geschirr ging bei mir zu häufig zu Bruch, so dass ich es nicht für klug hielt, einen halben Monatslohn allein in Teller zu investieren. So war ich bei meiner Angewohnheit geblieben, originelles Geschirr zu sammeln, aber immer nur ein oder zwei Teile zu kaufen, wodurch ich mittlerweile eine wilde Sammlung hatte.

Das Silberbesteck wirkte genauso frisch poliert wie die Kerzenleuchter. Ehrfurchtsvoll nahm ich einen Suppenlöffel in die Hand.

Mary wandte sich an meinen Freund. »Camilla sagt, ihr wollt keine Kinder.«

Erstaunt sah Daniel mich an. »Natürlich möchten wir Kinder. Wir haben nur noch nicht über den genauen Zeitpunkt gesprochen.«

»Wir haben gar nicht darüber gesprochen«, sagte ich.

Zum Glück servierte Holger jetzt den ersten Gang, ein Steinpilzschaumsüppchen mit Sahnehäubchen und dazu frisches Baguette.

»Kinder sind eine Bereicherung«, sprach Mary weiter. »Am liebsten hätte ich eine ganze Fußballmannschaft.«

Da musst du dich aber ranhalten, dachte ich, denn Mary schien mir nicht mehr so taufrisch.

Saskia bemerkte meinen genervten Blick und reagierte wie eine geübte Gastgeberin. »Camilla, was machst du denn beruflich?«

Ich hatte keine Lust, ein weiteres Mal über Hera und die Seniorenresidenz zu sprechen, nur um dann beim Thema Pflegenotstand zu landen. Zum Glück fiel mir ein, dass ich neuerdings einem Zweitjob nachging.

»Seit kurzem bin ich Detektivin.«

»Das ist ja spannend«, rief Gordon, Marys Mann. »Erzähl uns mehr!«

Ich setzte zu einer Antwort an, als Daniel mir ins Wort fiel. »Aber Camilla, du bist Sozialarbeiterin.«

»Und eine ehrenamtliche Detektivin«, sagte ich mit fester Stimme und trat Daniel kräftig auf den Fuß.

Er atmete hörbar vor Schmerz ein, hielt aber wenigstens die Klappe.

»Mit meinen Freundinnen ermittle ich in einer Familienangelegenheit.«

»Aber man kann doch nicht einfach eine Detektei aufmachen«, sagte Holger.

»Oh doch«, erklärte ich. »Dieser Begriff ist in Deutschland nicht geschützt.«

»Aber ein Gewerbe muss man sicher anmelden«, erwiderte Holger. »Und dann gibt es noch viele rechtliche Dinge zu beachten ...«

»Ist doch egal«, fiel Gordon ihm ins Wort. »Lass Camilla von ihrem Fall erzählen.«

Alle Augen waren auf mich gerichtet, nur Daniels nicht. Seine ganze Aufmerksamkeit galt der Suppe.

Jetzt musste ich improvisieren, denn unsere mageren Ermittlungsergebnisse waren nicht der Rede wert.

»Ihr könnt mir helfen«, sagte ich.

Als wollten sie die Spannung steigern, servierten Holger und Saskia erst einmal den Hauptgang, Lachs mit Tomaten-Shrimps-Kruste und Kartoffeltaler.

»Holger du hast Dich wieder selbst übertroffen«, sagte Jana schwärmerisch. »Morgen habe ich mindestens zwei Kilo mehr auf der Hüfte.«

»Die schaden dir doch nicht«, sagte ihr Mann Matthias.

Fünf auch nicht, dachte ich.

»Wobei können wir dir helfen?«, kam Gordon zum Thema zurück.

»Einem Mann wird eine schlimme Straftat vorgeworfen.« Ich legte eine theatralische Pause ein und sah in die gespannten Gesichter am Tisch. »Er kann sich an nichts erinnern. Aber er hat keinen Schlag auf den Kopf bekommen und auch keinen Alkohol getrunken.«

»LSD«, rief Saskia.

»Nee«, antwortete Holger. »Da weiß man zu viel, nicht zu wenig.«

»Kokain«, überlegte sie weiter.

»Das macht wach, nicht müde.«

»Du kennst dich ja gut aus.« Gordon lachte und schlug Holger kumpelhaft auf die Schulter.

Alle beteiligten sich am Ratespiel und wirkten fröhlich, nur Daniel und Mary nicht.

Während mein Freund sich schweigend auf seinen Wein konzentrierte, streichelte Mary schmollend ihren Babybauch.

»Geht es um den Sommer-Mord?«, fragte Jana. »Ich kenne Ramona noch vom Studium. Ihr Tod hat mich wirklich erschüttert.«

Ich ignorierte die Frage, denn Diskretion ist oberstes Gebot, auch für Hobbydetektive.

»Dann war's ihr Mann.« Holger nahm einen Schluck Wein. »Der hat vor kurzem mit dem Sportschießen begonnen und hätte somit die Möglichkeit dazu.«

»Ihr kennt euch?« Saskia sah ihren Mann fragend an.

»Flüchtig«, erklärte Holger. »Seinen Schwager Ralf kenne ich besser.« Er lachte. »Das ist ein verrückter Waffennarr. Er hat eine beeindruckende Sammlung. Zwei Colts, eine Glock und noch einige historische Modelle.«

»Es ist erschreckend, dass man derartige Mordwerkzeuge überhaupt besitzen darf«, sagte Mary. »Wenn Kinder damit in Kontakt kommen.«

»Die sind doch weggeschlossen«, beschwichtigte Gordon seine Frau.

»Trotzdem«, widersprach Mary. »Wenn ich an den Amoklauf in Winnenden denke.«

»Das war eine Ausnahme«, sagte Gordon.

»Und wenn nicht?«, rief Mary schrill. »Dann könnte auch unser Kind das Opfer eines Amokläufers werden.«

Wohl eher der Amokläufer, dachte ich. *Bei der Mutter.*

»Blutproben haben keinen Hinweis auf Drogen ergeben«,

setzte ich meine Raterunde fort, auch wenn ich mir nicht sicher war, dass das der Wahrheit entsprach.

»K.O. Tropfen«, rief Jana.

»Ja«, antwortete Holger. »Die sind nach einer Weile nicht mehr nachweisbar.«

Er lief zum Wohnzimmerschrank und kam mit einer Zeitschrift zurück, die er mir reichte.

»Da steht ein interessanter Artikel dazu drin.«

»Steckt Tessa dahinter?«, fragte Daniel. »Camilla hat einige Bekannte, die obskuren Beschäftigungen nachgehen«, erklärte er der Runde.

»Was soll das Daniel?«, entgegnete ich. »Tessa ist eine gute Freundin.«

»Die dich ständig auf dumme Gedanken bringt.«

»Detektiv zu spielen, scheint mir keine dumme Idee«, warf Holger ein. »Gerade Frauen eignen sich bestens dazu. Sie sind viel vertrauenswürdiger als Männer.«

Ich schenkte ihm einen dankbaren Blick.

Als dritten Gang genossen wir Dame Blanche. Kaltes Eis, dass sich mit warmer Schokosoße zu einer lauwarmen Brühe mischte und durch Sahne eine wunderbare Konsistenz erhielt. Herrlich.

Ich genoss Löffel um Löffel, während sich die Gespräche am Tisch um Krimis und das beste Tatort-Ermittlerteam drehten. Es war ein angenehmer Abend, ganz gegen meine Erwartungen.

Beim Abschied, weit nach Mitternacht, schlug Holger Daniel anerkennend auf die Schulter. »Mensch Junge, du hast gar nicht erzählt, dass du so eine tolle Freundin hast.«

Ich mochte Holger gleich noch etwas mehr.

»Es wäre mir lieber gewesen, du wärst bei der Wahrheit geblieben«, sagte Daniel, als wir in seinem 530er BMW saßen. »Dieser Quatsch von wegen Detektivin.«

»Das ist kein Quatsch. Liz, Tessa und ich ermitteln seit heute in einem Mordfall. Ich kam nur noch nicht dazu, es dir zu erzählen.«

Daniel schnaubte. »Welchen Eindruck macht es denn, wenn meine Freundin mit ihren Horrorstorys die Alleinunterhalterin gibt.«

»Hast du Holgers Kompliment gehört?«, fragte ich. »Alle haben sich köstlich amüsiert.«

Um das Gespräch zu beenden, schaltete ich das Radio ein. Daniel schaltete es wieder ab.

»In meinem Beruf ist Diskretion oberstes Gebot.« Er klang erregt. »Wenn meine Freundin in anderer Leute Angelegenheiten rumschnüffelt, heißt es irgendwann, ich würde dich einsetzen, um Mandanten auszuspionieren.«

»Ist doch nicht unüblich, dass Anwälte Detektive beauftragen.«

Daniel schlug mit der Hand auf das Lenkrad.

»Die Polizei schätzt solche Einmischungen gar nicht. Und du als Sozialarbeiterin hast eine besondere Verantwortung der Gesellschaft gegenüber.«

Eine Ampel sprang auf Rot und Daniel musste halten. Kurz entschlossen öffnete ich den Sicherheitsgurt.

»Falls du diese Nacht Sex wolltest, kannst du das jetzt vergessen.«

Daniel hielt mich fest. »Du benimmst dich lächerlich.«

»Wieso sind es immer die Frauen, die sich lächerlich be-nehmen, wenn sie anderer Meinung sind?«

Ich öffnete die Tür und stieg aus.

Kapitel 6

Schlaflos wälzte ich mich im Bett hin und her, aber der Streit mit Daniel ging mir nicht aus dem Kopf.

Da half nur Ablenkung.

Ich stand auf und ging die Treppe hinunter. Zum Glück hatte Isolde sich diese Nacht einen anderen Schlafplatz gesucht, vermutlich meinen Kleiderschrank.

Im Wohnzimmer schaltete ich ein paar kleine Lämpchen an und ging zum Schreibtisch. In der obersten Schublade lagen einige Kladden. Ich kaufe mir öfter eine, um Tagebuch zu schreiben. Aber leider hält dieser Vorsatz nie lange vor.

Ganz unten fand ich eine mit Rosenmuster darauf. Ich überflog den Inhalt der beschriebenen Seiten, dann riss ich sie heraus und schrieb *Ermittlungsergebnisse* oben auf eine leere Seite.

Welche Ergebnisse konnten wir bisher vorweisen? Ich setzte mich auf die Couch und dachte nach.

Ramona war erschossen worden und Frank hatte die passende Waffe. Aber machte ihn das zum Mörder? War das überhaupt die Tatwaffe? Zumindest hatte er das passende Modell, das aber verschwunden war. Zumindest hatte die Polizei sie nicht bei Frank gefunden.

Liz wusste nichts von einer Affäre Ramonas.

Wem würde ich von einer Affäre erzählen? Wohl nur den

engsten Freundinnen, wenn überhaupt. Aber standen Liz und Ramona sich so nahe?

Hatte Frank eine Affäre und wollte seine Frau loswerden? Warum hatte er sich dann nicht scheiden lassen? Vielleicht war er ebenso gläubig und lehnte eine Scheidung ab.

Nun zu Ralf. Er kam sicher problemlos ins Haus seiner Schwester. Aber hatte er ein Motiv, abgesehen davon, dass seine Eltern Ramona mehr zutrauten? Ich rief mir seine Kommentare von heute Nachmittag ins Gedächtnis, vor allem die abfälligen über Frank.

Sollte er Ramona ermordet haben, schien er es seinem Schwager in die Schuhe schieben zu wollen. Aber warum hatte er dann die Waffe gestohlen, wo die Frank doch erst recht belastete? Ich machte eine Notiz, dass wir mussten unbedingt herausfinden mussten, wie es um die Firma Sommer stand. Oder ob Ralf Geheimnisse hatte. Blieben noch Mr oder Mrs X, die großen Unbekannten.

Über all den Grübeleien war ich endlich müde geworden. Ich löschte alle Lampen und ging hinauf ins Bett. Ausschlafen war auch morgen nicht möglich, denn Tessa hatte uns zu einer Lagebesprechung ins Fastrada zitiert. Zum Glück war der Weg kurz, denn das Café lag im Erdgeschoss unter meiner Wohnung.

Das Fastrada war ein altertümliches Café. Dunkles Holz an den Wänden und viele kleine Lampen auf den Tischen verstärkten den urigen Eindruck. Die Gäste waren zusammen mit Liese der Inhaberin gealtert, die auch meine Vermieterin war. Aber das störte meine Freundinnen und mich nicht.

Wir mochten das Fastrada und seine gemütliche Atmosphäre. Und ich mochte vor allem den leckeren Kaffee, der nicht aus einem Vollautomaten kam, sondern von Liese selbst aufgebrüht wurde.

»Liese, kannst du mir Pfannkuchen mit Apfelmus und viel Puderzucker machen?«, fragte ich die Wirtin.

»Hast du schlecht geschlafen?« Sie sah mich über ihre altertümliche Hornbrille hinweg an.

»Und dabei habe ich mir so viel Mühe mit dem Make-up gegeben.«

»Mir machst du doch nichts vor.« Liese lachte. »Du möchtest immer Pfannkuchen mit Apfelmus, wenn es dir schlecht geht.«

Sie verschwand in der Küche und ich sah mich nach meinen Freundinnen um.

Ich fand sie auf unserem Stammplatz, einer runden Bank in der Fensternische. Beide hatten Frühstück vor sich stehen. Liz Rührei mit Speck, Tessa einen großen Milchkaffee und einen halben Reisfladen.

»Du siehst ja scheiße aus«, begrüßte mich Tessa. »Lange Nacht?«

»Nicht wie du denkst.« Ich setzte mich und erzählte vom gestrigen Abend und dem Streit mit Daniel.

»Das tut mir leid.« Liz nahm meine Hand.

»K.O. Tropfen«, sagte Tessa. »Hätte mir auch einfallen können.«

»Die muss man aber erstmal haben« warf Liz ein. Ihre Augenringe verrieten, dass auch sie nicht viel geschlafen hatte. Sie war in ein weites Schultertuch gewickelt.

»Gibt es im Internet«, erklärte ich. »Und nach kurzer Zeit ist nichts mehr im Blut nachzuweisen.«

Ich holte Holgers Zeitschrift aus der Tasche und schlug den Artikel über K.O. Tropfen auf.

»Das würde Frank entlasten«, überlegte Liz. Sie nahm die Zeitschrift.

»Falls das überhaupt stimmt«, sagte Tessa. »Er wäre nicht der erste Täter, der einen Gedächtnisverlust vortäuscht.«

»Es erfordert eine Menge schauspielerisches Talent, das überzeugend rüber zu bringen«, erwiderte ich. »Und ich bezweifle, dass Frank Klein das hat.«

»Ob Fabian davon weiß?« Liz legte den Artikel zur Seite.

»Wer?«, fragte Tessa.

»Der ermittelnde Kommissar.« Stöhnend stützte ich meinen Kopf in die Hände.

»Den sollten wir uns warm halten.« Tessa grinste anzüglich und ich gähnte.

»Hätten wir uns nicht später treffen können?«

»Daniel beruhigt sich schon wieder.« Liz Worte klangen tröstlich, machten meinen Zustand aber keinen Deut besser.

»Wieso bist du mit diesem Spießer immer noch zusammen?«, fragte Tessa. »Du findest einen Besseren. Ist Liz ja auch gelungen.«

Erstaunt sah Liz sie an. »Ich habe keinen Freund.«

»Aber mit einem gewissen Hauptkommissar scheinst du sehr vertraut zu sein.« Tessa grinste anzüglich.

Ich sah sie böse an. »Du übertreibst mal wieder.«

»Genau«, sagte Liz. »Ich kenne ihn nur flüchtig.«

Aber Tessa ließ nicht locker. »Und woher?«

»Was hast du alles erzählt?« Liz warf mir einen wütenden Blick zu.

Einen weiteren Streit würde ich nicht ertragen, deshalb holte ich aus meiner Tasche die Kladde hervor.

»Ich habe ein Ermittlungsbuch angelegt.«

Liz nahm das Buch und blätterte die ersten Seiten durch. Dann griff sie zu einem Stift und machte einige Anmerkungen über Ramonas Schwangerschaft und die Beziehung zu ihrem Mann.

Liese brachte mir meinen Pfannkuchen zusammen mit einem Latte Macchiato.

»Hast du Vanille rein getan?«, fragte ich.

»Na klar.« Sie stellte beides auf den Tisch. Dann ging sie zum Nachbartisch und nahm dort die Bestellung auf. Es waren Seniorinnen, wie die meisten von Lieses Kunden. Aber das störte uns nicht. Der Kaffee war gut, die Kuchen noch besser, was will man mehr?

»Ich war auch nicht untätig.« Tessa hatte ihr iPad vor sich liegen und zeigte uns einen älteren Artikel in der Aachener Zeitung. »Ramona war nicht so harmlos, wie man denken könnte. Offensichtlich gab es Ärger mit einer Ärztin namens Frau Dr. Weiland, einer Gynäkologin.«

Ich las mir den Artikel durch. »Sie hat ein bischen rumgestänkert.«

»Wie immer hält die Zeitung sich dezent zurück«, entgegnete Tessa.

Sie nahm mir das iPad aus der Hand und öffnete ein Internetforum. »Hier wird über die Vorwürfe Ramonas diskutiert und ob da was dran sein könnte.«

»Was hat Ramona ihr denn vorgeworfen?«

»Ärztepfusch. Sie hat tagelang vor der Praxis Flugblätter verteilt.«

»Das ist ja schrecklich!« Liz sah von der Kladde auf.

»Allerdings«, sagte Tessa. »So was macht man heute über Twitter.«

»Und worum ging es genau?« Ich nahm einen großen Bissen Pfannkuchen.

»Ramona hatte wohl große Schwierigkeiten, schwanger zu werden.«

»So was hat Ralf Sommer auch angedeutet«, sagte ich.

»Ich auch«, warf Liz ein. »Aber diese Gynäkologin hat Ramona nie erwähnt.«

»Kein Wunder.« Tessa kicherte. »Sie machte Frau Dr. Weiland für ihre vermeintliche Unfruchtbarkeit verantwortlich und strebte einen Prozess an. Das Verfahren läuft.«

Ich sah Liz an. »Wusstest du das?«

Sie schüttelte den Kopf.

»Das hat sich ja jetzt erledigt. Ramona war schwanger.«

»Und ist jetzt tot«, sagte Tessa.

Wir sahen uns einen Augenblick schweigend an.

Liz durchbrach als erste die Stille. »Denkt ihr das Gleiche wie ich?«

»Ja«, antwortete Tessa. »Frau Dr. Weiland hat Ramona ermordet.«

»Ich glaube das nicht«, widersprach ich.

»Rufmord ist ein starkes Motiv«, sagte Liz. »Ein Prozess hätte Frau Weilands Existenz und Reputation vernichten können.«

»Jeder Arzt ist mal mit derartigen Vorwürfen konfrontiert«, entgegnete ich.

»Und gelegentlich flippt einer aus«, sagte Tessa. »Frau Dr. Weiland hat ausschließlich Privatpatientinnen betreut. In so einem exklusiven Kreis ist ein tadelloser Ruf noch viel wichtiger.«

»Aber wie soll sie in's Haus gekommen sein?«, fragte ich.

»Was weiß ich«, entgegnete Tessa. »Vielleicht gab es einen Ersatzschlüssel in einem Blumentopf. Details müssen wir noch ermitteln.«

»Frau Dr. Weiland befragen.« Liz nahm die Kladde und machte eine Notiz. »Aber der Vorwurf hat sich mit Ramonas Schwangerschaft erledigt.«

Tessa griff nach ihrer Kaffeetasse und wärmte sich daran die Hände.

»Wer sagt, dass Frau Weiland das wusste. Ramona war doch nicht mehr bei ihr in Behandlung.«

Liz schnitt ein zweites Brötchen auf. Bei all ihrem Appetit war sie sehr schlank. Ich beneidete sie darum, denn ich musste immer auf meine Figur achten.

»Was wissen wir noch?«, fragte Tessa.

»Ralf scheint nicht viel von seinem Schwager zu halten«, sagte ich.

»Das ist kein Mordmotiv«, entgegnete Tessa. »Es sei denn, er wollte damit seinem Schwager ...«

Liz unterbrach sie. »Nicht so sehr um die Ecke denken. Das tun Täter auch nicht, nur bei Agatha Christie.«

»Wir sollten aber Erkundigungen über ihn und die Firma einholen«, sagte ich.

»Sag mal, Frank Sommer?«, fragte Tessa. »Ist das so ein großer Blonder?«

»Ja«, antwortete Liz. »Und wir sind heute Nachmittag mit ihm verabredet.«

»Der nahm es mit der Treue wohl nicht so genau.«

»Wie kommst du darauf?« Liz' Stimme klang skeptisch.

Tessa machte es geheimnisvoll, in dem sie erst einige große Schlucke Kaffee nahm und uns dabei abwechselnd ansah. Sie gab Liese ein Zeichen, ihr noch einen zu bringen, dann ließ sie die Bombe platzen.

»Ich hatte mal ein Blind-Date mit ihm.«

»Was?«, fragten Liz und ich gleichzeitig.

»Aber er ist doch schon seit Jahren mit Ramona zusammen«, Liz schien erschrocken. »Die beiden kennen sich seit der Uni.«

»Ach du Scheiße«. Tessa lachte. »Kein Wunder, dass er Abwechslung suchte.«

Ich dachte daran, dass Daniel und ich uns auch seit der Studienzeit kannten.

»Wann war das?, fragte Liz. »Und wie weit seid ihr dabei gegangen?«

»Das war im Sommer«, antwortete Tessa.

Mich beschäftigte noch etwas anderes. »Wieso machst du Blind-Dates?«

»Der Kaffee ist lecker«, Tessa griff zu ihrem iPad.

Ich war schneller und schnappte es mir. »Das gibt's erst wieder, wenn wir eine Antwort haben.«

»Suchst du etwa einen Freund?«, fragte Liz.

Tessa schnaubte.

»Aber wozu ist man sonst auf Dating-Portalen?«

»Deine Naivität ist immer wieder erschreckend.«

»Was ist jetzt?« Ich winkte mit dem iPad vor ihrer Nase.

»Es ist zu komisch, wie diese Typen sich winden«. Tessa grinste. »Suchen tausende Ausreden, warum sie ihre Frauen betrügen.«

Sie griff sich das iPad.

»Du gehst jedenfalls nicht mit zu Frank«, entschied ich.

»Nee«, antwortete sie. »Ich hau' mich gleich aufs Ohr. Hab die ganze Nacht gearbeitet.«

»Danach kannst du überprüfen, ob er das öfter gemacht hat«, sagte ich. »Und wie es mit Ramonas Treue stand.«

Liz' erbosten Blick ignorierte ich, schließlich ging es nicht um Tratsch sondern um Ermittlungen.

Kapitel 7

Drei Stunden später saßen Liz und ich im Auto und fuhren wieder nach Lichtenbusch hinaus, diesmal zu Frank.

»Ich verstehe Daniel nicht«, sagte ich. »Was ist so furchtbar daran, dass ich mit meiner Geschichte die Runde gestern unterhalten habe?«

»Daniel war vermutlich nur überrascht«, ergriff Liz seine Partei. »Niemand ist es gewohnt, dass du einen ganzen Abend lang das Gespräch beherrschst. Das machst du sonst nicht.«

Ich schaltete das Radio ein. Sie brachten den üblichen Mix aus Hits und belanglosen Neuigkeiten.

Als über die Schwangerschaft von Kate Middleton berichtet wurde, schaltete Liz das Radio aus.

»Mit dem Smalltalk ist es wie mit den Radiosendern« sagte sie. »Nett, aber immer das gleiche. Ein Gespräch über eine Mordermittlung ist was ganz anderes.«

Ich drehte mich zu Liz um. »Aber dann sollte Daniel mir doch dankbar sein.«

»Mit Smalltalk geht man auf Nummer sicher«, antwortete sie. »Man kann einen Abend bestreiten, ohne zu viel von sich preiszugeben oder einen Streit zu provozieren. Was glaubst du denn, warum die Leute so viel übers Wetter sprechen?«

»Ich soll also schweigen oder übers Wetter reden? Da bleibe ich doch lieber zu Hause.«

Liz sah zu mir herüber. »Welche Frau mögen die Engländer wohl lieber? Kate oder Camilla?«

»Weiß ich doch nicht«, gab ich unwirsch zur Antwort.

»Denk nach«, sagte Liz.

Ich dachte an die ewig lächelnde Kate. Sie machte ihren Job gut, soweit ich das beurteilen konnte. Sie hatte einen Thronfolger geboren, die oberste Pflicht einer Kronprinzessin, auch wenn das heute niemand mehr zugeben würde. Camilla dagegen war die Geliebte von Charles gewesen und der Grund für das Scheitern seiner Ehe mit der allseits beliebten Diana zerbrochen war. Das haben ihr viele Menschen bis heute nicht verziehen, warum auch immer.

»Kate«, antwortete ich.

»Und wer ist interessanter?«

Wieder dachte ich an Kate. Mit ihrer schlanken Figur und ihren langen dunklen Haaren unterschied sie sich kaum von Mary von Dänemark. Außerdem hatte sie nie einen Skandal provoziert, nie einen Journalisten beleidigt oder einen unpassenden Witz gemacht.

»Camilla«, war ich mir sicher.

Jetzt verstand ich, worauf Liz hinaus wollte. »Ich soll mich also entscheiden, ob ich Kate oder Camilla sein will?«

»Und begreifen, dass du dich gestern Abend vor Daniels Augen von Kate zu Camilla verwandelt hast.«

»Ich war schon immer Camilla«, antwortete ich. »Immerhin heiße ich auch so.«

»Du warst also eine Camilla im Katepelz.«

Wir lachten.

Ich hätte noch stundenlang weiter philosophieren können,

aber solche Überlegungen mussten warten. Wir hatten eine Aufgabe.

»Erzähl mir von Frank«, bat ich Liz, denn außer seinem Namen wusste ich so gut wie nichts über Ramonas Mann.

»Er ist Informatiker an einem der vielen Institute an der RWTH. Laut Ramona arbeitete er an spannenden, zukunftsorientierten Projekten. Genaueres konnte sie mir aber nie erklären.«

»Ralf scheint nichts von seinem Schwager zu halten«, warf ich ein.

»Ramona hat ihren Bruder einmal als verkappten Cowboy bezeichnet. Frank ist ihm nicht hart genug von seinem Wesen her, was Ralf ihn bei jeder Gelegenheit spüren lässt. Aber laut Ramona ist Frank der beste Mann der Welt, eben weil er so anders ist.«

»Der aber ein Hobby hat, das Ramona nicht gefiel«, entgegnete ich.

Erbost sah Liz mich an. »Er hat bestimmt nicht mit Tessa geschlafen.«

»Ich meine das Schießen, Liz«, antwortete ich.

Eine Weile hing jede ihren Gedanken nach. Dabei fiel mir ein, dass Tessa nur von einem Date gesprochen hatte. Das könnte bedeuten, Frank war doch unschuldig, zumindest in dieser Hinsicht.

»Hat er mit dem Schießen angefangen, um vor der Familie seiner Frau besser dazustehen?«

»Ja«, sagte Liz. »Aber auch das war Ralf nicht gut genug.«

Ich dachte an Ralfs abfällige Bemerkung von gestern, das Frank nie auf etwas Lebendes schießen würde. In der Familie

Sommer hatte man noch sehr archaische Vorstellungen von Männlichkeit.

Wir waren einige Minuten zu früh und parkten auf der anderen Straßenseite. Das Haus der beiden war ein schlichter Bau aus bräunlichen Bruchsteinen. Im Vorgarten blühten noch einige Stauden, aber auch ihre Zeit würde in ein paar Tagen vorbei sein.

Ich wollte schon das Auto verlassen, aber Liz hielt mich zurück. Sie deutete auf die Haustür, die sich in diesem Moment öffnete. Eine Frau im roten Mantel kam heraus, gefolgt von Frank. Sie umarmte ihn. Frank erwiderte die Umarmung, schob sie dann aber von sich. Sie drehte sich um und lief an unserem Auto vorbei, während Frank ins Haus zurückging.

Die Frau war attraktiv. Sie trug einen Kurzhaarschnitt, der ihre hohen Wangenknochen gut zur Geltung brachte.

»Kennst du sie?«, fragte ich Liz.

Sie schüttelte den Kopf. »Bestimmt eine Bekannte.«

»Aus dem Internet?«

»Wir sollten Tessas Erzählungen nicht allzu viel Bedeutung beimessen.« Liz stieg aus und schlug heftig die Tür zu.

Ich folgte ihr.

»Ramona könnte ihm auf die Schliche gekommen sein.«

»Frank hat seine Frau nicht ermordet«, rief Liz. »Und das werde ich beweisen.«

Ich fragte mich, warum Liz so sehr von der Unschuld Franks überzeugt war. Aus meiner Sicht sprach vieles für ihn als Täter. Ich würde ein Auge auf sie haben müssen, damit sie nicht aus Befangenheit falsche Schlüsse zog.

Liz klingelte.

Nach kurzer Zeit öffnete Frank die Tür.

»Liz«, sagte er und umarmte sie.

»Das ist Camilla.« Sie zeigte auf mich.

»Kommt rein.« Frank ging vor uns her ins Wohnzimmer.

Das Haus war geschmackvoller eingerichtet, als das der Familie Sommer, denn hier standen nirgendwo zweifelhafte Reisesouvenirs herum. Ramona hatte den Landhausstil bevorzugt, zumindest nahm ich an, dass sie für die Einrichtung verantwortlich war. Mir gefiel die gemauerte Backsteinwand mit dem eingelassenen Kamin, in dem ein kleines Feuer brannte. Der Raum wirkte dadurch sehr behaglich, ideal für einen trüben Sonntagnachmittag wie heute.

Insgesamt war mir der Raum aber zu farblos, denn Möbel und Wände bestanden hauptsächlich aus Cremetönen. Ein paar gerahmte schwarz-weiß Fotografien hingen an der Wand über dem Esstisch. Sie zeigten Ramona und Frank als glückliches Paar in einem Fotostudio oder vor dem Eiffelturm. Sonst gab es nicht viele persönliche Dinge.

»Das hat Ramona eingerichtet«, sagte Frank, der meine Blicke bemerkt hatte. »Aber ich weiß nicht, ob ich hier noch länger wohnen bleiben kann.«

Er setzte sich auf eine geräumige Sitzlandschaft, auf der eine Bettdecke und ein Kissen lagen. Überhaupt fiel mir eine gewisse Unordnung auf, aber das war kein Wunder. Wäre Daniel ermordet worden, stünde mir auch nicht der Sinn nach Aufräumen.

Liz und ich setzten uns ebenfalls.

»Möchtet ihr Kaffee?« Frank stand auf und lief, ohne eine Antwort abzuwarten, in die Küche. Die Geräusche ließen auf einen Kaffeevollautomaten schließen, eine dieser Edelmaschinen, die Kaffee ohne jeden Charakter ausspuckte.

»Können wir Frank wirklich befragen?« Ratlos sah ich Liz an. »Er scheint mir ziemlich durch den Wind zu sein.«

»Vermutlich ist er froh, darüber reden zu können«, antwortete sie.

Ich sah durch die breite Glasfront in den Garten. Ans Haus schloss sich eine Terrasse an. Die Terrakottatöpfe erweckten im Sommer Mittelmeerflair, aber jetzt im Herbst wirkten die verblühten Pflanzen trist.

Am Rand der Terrasse nahm ich eine Bewegung wahr. Eine Gestalt in schwarzer Kleidung huschte vorbei. Ich hielt den Atem an. Hatte der Mörder auch Frank umbringen wollen? Kam er nun zurück, um sein Werk zu vollenden?

Mein Herz schlug schneller. Sollte das der Fall sein, würden Liz und ich die nächsten Opfer auf seiner Liste sein. Zeugenbeseitigung. Das gab es in jedem Krimi.

Ich wollte meine Freundin auf die Gestalt aufmerksam machen, aber etwas hielt mich zurück. Die Bewegungen der Person dort draußen kamen mir bekannt vor.

»Ich muss mal aufs Klo«, sagte ich zu Liz.

Leise öffnete ich die Haustür und huschte hinaus. Zum Glück war es ein freistehendes Haus. Es gab auch keinen Zaun oder eine Garage. Nichts, was den Weg in den Garten erschwert hätte. Ich konnte einfach um das Haus herum gehen, in meinen Augen schrecklicher Leichtsinn. Natürlich war mir bewusst, dass ein Zaun kein wirkliches Hindernis für Verbrecher darstellte, aber unnötig leicht musste man es ihnen auch nicht machen.

Die Gestalt war jetzt im hinteren Teil des Gartens am Teich. Sie kroch zwischen einigen Gebüschen herum und suchte anscheinend etwas.

Schnell warf ich einen Blick durch die Glasfront ins Haus. Frank war aus der Küche gekommen. Er saß wieder auf der Couch und unterhielt sich mit Liz.

Hastig huschte ich zu der Gestalt hinüber.

»Bist du verrückt?«, fragte ich.

»Hallo Camilla«, antwortete Tessa. Sie drehte sich zu mir herum, schien weder überrascht noch erschrocken zu sein.

»Was machst du hier?«, flüsterte ich.

Dann fiel mir ein, dass Frank und Liz mich unmöglich hören konnten.

»Tatortbegehung.«

»Wenn Frank dich gesehen hätte.«

»Der ist doch durch euch abgelenkt.« Tessa beugte sich unter eines der Gebüsche. »Ah.«

»Was?«

»Ein Flusen.« Tessa kam wieder nach oben. »Den hat die Polizei wohl übersehen.«

Sie holte ein Plastiktütchen aus einer ihrer Hosentaschen und ließ den Flusen hineingleiten.

»Was hast du damit vor?«, fragte ich.

»Zunächst einmal mache ich Fotos und sammle Indizien«, antwortete sie. »Dann sehen wir weiter.«

Ich ging in die Hocke und sah zum Haus hinüber.

»Im Dunkeln kann man von hier aus problemlos das Haus und seine Bewohner beobachten, ohne selbst gesehen zu werden«, sagte ich.

»Wohnen auf dem Präsentierteller«, erwiderte Tessa. »Ich verstehe nicht, was an diesen riesigen Glasfronten so toll ist.«

»Hast du schon eine Idee, wie der Täter ins Haus gekommen sein könnte?«

»Vielleicht gibt es ein loses Kellergitter oder etwas ähnliches«, antwortete Tessa.

Ich sah auf meine Uhr. Mein Ausflug hatte länger gedauert, als erwartet. Liz würde mich schon vermissen.

»Ich muss wieder rein.«

»Ich suche nach Einbruchsmöglichkeiten«, sagte Tessa. »Und ihr seht euch im Haus um.«

Eilig lief ich durch den Garten zurück zur Vorderseite des Hauses. Als ich außer Atem vor der verschlossenen Haustür stand, fluchte ich leise. Ermittlungsmäßig unerfahren, wie ich war, hatte ich die Tür zuschlagen lassen. Ich musste also klingeln.

Zum Glück kam Liz an die Tür.

»Was machst du hier draußen?«, fragte sie erstaunt.

»Frag nicht.« Ich lief an ihr vorbei ins Wohnzimmer.

»Ich brauchte etwas frische Luft«, erklärte ich den Beiden. »Die ganze Sache ist sehr aufwühlend für mich.«

Wir setzten uns wieder.

»Was glauben Sie, wie ich mich fühle«, sagte Frank.

»Wo haben Sie sie gefunden?«, fragte ich.

»Oben im Schlafzimmer«, antwortete er tonlos. »Der Täter hat sie in unserem Ehebett erschossen.«

Liz gab etwas Milch und Zucker in eine Tasse Kaffee und reichte sie mir.

Ich dachte an Tessas Worte.

»Wir müssen uns den Tatort ansehen«, raunte ich Liz zu. Sie nickte kurz.

»Deine Schwiegermutter sagt, du könntest dich an nichts erinnern.«

Frank schwieg einen Moment. »Das klingt wohl ziemlich unglaubwürdig.«

»Wir glauben dir.« Liz lächelte. »Und Hauptkommissar Schmetz bestimmt auch.«

Ich teilte Liz' Optimismus nicht.

»Sie wurde mit einer FN Baby erschossen. In unserem …« Franks Stimme versagte.

Liz setzte sich neben ihn und legte einen Arm um seine Schulter.

»Lässt du mich einmal nach oben?«, fragte sie sanft. »Ich möchte sehen, wo sie gestorben ist.«

Frank stand auf. Seine Bewegungen waren langsam, als trüge er Gewichte an den Gliedmaßen.

Wir folgten ihm nach oben.

Es gab vier Türen. Ein Bad und drei Schlafzimmer vermutete ich. Eines davon hätte das Kinderzimmer werden sollen. Frank öffnete die Schlafzimmertür. Wir betraten einen geräumigen Raum, der von einem großen Ehebett dominiert wurde. Die Spuren der Tat waren noch nicht beseitigt. Erfahrene Kriminologen können anhand von Blutspritzern einen Tathergang rekonstruieren. Aber ich sah nichts weiter als ein Massaker, eine sinnlose Tat, die eine junge Frau viel zu früh aus dem Leben gerissen hatte.

»Morgen kommt eine Reinigungsfirma, die die letzten Spuren beseitigt«, sagte Frank.

»Hier ist sie also gestorben.« Liz lief zum Bett hinüber. »Wer macht so etwas?« Sie strich über das blutige Kopfkissen.

»Wenn ich das wüsste«, erwiderte Frank. »Ramona war immer freundlich zu allen.«

»Gab es Unstimmigkeiten in der Firma?«, fragte ich.

»Keine Ahnung«, antwortete Frank.

Ich war mir nicht ganz sicher, ob das stimmte, wollte aber nicht weiter nachfragen.

»Sie soll einen Prozess gegen eine Ärztin angestrengt haben«, sagte ich stattdessen.

»Ach das.« Frank trat ebenfalls ans Bett. »Ramona wollte die Anzeige fallen lassen.«

Auf der Kommode lagen mehrere Erziehungsratgeber. Auch eine Wiege stand schon im Raum.

»Wann genau wurde sie ermordet?«, fragte Liz.

»Zwischen ein und vier Uhr nachts«, flüsterte Frank.

»Sie hat also geschlafen«, überlegte Liz. »Und ihren Mörder nicht gesehen.«

»Hoffentlich.« Franks Stimme klang erregt. »Aber womöglich hat sie auch um ihr Leben gekämpft. Und ich habe nichts mitbekommen.«

»Lass uns wieder nach unten gehen«, sagte Liz. »Und da erzählst du uns alles.«

»Ich wachte hier unten auf«, berichtete Frank, als wir wieder im Wohnzimmer saßen. »Mein Mund fühlte sich trocken an und ich hatte einen schrecklichen Kater. Als ob ich zu viel gesoffen hätte.«

»Ist Ramona vor dir ins Bett gegangen?«, fragte Liz.

Frank nickte.

»Sie fühlte sich nicht wohl. Deshalb ging sie schon gegen acht nach oben. Sie wollte noch etwas lesen und dann früh schlafen.«

»Und du?«

»Ich hab hier unten noch ferngesehen.« Er lachte bitter auf. »Einen Tatort. Dabei habe ich einen Whisky getrunken, wie jeden Abend. Plötzlich wurde mir schwindelig. Zuerst dachte ich an Kreislaufprobleme. Ich legte die Beine auf die Couch, aber es wurde nicht besser. Und dann bin ich wohl eingeschlafen.«

»Und wann sind Sie wieder erwacht?«, wollte ich wissen.

»Am nächsten Morgen«, erklärte Frank. »Es war schon nach acht. Ich wunderte mich, dass Ramona mich nicht geweckt hatte, schließlich ist sie um diese Zeit immer schon im Büro.«

»Also bist du nach oben gegangen, um nach ihr zu sehen«, sagte Liz.

Frank nickte.

Nach Details wagte ich nicht zu fragen, und auch Liz schien sich unwohl zu fühlen. Sie rutschte auf ihrem Sitzplatz hin und her.

»Könnte jemand Fremdes ins Haus gekommen sein?«, fragte ich nach einer Weile.

»Meine Schwiegereltern haben einen Schlüssel«, antwortete Frank. »Sonst niemand.«

»Die Putzfrau«, sagte Liz.

»Kam immer, wenn Ramona da war«, erwiderte Frank. »Sie war Fremden gegenüber eher zurückhaltend und wollte nicht, dass jemand ohne uns im Haus war.«

»Was ist mit den Fenstern?« Ich zeigte auf die Glasfront hinter uns. »Gibt es dort eine Tür?«

Frank stand auf, trat ans Fenster und öffnete eine Glastür. »Die ist nur von innen zu öffnen.«

Mit meinen Augen suchte ich den Garten ab. Tessa war zum Glück nicht zu sehen.

»Einen erfahrenen Einbrecher hält das nicht lange auf«, sagte Liz.

»Wir haben eine Alarmanlage«, erklärte Frank. »Meine Ramona hatte Angst vor Einbrüchen, weil das Haus ihrer Eltern einmal ausgeraubt wurde. Deshalb haben wir viele Sicherungsmaßnahmen getroffen.«

»Also ist der Keller auch gesichert?«, fragte ich.

»Mit einem Sicherheitsschloss.« Er schloss die Tür wieder.

»Genau wie am Waffenschrank«, überlegte Liz.

»All diese Fragen habe ich mir schon so oft gestellt«, sagte Frank. »Und die Polizei auch.«

»Haben die Beamten auch überprüft, ob wirklich alles verschlossen war?«, fragte Liz.

Frank nickte. »Das ist ja mein Problem. Alles spricht gegen mich. Aber ich war es nicht.«

Wieder vergrub er den Kopf zwischen den Händen.

»Eben kam eine Frau aus dem Haus.« Ich ignorierte Liz' warnende Blicke, denn wir waren nicht zu einem Kondolenzbesuch hier. »Sie trug einen roten Mantel.«

Frank zögerte einen Augenblick.

»Sabine ist nur eine Nachbarin.«

»Aber wieso ...?«

Liz fiel mir ins Wort. »Wo ist der Waffenschrank?«

»Im Keller«, antwortete Frank. »Aber außer Ramona wusste niemand, wo ich den Schlüssel aufbewahre.«

»Wo ist er denn?«, fragte ich. »Ist es ein naheliegendes Versteck, ein Schlüsselkasten?«

»Mein Schlüsselbund«, erwiderte Frank.

Auch nicht besser, dachte ich und gab Liz ein Zeichen. Wir verabschiedeten uns, denn vorerst würden wir hier nichts mehr erfahren.

Kapitel 8

Montag früh. Der Wecker klingelte unerbittlich.

Nach unserem Besuch bei Frank hatten Liz und ich noch lange zusammengesessen und die bisherigen Ermittlungsergebnisse besprochen. Viel war es nicht, was wir vorzuweisen hatten, aber wir standen auch erst am Beginn. In dieser Phase ergeht es einem Hercule Poirot auch nicht anders.

Das versuchte ich mir zumindest einzureden, denn im Grunde zweifelte ich daran, dass wir den Mörder fangen würden. Die Grübeleien darüber ließen mich die halbe Nacht nicht schlafen.

Zu gerne hätte ich den Wecker abgestellt und mich noch einmal umgedreht. Aber ich hatte einen Job, da half alles Nichts. Ich schaltete also das Licht an und den Wecker aus.

Schlaftrunken stieg ich nach unten und stolperte als erstes über einen leeren Futternapf. Der gehörte nicht ins Wohnzimmer, sondern in die Küche, aber Tristan schob die leeren Näpfe gerne durch die Wohnung, vermutlich in der Hoffnung, es könnte noch ein Rest Fressen für ihn heraus fallen.

Ich machte mich auf die Suche nach dem zweiten Napf, um beide neu zu füllen. Das wurde mir aber von Isolde erschwert, die währenddessen schnurrend um meine Beine herumstrich.

Nachdem die Katzen mit Futter versorgt waren, konnte ich

auch mich versorgen, zunächst mit Kaffee. Mein körperlicher Zustand schrie nach etwas Starkem, einem Espresso.

Ich öffnete meinen Kaffeeschrank, in dem sich unter anderem ein Espressokocher, ein Milchaufschäumer und eine Kaffeemühle befanden. Die Mühle war ein Geschenk Daniels gewesen. Sie konnte Kaffeebohnen nicht nur klein häckseln, sondern je nach Wunsch grob oder fein mahlen. Da ich das wunderbare Teil in seiner Gänze würdigen wollte, hatte ich angefangen, mit unterschiedlichen Mahlgraden, Kaffeebohnen und Brühverfahren zu experimentieren.

Ich griff eine Dose mit Espressobohnen und gab einige in die Kaffeemühle, die in wenigen Augenblicken fein gemahlenes Pulver daraus machte.

Während ich darauf wartete, dass das Wasser im Espressokocher heiß wurde, tat ich das Gleiche, was ich schon gestern Abend laufend gemacht hatte. Ich checkte Mails und Apps, um zu sehen, ob eine Nachricht von Daniel gekommen war.

»Soll ich mich bei ihm melden?«, fragte ich Isolde. Meine schwarze Katze saß vor mir auf dem Boden und sah mich mit ihren grünen Augen erwartungsvoll an.

Ich goss mir den fertigen Espresso ein und setzte mich zu Isolde auf den Boden. Augenblicklich kam sie hinüber, um sich auf meinem Schoß einzurollen. Seufzend streichelte ich sie einige Minuten.

»Ich werde Daniel nicht anrufen«, teilte ich Isolde meinen Entschluss mit. »Damit würde ich eine Schuld eingestehen, die ich nicht empfinde.«

Bevor sie es sich zu sehr auf meinem Schoß bequem machte, schob ich sie von mir und stand auf.

Ein Blick in meinen Vorratsschrank erinnerte mich daran, dass ich über all der Aufregung am Wochenende das Einkaufen vergessen hatte. Außer zwei alten Brötchen und einem Rest Müsli hatte ich nichts mehr im Haus.

Auf meinem Weg zur Arbeit würde ich also bei einem Bäcker haltmachen und mir etwas zum Frühstück besorgen.

Hastig lief ich nach oben und zog mich an.

Offensichtlich hatten noch mehr Menschen heute Morgen vor ihren leeren Schränken gestanden, zumindest der Menschenmenge in der Bäckerei nach zu urteilen. Ich stellte mich an und wartete.

Weiter vorne sah ich einen Mann, der mir bekannt vorkam. Irgendwo hatte ich diese breiten Schultern und das rotblonde Haar schon einmal gesehen.

Während ich noch überlegte, drehte er sich um und sprach mich an. »Guten Morgen, Frau Kaußen.«

Jetzt erkannte ich das Lächeln. »So früh schon im Einsatz, Hauptkommissar?«

»In einem Kaffeenotfalleinsatz.« Er zeigte mir drei Becher, die er in der Hand hielt.

»Haben Sie den Mörder schon gefasst?«

»Dann wäre ich jetzt nicht in einem Kaffeenotfalleinsatz, sondern läge noch in meinem Bett.«

Nach einem kurzen Gruß verließ er die Bäckerei.

»Ging es um den Sommer-Mord?«, fragte mich die Verkäuferin.

»Schreckliche Sache«, sagte eine Kundin. Sie nahm eine Brötchentüte entgegen und drehte sich zu mir um.

»Frau Klein-Sommer war eine Bekannte«, antwortete ich.

Nach mir hatte niemand mehr den Laden betreten, also blieb Zeit für ein Pläuschchen. Das dachte zumindest die Verkäuferin, denn sie begann zu erzählen.

»Mein Mann arbeitet bei Farbe und Lacke Sommer. Früher war immer alles korrekt, aber seit einem Jahr läuft da nix mehr rund. Meinem Michael wurde zweimal der Lohn nicht pünktlich gezahlt. Er sagte auch, die junge Frau Sommer soll in letzter Zeit so bedrückt gewirkt haben.«

»Bedrückt?«, fragte ich.

Von meiner Arbeit wusste ich, dass man Interesse zeigen, die Menschen ansonsten aber reden lassen sollte.

»Sie schien öfter mit ihrem Bruder zu streiten.«

»Kein Wunder«, sagte die Kundin, eine ältere Dame mit lila gefärbter Dauerwelle. »Angeblich soll der werte Herr sich ja mehr in Casinos als auf den Baustellen herumgetrieben haben.«

»Soweit ich weiß, wollte er gar nicht in den Betrieb einsteigen«, entgegnete ich.

»Cowboy werden wollte er.« Die Verkäuferin lachte. »Wie ein Cowboy hat er sich auch aufgeführt.«

»Ist immer nach Afrika geflogen«, eiferte sich die Kundin. »Zur Großwildjagd.«

»Und in die USA zum Rodeo«, warf die Verkäuferin ein. »Ein Heidengeld muss das kosten.«

»Wie geht es denn mit der Firma weiter?«, fragte ich. »Jetzt ohne kontrollierende Blicke.«

»Na ja, oft war sie in letzter Zeit nicht da«, entgegnete die Verkäuferin. »Sie hat eh nur die Buchhaltung gemacht und dafür lässt sich problemlos Ersatz finden. Auch darüber müssen die Beiden sich gestritten haben, sagt zumindest mein Michael.«

Ein neuer Kunde betrat den Laden und beendete unser Gespräch.

Ich informierte meine Freundinnen über meine neuesten Informationen. Tessa meldete sich sofort und versprach, im Laufe des Tages einige Nachforschungen anzustellen. Das wunderte mich, denn Tessa ist eher nachtaktiv und daher selten vor zehn Uhr wach.

Über diesen Grübeleien hatte ich die Seniorenresidenz Frankenberg erreicht. Wenigstens würde Hera nicht da sein, denn das war sie montags nie. Ein Irrtum, wie ich gleich darauf feststellte.

»Camilla«, sagte Hera, noch bevor ich Jacke und Tasche abgelegt hatte. »Wieso waren letzte Woche nur so wenige Bewohner bei deinem Singkreis?«

Ich hängte meine Jacke in den Schrank. »Weil ein Magen-Darm-Infekt umging.«

»Mir scheint, dass passiert öfter, wenn du die Gruppen leitest.«

Ich spürte, wie mein Magen sich zusammenzog, denn solche Attacken hatte ich schon häufiger erlebt.

»Die Bewohner waren wirklich krank«, ergriff Anja, die gleich nach mir das Büro betreten hatte, meine Partei. »Die halbe Belegschaft auch.«

»Ich lass das mal so stehen«, entgegnete Hera. »Aber das darf sich nicht so bald wiederholen. Es wirft ein schlechtes Bild auf uns, wenn die Bewohner immer nur auf ihren Zimmern sitzen.«

»Sie lagen krankheitsbedingt im Bett, Hera.«

Ich griff mir ein Mensch-ärgere-dich-nicht und ein Buch mit Kurzgeschichten, dann verließ ich eiligst das Büro. Anja folgte mir, ein Buch und einige CDs in der Hand.

»Die anderen sind wohl auch geflüchtet«, sagte sie. »Was macht die denn hier?«

»Sonja wird es garantiert wissen«, antwortete ich. »Sie ist bestimmt bei Frau Schwarz.«

Dort trafen wir uns immer, wenn wir Hera aus dem Weg gehen wollten. Da Frau Schwarz Komapatientin war, würde sie uns nicht verraten, genau so wenig wie die Pflegekräfte.

Ich öffnete die Tür. Sonja sprang erschrocken auf.

»War das ein Schock am frühen Morgen.« Sie setzte sich wieder aufs Bett.

»Ging mir auch so, als ich ins Büro kam.« Ich lehnte mich an die Wand, da alle Sitzplätze belegt waren.

»Magen-Darm darf sich diese Woche nicht wiederholen«, sagte ich zu Sonja, die gleich die Singgruppe leiten würde.

»Singen ist der Ollen egal«, antwortete sie. »Aber heute Nachmittag kommt der Zirkus Wenn wir da die Bude nicht vollkriegen, hält sie uns das drei Wochen vor.«

»Oh Mist!«

Den Zirkus hatte ich über den Mordermittlungen ganz vergessen. Das bedeutete Stress am Nachmittag, denn wir mussten nicht nur den Speisesaal umräumen, sondern auch über die Stationen laufen, jeden Bewohner einladen und nach unten bringen. Wir hängten zwar Veranstaltungspläne auf den Stationen aus, aber die wurden nie gelesen.

Manchmal fragte ich mich, warum wir uns diese Mühe

machten. Vermutlich nur, um Angehörige und den medizinischen Dienst zu beeindrucken.

»Soll sie doch selber die Leute einsammeln«, rief Emma.

»Hera hat keinen Bock auf alte Leute«, antwortete Sonja. »Deshalb hat sie sich ja zur Chefin ernannt.«

»Um das zu tun, was sie am besten kann«, antwortete Anja. »Kommandieren und Schimpfen.«

Ich sah auf meine Uhr. »Wir müssen.«

Der Rest des Vormittags verlief ruhig. Die Bewohner hatten sich von ihren Infekten erholt und sangen genauso laut und falsch wie immer.

Nach dem Mittagessen fing ich Frau Richter und Frau Görres am Eingang des Speisesaals ab.

»Ich muss Ihnen was erzählen«, sagte ich und winkte sie in eine Sitzecke.

Die zwei Frauen folgten mir bereitwillig.

»Ich brauche ihre Mithilfe«, erklärte ich den Frauen. »Ihre als Krimiexpertin, Frau Richter, und ihre, Frau Görres, als bestinformierte Frau des Heims.«

»Ich bin immer froh über Ablenkung«, sagte Frau Görres. »Die Zeit kann einem hier schon sehr lang werden.«

»Erzählen Sie.« Frau Richter beugte sich gespannt vor.

»Meine Freundinnen und ich ermitteln im Mordfall Klein-Sommer.«

»Oh«, rief Frau Richter. »Das ist ja faszinierend. Erzählen Sie uns alles.«

Kurz informierte ich die Seniorinnen über den Stand unserer Ermittlungen.

»Ich werde mich umhören«, versprach Frau Görres.

»Und ich denke gründlich nach«, sagte Frau Richter. »Genau wie Miss Marple es immer tut.«

Ein Lastwagen mit der Aufschrift Zirkus Flagoni fuhr vor.

»Ach ja der Zirkus«, rief Frau Görres. »Ich muss mich umziehen. Früher ging man im Sonntagsstaat zum Zirkus und das werde ich heute auch tun.«

»Camilla«, bat Frau Richter. »Holen Sie mir doch bitte einen Kaffee.«

Ich stand auf, um ihr diese Bitte zu erfüllen.

Ein Mann in Jogginganzug betrat das Foyer. Er sah sich kurz um, dann kam er auf mich zu und reichte mir die Hand.

»Guten Tag, ich bin Herr Flagoni. Wo können wir unseren Zirkus aufbauen?«

Ehe ich etwas antworten konnte, kam Hera aus dem Büro gestürmt und drängte mich zur Seite. Dabei verschüttete ich Kaffee über meine Kleidung.

»Verdammt.«

»Keine Flüche, Camilla«, tadelte mich Hera. »Kommen Sie bitte junger Mann, ich zeige Ihnen alles.«

Sie hakte sich bei Herrn Flagoni unter.

»Kommen Sie mit, Camilla«, rief Frau Richter. »Wir bringen das Malheur wieder in Ordnung.«

Ich begleitete Frau Richter auf ihr Zimmer.

Während ich meinen Pulli im Waschbecken mit Seife auswusch, kam Frau Richter auf den Kriminalfall zu sprechen.

»Sie erwähnten, es gäbe keine Einbruchsspuren, aber das bedeutet ja nicht, dass der Täter schon im Haus war und dort wartete.«

»Wie meinen Sie das?«, fragte ich.

»Viele Menschen haben irgendwo in der Nähe der Tür einen Schlüssel versteckt, falls sie sich mal ausgeschlossen haben«, antwortete sie.

»Aber das Grundstück von Frank und Ramona ist sehr groß. Da muss man lange suchen.«

Frau Richter lächelte. »Sie müssen noch viel lernen. Jeder Mensch hält sich für einzigartig, aber die Handlungen gleichen sich.«

Fragend sah ich sie an.

»Wo würden Sie einen Schlüssel verstecken?«

»In der Garage«, sagte ich. »Da kann nicht jeder rein.«

»Und Sie selber auch nicht, wenn sie ihren Schlüsselbund nicht dabei haben.«

Da hatte sie recht.

»In einem Blumenkasten vielleicht?«

»Oder unter einem Busch neben der Haustür«, erklärte Frau Richter. »Da hatten meine Nachbarn ihre Schlüssel versteckt.« Sie kicherte. »Wenn die wüssten, wie oft ich sie dabei beobachtet habe, wie sie den Schlüssel da raus nahmen.«

»Sie haben Frank Klein gerade entlastet.« Ich lachte. »Meine Freundin Liz wird ihnen auf ewig dankbar sein.«

»Übertreiben Sie nicht.« Auch Frau Richter lachte. »Im obersten Fach finden Sie einen Föhn für ihren Pulli.«

Meine Potasche vibrierte. Ich holte mein Smartphone raus. Von Daniel hatte ich noch keine Nachricht bekommen, dafür aber von Tessa. *Treffen heute Abend bei mir. Wichtige Neuigkeiten.*

Was ist mit Liz' Artikel in der Aachener Zeitung?, schrieb ich zurück und erhielt sofort die Antwort, den gäbe es nicht.

Seltsam. Hatte Liz etwa gelogen? Das konnte ich mir kaum vorstellen, bis ich mir ihre ausweichenden Antworten ins Gedächtnis rief.

Doch ich hatte keine Zeit, weiter darüber nachzudenken, denn langsam wurde es Zeit, die Bewohner zum Zirkus zu bringen. Ich blieb deshalb auf der dritten Etage, auf der ich mich gerade befand, und informierte jeden über die Attraktion des Tages.

Vorher schickte ich Liz noch eine Nachricht, sie solle herausfinden, ob es einen Ersatzschlüssel im Haus der Kleins gegeben hatte.

Der Speisesaal war in einen richtigen Zirkus verwandelt worden, mit einer Manege in der Mitte und einem bunten Vorhang am Eingang, durch den die Zuschauer zu ihren Plätzen gelangten. Über mangelndes Interesse würde Hera sich nicht beklagen können, die Bewohner strömten nur so herein. Nach einer halben Stunde war der Saal bis zum letzten Platz besetzt, denn einen Zirkus hatten die meisten vor vielen Jahren zuletzt besucht.

Ich überlegte, wann ich das letzte Mal im Zirkus war, konnte mich aber nicht erinnern. Bilder von Löwendressuren und Elefantennummern drangen aus meinem Unterbewusstsein nach oben. Es war also in einer Zeit gewesen, als man sich über artgerechte Haltung von Wildtieren im Zirkus noch keine Gedanken machte.

Die Neugierde bei den Bewohnern war groß.

Herr Backes hatte sich extra einige Sahnebonbons besorgt. »Die habe ich mir als Junge immer im Zirkus gekauft«, erzählte er mir. Mit seinem breiten Grinsen wirkte er auch wieder wie ein kleiner Junge, wenn man von den vielen Runzeln im Gesicht absah.

Eine flotte Zirkusmusik versetzte alle in Zirkuslaune, auch mich. Es wurde getuschelt und gelacht, und es herrschte eine ausgelassene Stimmung wie schon lange nicht mehr.

Pünktlich um 15 Uhr erlosch das Licht und eine gespannte Stille trat ein. Zwei Scheinwerfer wurden angeschaltet, die die Manege in das allseits bekannte, geheimnisvolle Licht tauchte.

Herr Flagoni betrat schnellen Schrittes die Manege. Er hatte den Jogginganzug gegen Frack und Zylinder getauscht und sah nun wie ein richtiger Zirkusdirektor aus. Ein kleiner weißer Hund folgte ihm. Er machte Männchen, während Herr Flagoni die Bewohner begrüßte.

»Hoch verehrtes Publikum«, rief er. »Ich darf Sie herzlich im Zirkus Flagoni willkommen heißen.«

Der weiße Hund zog an seinem Hosenbein. Das sorgte für einige Lacher bei den Zuschauern.

»Aber Leopold«, rief er. »Nicht so ungeduldig.«

Der Hund machte Männchen, dann drehte er ein paar Pirouetten.

Ein junges Mädchen warf Herrn Flagoni einen Reifen zu. Er hielt ihn ein paar Zentimeter über den Boden und Leopold sprang ein paarmal hindurch. Die Bewohner applaudierten begeistert. Nach einigen weiteren Kunststückchen ließ Herr Flagoni Leopold mit einem Ball im Mund über den Rand der Manege laufen.

Frau Müller in der ersten Reihe holte einige Wurststücke heraus und hielt sie dem kleinen Hund vor die Nase. Ehe

Herr Flagoni etwas bemerkte, ließ Leopold den Ball fallen, um nach der Wurst zu schnappen. Zwei weitere Zirkushunde hatten im Hintergrund auf ihren Einsatz gewartet. Auch sie stürmten jetzt heran, um sich ihren Teil der Beute zu sichern. Lachend griff Frau Müller wieder in ihre Tasche und holte noch mehr Wurst hervor.

Alle lachten, selbst Herr Flagoni. Dann rief er die Hunde zur Ordnung und augenblicklich nahmen sie wieder ihre Plätze ein.

Hera lachte nicht, wie ich aus den Augenwinkeln bemerkte. Sie sah erst Frau Müller, dann Emma verärgert an, die hinter Frau Müller saß. Ich bedauerte Emma, denn ich hatte eine Ahnung, welches Donnerwetter sie erwarten würde.

Eine Seiltänzerin trat auf. Sie verbeugte sich ein paar Mal und kletterte dann flink zum Seil hinauf. Das Mädchen war etwa fünfzehn Jahre alt. Ich bewunderte die Körperbeherrschung, mit der sie über das Seil lief. Vorwärts, rückwärts und mit verbundenen Augen, vollführte sie ihre Kunststücke. Die Bewohner klatschten begeistert Applaus.

Ich dachte an Dirty Dancing, wo Jennifer Grey und Patrick Swayze über einen Baumstamm tanzten. Das hatte ich einmal mit Liz versucht, aber wir waren kläglich gescheitert.

Nach Clown Lolli trat Magier Hubertus auf. Zunächst vollführte er einige Kartenkunststücke, die alle in Erstaunen versetzten. Zumindest schloss ich das aus den vielen Ohs und Ahs der Zuschauer. Auch die Nummer mit dem weißen Kaninchen fehlte nicht. Mit viel Tamtam zeigte Hubertus den Zylinder herum, griff hinein und ließ Sonja nach einem doppelten Boden suchen. Dann sprach der Magier einige magische Worte, griff in den Hut und heraus kam ein putziger weißer Nager mit Schlappohren und langem Fell. Er reichte das Kaninchen seiner Assistentin, die damit einmal um die Manege lief, bevor beide im Hintergrund verschwanden.

Hubertus trat an den Rand der Manege.

»Gnädige Frau.« Er ergriff Frau Backes Hand und küsste sie. »Ich darf Ihnen gratulieren, denn Sie sind eine besonders wertvolle Frau. Ein Goldstück um genau zu sein.«

Er griff hinter Frau Backes Ohr und holte eine große, goldschimmernde Münze hervor.

»Gibt es da noch mehr?« Herr Backes lachte. »Wenn ich das vor fünfzig Jahren geahnt hätte.«

»Pst, Herr Backes«, zischte Hera ihm zu.

Frau Görres, die neben mir saß, zupfte mich am Ärmel. »Wer ist denn diese unangenehme Person?«

»Unsere Chefin«, antwortete ich.

»Die sollte ruhig jemand erschießen.«

»Frau Görres!« Ich tat entsetzt.

Den krönenden Abschluss bildete der Auftritt der Seiltänzerin mit einer Tigerpython. Die schlängelte sich nicht über das Seil, sondern wurde durch die Reihen der Zuschauer getragen, damit jeder sie streicheln konnte.

Mit einem etwas mulmigen Gefühl berührte ich die ledrige Haut der Python. Der armdicke Körper flößte mir Respekt ein, denn diese Reptilien sind in der Lage, mittelgroße Säugetiere zu erwürgen. Zum Glück machte die Schlange keine Anstalten dazu.

Nach anderthalb Stunden war alles vorbei und die Artisten verabschiedeten sich unter großem Applaus.

Hera hakte sich bei Direktor Flagoni ein und begleitete ihn nach draußen. Das gab Emma die Gelegenheit, sich schnell zu verdrücken, um dem Donnerwetter zu entgehen.

Kapitel 9

Nach der Arbeit lief ich zur Oppenhoffallee, wo Tessas Wohnwagen Freitag gestanden hatte. Ich sah Liz, die ihren Seat Ibiza am Straßenrand parkte und lief hinüber.

»Ich wäre beinahe zum Campingplatz gefahren«, erzählte sie. »Aber dann sagte Tessa mir, sie stehe jetzt hier.«

»Warum eigentlich?«, fragte ich. »Der Campingplatz war doch okay. Auf jeden Fall war es da ruhiger.«

»Zu ruhig«, erklärte Liz. »Tessa meint, den Rentnern sei sie suspekt gewesen. Außerdem habe denen ihre Musik nicht gefallen.«

»Aber hier wohnen nur Familien«, erwiderte ich. »Denen dürfte sie noch suspekter sein und Black Sabbat gefällt denen auch nicht, von unserem Kinderschreck Tessa ganz zu schweigen.«

Ich klopfte an den Wohnwagen. Tessa öffnete in einem äußerst merkwürdigen Outfit. Sie trug ein dunkelblaues Kostüm, passende Pumps, weiße Bluse und ein rotes Halstuch.

»Du siehst ja aus wie eine Stewardess.« Liz lachte.

»Ja, nicht?« Tessa lächelte auf eine sehr brave Art.

Auch ihre Stimme klang anders, nicht wie üblich laut und durchdringende, sondern sehr viel sanfter. Wer sie nicht kannte, hätte sie tatsächlich für eine Stewardess gehalten.

»Warum verstellst du deine Stimme?«, fragte ich.

»Passt besser zur Stewardess«, antwortete Tessa, wieder mit normaler Stimme.

Sie ging hinein, gefolgt von Liz und mir.

»Kriek?« Ohne eine Antwort abzuwarten, holte Tessa drei Flaschen Kirschbier.

»Und was soll das Ganze?«, fragte ich.

Ich setzte mich auf die Eckbank und rutschte weiter, damit Liz sich neben mich quetschen konnte, denn wie immer war jede freie Fläche mit Papierbergen überhäuft.

»Ich war auf einer Jobmesse in Düsseldorf und habe mich bei verschiedenen Airlines als Stewardess beworben.«

Während Liz Tessa nur verdutzt ansah, brach ich in schallendes Gelächter aus.

»Sind Vorstellungsgespräche dein neuestes Hobby?«, fragte ich, nachdem ich mich beruhigt hatte. Liz erklärte ich: »Freitag hat sie sich bei uns als Altenpflegerin vorgestellt.«

»Warum?« Liz klang erstaunt. »Du hast eine gut gehende Firma und Geld genug.«

»Ich will doch keinen Job«, erwiderte Tessa.

»Was dann?«, fragte Liz.

»Personaler in Verlegenheit bringen«, sagte ich. »Hast du wieder einen Dienstwagen gefordert oder gleich einen eigenen Privatjet?«

Meinen Spott ignorierend, erzählte Tessa: »Man hat mich gefragt, was ich mir unter einer Stewardess vorstelle. Als ich sagte, das sei ein besserer Kellnerjob, guckten die Herren ziemlich böse.«

»Aber es stimmt doch«, warf Liz ein.

»Noch böser guckten sie, als ich wissen wollte, ob in der

Businessclass auch sexuelle Dienstleistungen von mir erwartet würden.« Tessa lachte.

»Und wie erklärst du den Wechsel von einer IT-Expertin zum Dienstleistungsgewerbe«, fragte Liz.

Wortlos reichte Tessa ihr eine Mappe, in der sich eine Reihe Lebensläufe befanden.

Liz zog einen heraus.

»Du bist also gelernte Krankenschwester«, las sie vor.

»Und Diplom-Pädagogin.« Ich zeigte auf einen weiteren Lebenslauf.

»Wieso machst du so etwas?«, rief Liz erstaunt.

»Ich hole die Personaler aus ihrer Komfortzone raus.« Tessa nahm einen großen Schluck Bier. »Ich verschaffe ihnen Gefühle.«

»Du verärgerst sie mit deinen unverschämten Forderungen und Unterstellungen«, entgegnete ich.

»Ärger ist auch ein Gefühl.«

Einige Minuten hing jede ihren Gedanken nach.

Wenn ich Tessas Kampf gegen die Bonzen, wie sie Menschen in gehobenen Stellungen gemeinhin nannte, auch sehr fragwürdig fand, bewunderte ich doch ihren Mut. Ich würde nie vor den Heimleiter treten und eine Gehaltserhöhung oder ein Dienstauto fordern, nur weil ich bereit war, diesen Job zu erledigen.

»Was gibt es in Sachen Ermittlungen Neues?«, unterbrach Liz das Schweigen.

»Ich habe der Praxis von Frau Dr. Weiland einen Besuch abgestattet«, erzählte Tessa.

»Du hältst sie tatsächlich für Ramonas Mörderin?«, fragte

ich, denn meiner Meinung nach war dieser Verdacht längst vom Tisch.

»Ich ermittle ergebnisoffen in alle Richtungen.« Tessa lehnte sich auf ihrem Stuhl zurück und verschränkte die Hände hinter ihrem Kopf.

»Hat sie mit dir gesprochen?«, fragte Liz.

»Nee. Auch die Arzthelferinnen wollten nichts zu den Aktionen Ramonas sagen. Schweigepflicht und so.«

Tessa griff nach ihrer Marihuanavorratsdose.

Liz stöhnte. »Mach es nicht so spannend.«

Tessa ließ sich nicht beirren. In aller Ruhe drehte sie zwei Joints, bevor sie weitersprach . »Eine Patientin, nennen wir sie Frau M., erwies sich als sehr gesprächig.«

Sie zündete einen der Joints an.

»Ein Traum für jeden Ermittler«, sagte ich.

»Ihr Mann hat sie wirklich schlimm behandelt, geprügelt, bedroht, das volle Programm also. Davon hat sie immer noch Rückenprobleme.«

»Ramona?«, rief Liz aus.

»Frau M.«, antwortete Tessa.

»Wen interessiert das?«, fragte ich.

Tessa beugte sich vor. »Jeden, dem das Schicksal unserer Geschlechtsgenossinnen nicht gleichgültig ist.«

Ich beugte mich ebenfalls vor. »Darum kümmern wir uns später, Alice Schwarzer.«

»Also dann zu Ramona«, lenkte Tessa ein. »Die muss richtig Randale gemacht haben vor der Praxis. Hat Flugblätter verteilt, auf denen was von Kurpfuscherin und Engelmacherin stand.«

»Engelmacherin?«, fragte Liz. »Frau Weiland führt Abtreibungen durch?«

»Aber wieso warf Ramona ihr das vor?«, entgegnete ich. »War sie eine dieser militanten Lebensschützerinnen?«

»Nein«, antwortete Liz. »Obwohl sie es traurig fand, dass so viele Kinder nicht leben dürfen, während gleichzeitig so viele Paare vergebens auf ein Kind hoffen.«

Tessa verdrehte die Augen.

»Welchen Grund könnte sie dann haben?«, überlegte ich.

»Eine Abtreibung«, entgegnete Tessa. »Kurpfuscherin bedeutet doch, dass die Ärztin ihr Handwerk nicht versteht.«

»Also hat Ramona eine Abtreibung durchführen lassen.« Ich nahm einen Zug vom Joint.

»Bei ihrem starken Kinderwunsch?«, fragte Liz. »Ihre Mutter erzählte doch, sie und Frank versuchten seit vier Jahren, schwanger zu werden.«

»Das kann ja lange zurückliegen«, erwiderte Tessa.

»Aber sie war doch dagegen«, widersprach Liz.

»In ihrer Jugend auch schon?«, warf ich ein. »Wenn dir mit sechzehn alle Wege offen stehen, willst du dein Leben nicht im Kinderzimmer verbringen.«

»Oder sie wurde gedrängt«, überlegte Tessa. »Von ihrer Familie oder dem Erzeuger.«

Liz nahm einen Schluck Kriek.

»Ihre Eltern sind sehr gläubig«, erklärte sie. »Die würden eine Abtreibung ablehnen.«

»Ich hab's«, rief Tessa. »Ramona wird in jungen Jahren schwanger, treibt heimlich ab und hofft das Ganze vergessen zu können, aber ihr Gewissen lässt ihr keine Ruhe.«

»Und mit einer neuen Schwangerschaft hoffte sie, ihre Schuld wieder gut machen zu können«, führte Liz den Gedanken weiter aus.

»Das erklärt ihren starken Kinderwunsch«, warf ich ein. »Aber nicht, warum sie wieder bei Dr. Weiland auflief.«

»Ist doch klar«, erwiderte Tessa. »Sie machte die Abtreibung und damit Frau Weiland verantwortlich, dass es nicht klappte.«

»Könnte das denn sein?«, fragte Liz.

»Nur wenn da was schief lief«, antwortete Tessa.

»Es ist viel wahrscheinlicher, dass sie sich so unter Druck setzte, dass es deshalb nicht klappte«, erklärte ich.

»Klingt ja schrecklich«, rief Liz aus. »Die arme Ramona.«

Ich sah sie an. »Kennst du jemanden, mit dem Ramona damals befreundet war?«

»Wozu?«, fragte sie.

»Um die Theorie zu überprüfen«, erklärte ich. »Oder willst du ihre Mutter danach fragen?«

Liz schüttelte den Kopf.

»Das hat jedenfalls für viel Wirbel in der Praxis gesorgt«, erzählte Tessa weiter. »Frau M. sagt, Frau Dr. Weiland habe deswegen Patientinnen verloren.«

»Würde für sie als Täterin sprechen«, überlegte Liz.

»Sie hatte aber keine Ahnung, dass sich Waffen im Haus Sommer-Klein befinden«, entgegnete ich.

»Vielleicht doch«, antwortete Tessa. Sie öffnete das Notebook, das vor ihr stand, und zeigte uns einen Zeitungsartikel.

»Unternehmerfrauen Lichtenbusch organisieren Wohltätigkeitsbasar«, las ich vor.

»Der Artikel ist egal«, sagte Tessa. »Seht euch das Bild genau an.«

Es zeigte ein Gruppenfoto der Organisatorinnen.

Tessa wies auf zwei Frauen in der hinteren Reihe.

»Frau Dr. Weiland und Frau Sommer.«

»Sie kennen sich also«, sagte Liz.

»Sie haben nur einen Basar organisiert«, widersprach ich. »Das heißt nicht, dass sie jemals ein privates Wort miteinander gesprochen haben.«

»Wenn man so etwas organisiert, unterhält man sich auch privat«, erwiderte Tessa. »Außerdem sind sie Geschäftsfrauen. Da ist Netzwerkarbeit ganz wichtig.«

»Also könnte Frau Weiland von der Jagdleidenschaft im Hause Sommer wissen.« Liz klang begeistert. »Endlich ein entlastendes Indiz für Frank.«

Aber ich blieb skeptisch. »Das würde bedeuten, Frau Dr. Weiland müsste Frank betäubt und sich dann auf die Lauer gelegt haben. Dann stieg sie ins Haus und suchte nach der Pistole, ging ins Schlafzimmer und erschoss Ramona. Das erfordert sehr viel kriminelle Energie.«

Tessa blieb hartnäckig. »Nimm es als Hypothese in unser Arbeitsbuch auf.«

»Gibt es einen Ersatzschlüssel?«, fragte ich Liz.

»Es gab einen«, antwortete sie. »Aber Frank vermutet, dass Ramona ihn vor ein paar Wochen weggenommen hat.«

»Was haben wir noch?« Ich sah Tessa an. »Hast du einen Weg ins Haus gefunden?«

»Nein«, antwortete sie. »Da ist alles gesichert wie Fort Knox. Aber Frank hat mit vielen Frauen gechattet und sich mit einigen getroffen. Nach meinen bisherigen Erkenntnissen hat er aber immer einen Rückzieher gemacht.«

»Woher weißt du, ob das Haus der Kleins gesichert ist?«, fragte Liz.

»Sie hat sich draußen umgesehen, während wir drinnen waren«, entgegnete ich. »Aber wie bist du denn an die E-Mail Adressen der Frauen gekommen?«

»Wieso hast du mir das nicht gesagt?« Liz sah mich an. »Und da wirfst du mir Geheimniskrämerei vor?«

»Ich habe einige Chatverläufe gelesen und die Frauen angeschrieben«, erklärte Tessa. »Hab einfach behauptet, er hätte mich mit einem Tripper infiziert und sie sollten besser mal zum Arzt gehen.«

Liz sah sie empört an. »Das ist Rufschädigung. Wenn jetzt eine von denen bei Frank aufkreuzt?«

Der Vorwurf prallte an Tessa ab.

»Hätte ich einfach direkt heraus fragen sollen, ob sie mit ihm in der Kiste waren?«

»Was haben die Frauen denn gesagt?«, fragte ich.

»Ich warte noch auf weitere Rückmeldungen«, antwortete Tessa. »Aber bisher schrieben alle, er habe zwar im Chat geflirtet, aber beim Treffen wirkte er unsicher. Dann hat er sich jedes Mal schnell verzogen.«

»Warum hat er das getan?«, fragte Liz.

»Um sich seine Männlichkeit zu beweisen«, erwiderte ich.

»Armer Frank.« Liz nahm einen Schluck Kriek. »Ralf ließ kein gutes Haar an ihm und mit der Schwangerschaft klappte es auch lange nicht.«

»Warum hat er sich dann so eine kleine Pistole gekauft?«,

fragte Tessa. »Das hat diesen Ralf Sommer bestimmt nicht beeindruckt.«

»Ich vermute«, antwortete Liz, »dass er gar nichts mit Schusswaffen zu tun haben wollte. Er hat es nur getan, um seine Ruhe zu haben.«

»Die wird er jetzt nie wieder finden«, erwiderte ich.

»Wir sollten vor allem Ramonas direktes Umfeld über-prüfen«, sagte Liz. »Familie, Freunde und Mitarbeiter der Firma.«

»Was hast du über Ralf herausgefunden?«, wandte ich mich an Tessa.

»Bin ich noch dran.«

Zu Hause erwartete mich eine Überraschung. Daniel saß auf meiner Couch, Tristan auf dem Schoß.

»Ich wollte mich entschuldigen«, sagte er. »Für mein mieses Benehmen Samstagabend.«

Ich zog Jacke und Schuhe aus. Dabei fiel mein Blick auf einen Strauß langstielige rote Rosen.

»Du hast ja ein sehr schlechtes Gewissen«, sagte ich.

»Holger rief mich heute an und versicherte mir noch ein-mal, wie toll sich alle amüsiert haben«, erzählte Daniel.

Ich ging in die Küche, um eine Vase zu holen.

Daniels Versöhnungsversuch freute mich zwar, aber eini-ges wollte ich klar stellen. Ich lief zurück ins Wohnzimmer und stellte die Blumen in die Vase.

Daniel kam zu mir an den Esstisch. Dazu setzte er Tristan auf den Boden, der vorwurfsvoll miauend in die Küche lief.

»Ich bin keine Kate«, sagte ich. »Ich bin Camilla.«

Daniel sah mich irritiert an.

»Tessa, Liz und ich kommen öfter auf seltsame Ideen«, sprach ich weiter. »Daran solltest du gewöhnt sein.«

»Seit ich Chef der Kanzlei bin, liegt die ganze Verantwortung auf mir.« Daniel nahm meine Hand. »Deshalb fühle ich mich in Gesellschaft anderer Anwälte noch sehr gehemmt.«

»Du hattest immer mit Anwälten zu tun«, erwiderte ich.

»Aber wir haben uns nie gemeinsam auf gesellschaftlichem Parkett bewegt«, sagte er.

»Was soll das heißen?«

»Das wir uns in als Paar neu finden müssen.« Daniel kam näher. »Holger ist ein neuer Geschäftspartner. Aus Angst, etwas falsch zu machen, bin ich mit meiner Kritik wohl übers Ziel hinausgeschossen.«

»Entschuldigung angenommen.« Ich gab ihm einen Kuss. »Aber wir ermitteln weiter.«

Daniel sah mir tief in die Augen. »Gehen wir nach oben?«

Ich nahm seine Hand und zog ihn zur Treppe.

Kapitel 10

Daniel verließ vor mir die Wohnung, da er einen frühen Geschäftstermin hatte. Vorher lud er mich zum Abendessen ein. Mich würde eine Überraschung erwarten, aber mehr verriet er nicht.

Während ich meinen Kaffee trank, dachte ich über eine Bemerkung Daniels nach. Er hatte mich gebeten, mir einige, wie er es nannte, konservativere Kleidungsstücke zuzulegen.

»Für offizielle Anlässe«, hatte er auf meinen fragenden Blick hinzugefügt.

Dachte er dabei etwa an graue Hosenanzüge und kniekurze Kleider in gedeckten Farben? Oder, noch schlimmer, an Twin Sets und Perlenketten? Damit würde ich aussehen wie Margaret Thatcher oder Jackie Kennedy. Letztere galt zwar als Stilikone, aber mir sagte diese schlichte Eleganz der Upperclass nicht sonderlich zu.

Was hatten Saskia, Mary und Jana Samstagabend getragen? Saskia war sportlich gekleidet gewesen, mit Poloshirt und Jeanshose. Jana hatte einen grauen Cardigan getragen, eines dieser langweiligen Teile, die konservative Ostküstenfrauen mit kurzen Halstüchern kombinierten. Zumindest taten sie das in Hollywoodfilmen. Aber ich musste los und so hielt ich es wie Scarlett O'Hara.

»Verschieben wir es auf Morgen«, sagte ich zu Isolde.

Sie sah mich mit großen Augen an, dann begann sie mit ihrer Katzenwäsche.

Auch mir blieb nur Zeit für eine Katzenwäsche.

In der Seniorenresidenz machte ich mich auf eine weitere Tirade von Hera gefasst. Der Zirkus war zwar ein grandioser Erfolg gewesen, aber Hera fand meistens ein Haar in der Suppe und seien es nur die langen Wartezeiten am Aufzug.

Ich atmete einmal tief durch, bevor ich das Büro betrat.

»Camilla«, begrüßte sie mich freundlich. »Kannst du vor der Mittagspause einmal zu mir kommen? Es geht um deinen Arbeitsvertrag.«

Emma und Anja kamen herein. Sie unterhielten sich über die gestrige Zirkusvorführung.

»Setzt euch alle einen Moment«, sagte Hera.

Ich setzte mich auf meinen gewohnten Platz an der Fensterseite des Büros.

»Emma, das mit der Wurst war ein Fauxpas, der nicht hätte passieren dürfen«, wies Hera sie zurecht.

Emma sank in ihrem Stuhl zusammen. »Wie hätte ich das denn ahnen sollen?«

»Dazu seid ihr im Sozialen Dienst«, entgegnete Hera. »Ihr müsst die Bewohner kennen.«

Ich sprang Emma zur Seite. »Frau Müller ist erst seit ein paar Tagen hier. Das konnte niemand ahnen.«

»Habt ihr die Bewohner darauf hingewiesen, dass die Tiere nicht gefüttert werden dürfen?«

Alle sahen verwundert drein.

»Natürlich nicht«, entgegnete Anja. »Wir wussten doch gar nicht, dass Tiere dabei sein würden.«

»Camilla und Sonja«, wandte sich Hera an uns. »Ihr seid Sozialarbeiterinnen. Von euch hätte ich das erwartet.«

Ich schnappte nach Luft.

»Was die anderen angeht«, redete Hera weiter. »Nun ja, ihr seid Aushilfen.«

Ich sah Emmas Gesicht an, dass sie nur mit Mühe ihre Tränen zurückhalten konnte. Auch mir stand der Mund offen, denn das war eine Unverschämtheit, die selbst für Hera zu weit ging.

»Könnt ihr euch vorstellen, wie peinlich mir das Herrn Flagoni gegenüber war?«, fragte Hera.

»Er hatte die Situation doch voll unter Kontrolle«, entgegnete Sonja.

»Und alle haben sich amüsiert«, sagte ich. »Der Zirkus war wirklich ein Erfolg.«

»Da hast du recht«, erwiderte Hera. »Herr Flagoni und sein Team haben uns einen wunderbaren Nachmittag beschert. Er ist so ein toller Mann.«

Nach und nach verließen wir das Büro.

»Ich halte es nicht mehr lange aus hier«, sagte Emma auf dem Flur.

Auch ich machte mir Sorgen, wie lange ich dieses Theater hier noch aushalten konnte, ohne geistigen Schaden zu nehmen. Vermutlich würde ich nicht mehr lange durchhalten müssen, denn mein befristeter Vertrag lief bald aus und ich rechnete nicht damit, dass man mir einen Festvertrag anbot. Erstens hätte man das schon voriges Jahr machen können, als mein Vertrag lediglich um ein weiteres Jahr verlängert worden war. Zweitens hatte ich vor drei Monaten die Bewerbung einer Sozialarbeiterin im Büro liegen sehen. Darauf hatte der Heimleiter eine Notiz gemacht: Nachfolgerin Frau Kaußen?

»Camilla«, rief Hera.

Mit einem flauen Gefühl im Magen ging ich noch einmal zurück ins Büro.

»Was hast du heute Vormittag vor?«, fragte sie.

»Einzelbesuche«, antwortete ich.

»Vorher fährst du bitte zum Real.« Hera legte mir hundertfünfzig Euro auf den Schreibtisch.

Erstaunt sah ich auf das Geld.

»Dort gibt es transportable Basketballkörbe im Sonderangebot«, erklärte sie mir. »So ein Basketballmatch wäre eine nette Abwechslung für die Männer im Heim. Vielleicht auch mit einigen Jugendlichen zusammen.«

Ich traute meinen Ohren nicht. Meinte sie Herrn Backes mit der Halbseitenlähmung? Oder Herrn Knorr, der nach zehn Schritten einen tiefen Zug aus einer Sauerstoffflasche nehmen musste? Bei den anderen Männern sah es auch nicht besser aus.

Hera plapperte unbekümmert weiter. »Für die Männer haben wir viel zu wenige Angebote und Basketball ist sehr gut für die Hand-Augen-Koordination.«

»Aber wir haben eine große Auswahl Wurfspiele«, widersprach ich. »Die sind genauso gut.«

»Ich wäre für etwas Abwechslung. Und wenn du schon unterwegs bist, bring doch einen zweiten für Lorenzo mit.«

Jetzt verstand ich. Aber ich hatte keine Lust, die Dinger zu schleppen, nur weil Hera zu faul war, selbst einen für ihren verwöhnten Sohn zu besorgen.

»Ich habe Frau Richter versprochen, mit ihr Scrabble zu spielen«, sagte ich. »Sie freut sich schon darauf.«

»Das wird sie sicherlich verstehen.« Hera griff zum Telefon und wählte eine Nummer.

»Frau Richter«, sagte sie einen Moment später. »Camilla kann heute nicht Scrabble spielen. Sie muss etwas Dringendes für mich erledigen.« Sie legte auf. »Frau Richter hat vollstes Verständnis.«

Ich sah keine Möglichkeit, mich aus dieser Sache noch herauszuwinden. Resigniert nahm ich das Geld.

Hera reichte mir eine Einkaufsliste mit einigen Lebensmitteln, die ich ebenfalls besorgen sollte.

»Ich brauche drei Abrechnungen«, sagte sie.

Seufzend verließ ich das Büro.

Eine dreiviertel Stunde später versuchte ich, meine Wut über den vergeudeten Vormittag hinunterzuschlucken und die zwei schweren Pakete in den Firmenwagen zu packen. Ich setzte mich einen Moment auf die Kante des offenen Kofferraums.

Ein Motorrad hielt neben mir.

»So viel Schlepperei am frühen Morgen?«, begrüßte mich Hauptkommissar Schmetz.

»Sind Sie so stark wie Sie aussehen?«, fragte ich.

Lachend legte er den Helm zur Seite und stieg vom Motorrad. Er griff eines dieser Ungetüme, das er problemlos in den Kofferraum wuchtete. Zu zweit hatten wir die sperrigen Kartons schnell eingeladen.

»Zwei Basketballkörbe?«, fragte er. »Brauchen sie die für einen Kindergarten?«

»Altenheim«, antwortete ich.

Er sah mich verblüfft an.

»So habe ich heute Morgen auch geguckt.« Ich setzte mich auf die Kante des Kofferraums. »Aber meine Chefin lässt sich öfter seltsame Sachen einfallen, die wir anderen ausbaden müssen.«

»Kommt mir bekannt vor.« Er setzte sich neben mich.

»Sind Sie wieder in einem Kaffeenotfalleinsatz?«

»Auch Polizeibeamte brauchen mal eine freie Stunde«, sagte er. »Ich bin seit Freitag morgen quasi durchgängig im Einsatz.«

»Stimmt es, dass Morde mit Schusswaffen eher von Männern verübt werden?«

»Morde generell.« Er nahm eine Packung Pfefferminzbonbons aus seiner Jacke, von denen er mir eins anbot. »Aber die jungen Frauen holen auf.«

Sein Oberschenkel berührte meinen. Die Lederhose erinnerte mich an die Tigerpython von gestern, allerdings war die weiß getigert gewesen, nicht uni schwarz mit Schnüren an der Seite. Ich nahm ein Bonbon.

»Also könnte auch eine Frau Ramona ermordet haben?«

Hauptkommissar Schmetz musterte mich. Sein Blick war freundlich, trotzdem machte er mich nervös.

»Sie verdächtigen hoffentlich nicht Liz«, antwortete er.

»Liz? Wie kommen Sie darauf?«

»Das sollten Sie besser ihre Freundin fragen.«

»Frank Klein hatte ein Blind-Date mit meiner Freundin Tessa«, erzählte ich. »Wussten Sie das?«

»Woher sollte ich das wissen?«

»Ich meine«, stammelte ich. »Kann das ein Motiv sein?«

»Nur wenn er seine Frau wegen Ihrer Freundin verlassen wollte.«

Ich musste laut lachen, denn diese Vorstellung war mehr als absurd.

»Es war nicht sein einziges«, erwiderte ich.

»Fremdgehen ist nicht strafbar«, sagte Hauptkommissar Schmetz.

»Schade.«

»Wünschen Sie sich die Zeit zurück, in der Ehebrecher öffentlich ausgepeitscht wurden?«, fragte er.

»Ehebrecherinnen«, widersprach ich. »Für Männer war das schon immer ein Kavaliersdelikt.«

Er sah mich eindringlich an. »Sagen Sie jetzt nicht, Männer könnten nicht treu sein. Aber danke für den Hinweis.«

»Tessa können Sie ausschließen«, sagte ich hastig. »Sie hatte kein Interesse an Frank Klein.«

»Sie anscheinend schon.« Er stand auf. »Versuchen Sie sich als Hobbydetektivin?«

»Ich muss leider wieder«, wich ich seiner Frage aus. »Vielen Dank für die Hilfe.«

»Jederzeit wieder.« Er schwang sich aufs Motorrad und brauste von dannen.

In der Seniorenresidenz bat ich den Hausmeister, die Pakete in unser Büro zu bringen.

»Was wollt ihr denn damit?«, fragte er.

»Anweisung von Hera«, sagte ich schulterzuckend.

»Jetzt dreht sie völlig durch.« Er machte sich auf, um eine Sackkarre zu besorgen.

Ich ging mit der festen Absicht ins Büro, diesen Raum erst wieder zu betreten, wenn meine Vorgesetzte weg war.

»Camilla«, sagte die freudestrahlend. »Du wirst uns für immer erhalten bleiben.«

Erstaunt sah ich sie an.

»Darüber bin ich sehr glücklich«, fügte Hera hinzu.

Ich sah ihrem Blick an, dass ich etwas sagen musste.

»Ich bin überrascht. Immerhin habe ich damals diese Bewerbung gefunden.«

»Das tut mir sehr leid, Camilla.« Hera wirkte zerknirscht. »Sonja hat mir davon erzählt. Jemand aus der Verwaltung hatte die Notiz gemacht für den Fall, dass du uns vorzeitig verlassen willst.«

»Aha.«

»In ein paar Tagen kannst du den neuen Vertrag unterschreiben.«

Mein Lächeln wirkte hoffentlich überzeugend, denn nach Lachen war mir nicht zumute. Ich war zu sehr hin- und hergerissen, vor allem nach diesem Vormittag. Einerseits wäre ich froh, nach vielen Jahren befristeter Arbeitsverhältnisse endlich einen Festvertrag und damit eine erträgliche Perspektive zu haben. Andererseits belastete mich die angespannte Atmosphäre in der Seniorenresidenz immer stärker, genau wie Heras neurotischer Charakter.

Hera sollte meine Unsicherheit nicht spüren. Deshalb verließ ich das Büro und ging zum Mittagessen. Dort besprach ich die Sache mit meiner Kollegin Sonja. Wir standen in der Schlange vor der Essensausgabe und sahen uns die Speisekarte an. Ich entschied mich für Hühnerfrikassee.

»Du musst bleiben«, sagte Sonja. »Du bist meine Lieblingskollegin und meine einzige Stütze bei der Alten.«

Wir setzten uns an unseren üblichen Platz am Fenster. Ich erzählte, wie ich den Vormittag verbracht hatte.

»Spinnt die jetzt völlig?«, fragte Sonja. »Mit wem sollen wir denn Basketball spielen?«

»Eigentlich war sie nur zu faul, so ein Ding für ihren Sohn selbst zu schleppen.«

»Sie hätte ja Herrn Flagoni bitten können.« Sonja lachte. »Aber was machen wir, wenn sie wirklich auf einem Match besteht?«

Ich überlegte einen Moment. »Wir bringen das Teil irgendwohin, wo sie nie hinkommt. Keller oder so. Dann vergisst sie es bald.«

»Und du unterschreibst den Vertrag«, sagte Sonja.

»Jeden Tag komme ich mit Magengrummeln hier hin«, sagte ich. »Die Stimmung auf den Stationen ist mies und die meisten Bewohner sind einfach nicht zu motivieren.«

»Irgendetwas ist immer.« Sonja nahm einen Löffel Suppe.

»Noch Schlimmeres als Hera mit ihren Launen?«

»Wir schieben hier eine ziemlich ruhige Kugel. Das hast du woanders nicht.«

Da hatte sie recht. Außerdem hatte ich nichts anderes.

Am Nachmittag ging ich zusammen mit Frau Richter und Frau Görres zum Seerosenteich.

»Tut mir leid wegen heute Vormittag«, sagte ich zu Frau Richter.

»Ihr seid so gestraft mit eurer Chefin«, antwortete sie.

»Ich bin ja froh, dass sie kaum noch aus dem Büro rauskommt. Die war immer so frech zu uns Bewohnern.«

»Wirklich?« Ich sah sie erstaunt an.

»Sie hat schon einige Abmahnungen deswegen bekommen«, erzählte sie weiter. »Fragen Sie mal Sonja danach.«

»Aber ich will Ihnen noch was ganz anderes erzählen«, sagte ich zu den Beiden.

»Habt ihr den Täter überführt?« Neugierig beugte sich Frau Görres zu mir rüber.

»Noch nicht.«

Mit ein paar Sätzen hatte ich die beiden Frauen auf den aktuellen Stand unserer Ermittlungen gebracht.

»An den Skandal bei der Ärztin erinnere ich mich«, sagte Frau Görres. »Das hat für sehr viel Aufruhr gesorgt. Ich habe mich gewundert, dass Ramona sich das getraut hat.«

»Wieso?«, fragte ich.

»Die Familie ist streng katholisch«, antwortete sie. »Und mit den Vorwürfen setzte sie sich doch dem Verdacht aus, die Leistungen dieser Ärztin in Anspruch genommen zu haben.«

»Abtreibung ist eine schwere Sünde«, sagte Frau Richter. »Zumindest in den Augen der Kirche.«

»Halten Sie Frau Weiland für die Mörderin?«, fragte ich.

»Nein«, antwortete Frau Görres. »Frau Sommer.«

Erschrocken sah ich sie an.

»Ist doch klar«, sprach sie weiter. »Ramona hat die Familienehre verletzt. Sie ist eine Sünderin. Und Gott strafte sie der mit Kinderlosigkeit.«

»Sie ist die Mutter«, rief ich.

»Auch Mütter morden«, entgegnete Frau Richter.

»Aber dann wäre sie kein bisschen besser als ihre Tochter«, erwiderte ich.

»Gott vergibt dem Sünder, der ehrlich bereut«, erklärte Frau Görres.

»Man kann es auch noch anders ausdrücken«, sagte Frau Richter. »Schein ist wichtiger als Sein. Das galt schon immer und wird immer gelten.«

»Ramona war schwanger«, erwiderte ich. »Frau Sommer würde doch nicht das Leben ihres Enkels gefährden.«

»Das ist wahr«, überlegte Frau Richter.

Eine Weile herrschte Schweigen.

»Wusste sie das denn?«, fragte Frau Görres.

»Sie hat es mir selber erzählt.«

Frau Richter lächelte. »Wusste sie es zum Tatzeitpunkt?«

Kapitel 11

Daniel wartete bereits mit seinem BMW, als ich eine halbe Stunde später die Seniorenresidenz verließ.

»Wo geht es hin?«, fragte ich, in der Hoffnung, dass er jetzt gesprächiger wäre.

»Überraschung«, antwortete er.

Gespannt sah ich zu, in welche Richtung mein Freund das Auto lenken würde. Zu meinem Erstaunen fuhr er nach Westen aus der Stadt raus.

»Willst du mit mir nach Holland fahren?«, fragte ich.

»Nicht ganz«, antwortete er. »Wir sind bei meinen Eltern zum Abendessen eingeladen.«

»Das ist wirklich eine Überraschung«, sagte ich.

Ob es eine gelungene war, stand auf einem anderen Stern, denn mein Verhältnis zu Daniels Familie war nicht das innigste. Am besten verstand ich mich mit seiner Schwester Diana. Ihre fröhliche Art wirkte ansteckend und manchmal wünschte ich, Daniel wäre nur annähernd so spontan und unternehmungslustig wie sie.

»Möchtest du dich vorher noch umziehen?«, riss mich Daniel aus meinen Gedanken.

»Wozu?« Ich sah an mir herab. Ich trug einen weiß-blau gestreiften Pulli mit Matrosenkragen, dazu eine blaue Hose.

»Du weißt, mein Vater mag es schlichter.«

»Und ich mag nicht zu deinen Eltern«, erwiderte ich. »Die letzten Tage waren verdammt anstrengend.«

Daniel schaltete einen Gang höher.

»Ich dachte, du würdest dich freuen, meine Familie wieder zu sehen«, sagte er. »Mama beklagte sich neulich, dass du nie vorbeikommst.«

»Und du weißt auch warum«, entgegnete ich. »Die Atmosphäre bei deinen Eltern ist mir unangenehm.«

»Tu es mir zuliebe.« Er beugte sich zu mir rüber und gab mir einen Kuss auf die Wange.

Das Haus der Familie Lausberg war eine Villa im Bauhausstil, zu schmucklos für meinen Geschmack, denn hier dominierten klare Linien und weiße, schnörkellose Fassaden mit grauen Fensterrahmen. Es war in den fünfziger Jahren von Daniels Großvater gebaut worden, dem ersten Rechtsanwalt in der Familie. Vor drei Jahren hatte Frau Lausberg alles renovieren und nach den neuesten Trends einrichten lassen. Der von ihr beauftragte Innenarchitekt hatte ein raffiniertes Beleuchtungssystem installiert, das die einzelnen Elemente unterschiedlich stark zur Geltung brachte, je nach Wunsch der Hausherrin. Es dominierten Ledermöbel und klare Linien, alles in dunklem Holz, Erdtönen und hochwertiger Tristesse.

Mir wurde bewusst, wie sehr sich die Häuser der Lausbergs und der Kleins glichen. Beide in dezentem Landhausstil eingerichtet, beide mit breiter Fensterfront zum Garten hin. Nur das Haus von Ramonas Eltern mit seinem afrikanischen Stil unterschied sich eindeutig. Das hätte es mir fast schon wieder sympathisch gemacht, wären da nicht die vielen toten Tiere.

Ich fragte mich, worin der Reiz dieser riesigen Fensterfronten lag. Sie ließen zwar viel Licht herein, benötigten aber einen Fensterputzer, wenn die Hausfrau nicht einen kompletten Tag mit der Fensterreinigung verbringen wollte. Andererseits war das ganze Haus einsehbar, was es Spannern und Einbrechern leicht machte, das Geschehen im Inneren zu beobachten.

Daniel parkte den BMW und ging auf die Eingangstür zu. Mein Blick fiel auf einen weißen VW Cayenne und mein Magen zog sich zusammen.

»Gibt es etwas zu feiern?« Ich zeigte auf den SUV, der Diana gehörte.

»Abwarten«, antwortete er.

Das bedeutete also, dass ich mich nicht nach einer Stunde unter einem Vorwand verdrücken konnte, wie ich es auf der Fahrt hierher geplant hatte.

»Ist Dianas Familie auch hier?«

Meine Frage wurde beantwortet, als Johanna, Dianas Tochter, die Tür öffnete.

»Camilla.« Sie schlang ihre Arme um meine Hüfte. Höher kam sie mit ihren sieben Jahren nicht.

»Was macht ihr denn hier?« Ich ging in die Hocke.

»Mama sagt, es gibt etwas zu feiern.«

Meine Laune sank auf den Nullpunkt.

Verärgert sah ich Daniel an. »Warum hast du mir nichts gesagt?«

»Da seid ihr ja endlich.« Diana war ihrer Tochter gefolgt. Sie zog uns ins Haus. »Alle warten schon.«

Wir folgten ihr durch die Diele ins Speisezimmer.

»Ihr plant ja was Großes«, sagte ich mit Blick auf den festlich gedeckten Tisch.

»Hoffentlich«, antwortete Diana und verschwand dann in der Küche.

Meine Wut auf Daniel wuchs. Er hatte mich nicht nur um einen gemütlichen Abend gebracht, sondern mich zu einem Familientreffen geschleppt, das vermutlich länger dauern würde. Zumindest schloss ich das aus der Anzahl an Besteck und Tellern, die auf drei Gänge hindeuteten.

»Camilla.« Daniels Vater erhob sich. »Wir haben dich schon lange nicht mehr gesehen.«

Sein kritischer Blick wanderte zu meinen Schuhen, einem schicken Paar blau-weißer Mary Janes.

»Na ja«, murmelte er. Dann nahm er wieder Platz.

Bei meinem ersten Treffen mit Daniels Familie hatte ich es gewagt, das Weinglas am Kelch und nicht am Stil anzufassen. Sein Vater hatte mich vorwurfsvoll angesehen, bis Daniel mich auf meinen Fauxpas aufmerksam gemacht hatte. Seitdem ließ Herr Lausberg senior keine Gelegenheit aus, mich sein Missfallen spüren zu lassen.

Frau Lausberg kam aus der Küche. Genau wie die anderen war sie festlich angezogen.

»Hallo ihr beiden«. Sie hauchte mir einen Kuss auf die Wange. »Es dauert noch eine Weile.«

»Nur weil du nicht rechtzeitig mit dem Kochen begonnen hast«, klagte Herr Lausberg.

»Entschuldige«, antwortete seine Frau leise.

Sie goss uns beiden ein Glas Wein ein, bevor sie sich zurück in die Küche schlich.

»Warum haben wir dich so lange nicht gesehen?«, fragte Herr Lausberg.

In meinen Ohren klang es wie eine Anklage.

»Ich habe viel zu tun«, antwortete ich ausweichend.

»Zu viel, um deinen Freund mal zu seiner Familie zu begleiten?«

An der Lausbergschen Tafel war die Sitzordnung wie immer genau vorgegeben. Herr Lausberg thronte am Kopf der Tafel. Daniel nahm rechts neben seinem Vater Platz, Frau Lausberg würde sich links hinsetzen. Diana blieb der Platz neben ihrer Mutter, während ich rechts an der Seite meines Freundes platziert wurde.

»So sind sie, die modernen Frauen«, sagte Daniel. Er beugte sich zu mir und gab mir einen Kuss auf die Wange. »Sag bitte nichts von deinem neuesten Hobby«, raunte er mir dabei ins Ohr.

Erstaunt sah ich ihn an.

»Ich habe ein Einhorn«, erzählte Johanna. »Wollt ihr es sehen?« Sie sprang auf.

Peter, Dianas Mann, kam aus dem Wohnzimmer herübergeschlendert.

»Was macht die Kunst?«, fragte er.

»Ich hatte ja einen guten Lehrer.« Daniel prostete seinem Vater zu, der huldvoll nickte.

Johanna kam zurück, ein weißes Plüscheinhorn im Arm.

»Und du, Camilla?«, fragte Peter. »Arbeitest du immer noch in diesem Heim?«

»Sie haben mir heute einen Festvertrag angeboten.«

»Das ist ja wunderbar«, rief Frau Lausberg, die in diesem

Augenblick mit einer Suppenterrine ins Zimmer kam. Sie füllte ihrem Mann den Teller und reichte dann die Terrine in die Runde.

»Eine Schande!«, empörte sich Herr Lausberg. »Pflegeheime. Früher wurden Angehörige zu Hause gepflegt.«

»Das ist aber nicht immer möglich«, erwiderte ich. »Krankenpflege ist eine sehr belastende Aufgabe und die häuslichen Gegebenheiten sind selten optimal.«

»Blödsinn«, rief er. »Es ist eine ehrenwerte Tat, die von christlicher Nächstenliebe zeugt. Aber heutzutage muss sich ja jeder selbst verwirklichen, wie ihr jungen Leute das nennt.«

»Iss deine Suppe, bevor sie kalt wird.« Frau Lausberg legte ihrem Mann eine Hand auf den Unterarm.

»Das gilt besonders für euch junge Frauen«, sagte er.

»Noch ein Glas Wein Vater?«, fragte Daniel.

»Und wer soll sein Leben aufgeben, um dich einmal zu pflegen?«, fragte ich. »Diana oder ich?«

»Wie bitte?« Herr Lausberg erhob sich.

»Camilla hat es nicht so gemeint«, rief Daniel, aber sein Vater sah mich bedrohlich an.

Ich aß weiter von meiner Suppe.

»Johanna«, wandte sich Frau Lausberg an ihre Enkelin. »Was habt ihr denn heute in der Schule gelernt.«

»Wir haben Laternen für Sankt Martin gebastelt«, erzählte das Mädchen aufgeregt.

»Wie sieht deine Laterne aus?«, fragte Diana.

Herr Lausberg nahm wieder Platz.

In den nächsten Minuten drehte sich das Gespräch um Sankt Martin und das Verschwinden alter Bräuche.

Dann servierten Diana und Frau Lausberg den zweiten Gang, Gänsekeulen mit Salzkartoffeln und Rotkohl.

»Hoffentlich ist das Fleisch besser als beim letzten Mal«, moserte Herr Lausberg.

Seine Frau trennte das Fleisch vom Knochen, dann reichte sie den Teller ihrem Mann.

»Daniel, schenk noch Wein nach«, befahl er seinem Sohn.

Ich bewunderte Frau Lausberg für ihre diplomatischen Fähigkeiten. Nicht zum ersten Mal fragte ich mich, wie sie das Leben an der Seite dieses Mannes aushielt.

»Camilla?«, riss mich Diana aus meinen Gedanken. »Du könntest doch bei Daniel arbeiten.«

Ich sah sie erstaunt an. »Was soll ich da? Er arbeitet doch nicht in einem sozialen Brennpunkt.«

»Aber er braucht eine Assistentin.« Sie lachte.

»Er hat bereits eine«, sagte ich.

»Das halte ich für eine gute Idee«, warf Frau Lausberg ein. »Daniel arbeitet zu hart und achtet zu wenig auf seine Gesundheit.«

»So sind wir Karrieremänner eben«, mischte Peter sich lachend ein. »Wenn ich nicht meine Diana hätte, die mir regelmäßig ein Glas Wasser reicht oder mich an meine Snacks erinnert. Ich würde glatt verhungern.«

Er strich über seinen Bauchansatz, der mich daran zweifeln ließ, dass Peter ernsthaft dem Hungertod nahe war.

»Ich habe Daniel immer für so intelligent gehalten, dass er auch ohne Anweisung essen und trinken kann.«

»Du weißt doch, wie Männer sind«, sagte Diana. »Wenn sie arbeiten, verlieren sie alles andere aus den Augen.«

»Camilla macht wunderbaren Kaffee«, erzählte Daniel. »Den würden meine Klienten sehr zu schätzen wissen.«

»Zeig mir doch mal dein Einhorn, Johanna.«

Diesen Wink mit dem Zaunpfahl würden Lausbergs hoffentlich verstehen, denn ich wollte den Abend nicht dadurch verderben, dass ich mich hier als Feministin outete und meinen Ruf dadurch völlig ruinierte.

Aber ich hatte mich nicht durch ein Studium gequält, um später meinem Mann Cocktails zu servieren und Abendessen für seine Kollegen zu planen.

Stolz drückte das Mädchen mir seinen neuesten Schatz in den Arm, einen ca. einen Meter großen, weißen Plüschvierbeiner mit regenbogenfarbenem Horn auf der Stirn.

»Das ist ja süß.« Ich nahm es in den Arm und musterte es ausgiebig. Nach einer angemessenen Zeit der Bewunderung setzte ich es auf den Platz neben mich.

Doch Diana ließ sich nicht beirren. »Natürlich nur in Teilzeit. In den anderen Stunden könnten wir zusammen einkaufen gehen, Möbel zum Beispiel. Oder Kinderkleidung. Wir werden viel Spaß haben.«

Daniel warf seiner Schwester einen Blick zu, den ich nicht deuten konnte.

»Was denn?«, rief sie. »Ihr braucht Möbel.«

»Brauche ich nicht«, widersprach ich.

»Aber du wirst doch nicht immer in deiner Wohnung wohnen bleiben«, entgegnete Diana. »Irgendwann wohnst du in deinem eigenen Haus. Du wirst Gäste empfangen.«

»Gäste empfange ich jetzt auch«, widersprach ich.

»Diese schreckliche Tessa!«, rief Frau Lausberg. »Daniel

erzählte mir, wie abscheulich sie sich ihm gegenüber immer wieder aufführt.«

»Sie hat grundlegend andere Ansichten«, verteidigte ich meine Freundin. »Und ist bereit, sie zu vertreten.«

»Sie ist kein guter Umgang für dich«, sagte Frau Lausberg. »Bestimmt ist sie kriminell. Es könnte Daniel in Schwierigkeiten bringen, wenn du dich mit so einer Person triffst.«

»Meine Freundin setzt sich für soziale Gerechtigkeit ein«, erklärte ich. »Außer Zusammenstößen mit der Polizei hat sie sich nie etwas zu Schulden kommen lassen.«

»Widerstand gegen die Staatsgewalt ist keine Bagatelle«, rief Herr Lausberg.

»Wir leben in einer Gesellschaft, in der ziviler Protest erlaubt ist. Da bleiben Zusammenstöße nicht aus.«

»Wie siehst du das?« Diana sah ihren Bruder an.

»Camilla trifft Tessa nur in meiner Abwesenheit.«

»Genau«, erwiderte ich. »Und das werde ich auch in Zukunft machen.«

»Du könntest doch mehr mit dieser Liz unternehmen«, schlug Diana vor. »Ich kaufe so gerne bei ihr ein. Sie ist wirklich reizend.«

»Es ist meine eigene Sache, mit wem ich mich treffe«, erwiderte ich.

»Zeit für den Nachtisch«, rief Frau Lausberg.

Sie ging mit Johanna in die Küche. Ich konnte hören, wie die beiden miteinander sprachen, verstand aber nicht, was sie sagten.

Johanna lachte, dann war ein Zischen zu hören und wenig später drang ein süßlicher Geruch ins Esszimmer.

Johanna erschien in der Tür. Vorsichtig trug sie ein Tablett mit sieben Schalen herein, die sie uns servierte.

»Die Haube habe ich gemacht«, erklärte sie stolz.

Damit meinte sie die Zuckerhaube, an der ich die Crème Brûlée erkannte.

»Lecker«, lobte ich Johanna nach dem ersten Bissen.

Sie grinste übers ganze Gesicht.

»Du könntest Camilla mit den Frauen deiner Geschäftspartner bekannt machen«, griff Frau Lausberg das leidige Thema von eben wieder auf.

»Das ist eine ausgezeichnete Idee«, erwiderte Daniel. Er wandte sich an mich. »Holger schlug vor, dass wir uns einmal mit den anderen Paaren von Samstag zum Kochen treffen könnten. Was meinst du?«

»Klar«, antwortete ich, denn Holger und Saskia fand ich sehr sympathisch.

»Sie könnte auch Mitglied im Lions Club werden«, schlug Peter vor.

»Wunderbare Idee.« Diana klatschte in die Hände. »Ich nehme dich gerne zu einem Treffen mit.«

»Lions Club?« Ich sah sie erstaunt an.

»Wir engagieren uns sozial«, erklärte Diana. »Demnächst ist ein Wohltätigkeitsball zu Gunsten obdachloser Kinder in Kenia. Möchtet ihr mitgehen?«

»Und schon erste Kontakte knüpfen.« Frau Lausberg schien begeistert.

Ich stellte mir Tessas Gesicht vor, wenn ich ihr erzählte, ich würde zu einem Wohltätigkeitsball gehen.

Sie hasste diese Charityveranstaltungen, bei denen es ihrer

Meinung nach eher darum ging, das schlechte Gewissen der Gäste zu beruhigen, als wirkliche Hilfe zu leisten, womit sie vermutlich recht hatte.

»Was geht hier eigentlich vor?« Ich sah in die Runde, denn dieser Eifer, mich in bessere Gesellschaftskreise zu drängen, verwirrte mich.

Frau Lausberg stupste ihren Sohn an. »Das wäre jetzt der passende Moment.«

»Wofür?«

Daniel drehte sich zu mir um.

»Der Abend mit meiner Familie sollte mehr sein, als ein lockeres Zusammentreffen. Sie alle sollen unsere Zeugen sein.« Er ergriff meine Hand. »Camilla, möchtest du meine Frau werden?«

Kapitel 12

Seit fünf Uhr früh hatte ich schon vier große Becher Kaffee getrunken. Jetzt war es fast sieben Uhr. Ich saß mit dem fünften Kaffee auf der Couch, Isolde auf dem Schoß, und schwankte zwischen Glück und Zweifel, während mein Verlobter oben in meinem Bett schlief.

Irgendwann würde ich meinen Enkeln erzählen, wie freudig überrascht ich über den Antrag ihres Großvaters gewesen war, wohl wissend, dass das eine Lüge ist. In Wirklichkeit hatte der Antrag mich eiskalt erwischt, denn ich gehöre nicht zu den Frauen, die sehnsüchtig auf einen Verlobungsring warten. Um ehrlich zu sein, hatte ich mir selten Gedanken über Daniels und meine Zukunft gemacht. Ginge es nach mir, könnte alles weiterlaufen wie bisher.

Noch einmal ging ich in Gedanken den gestrigen Abend durch. Daniel war nicht auf die Knie gegangen, aber das nahm ich ihm nicht übel. Was ich ihm übel nahm, war, dass er die ganze Familie Lausberg in den Plan eingeweiht hatte. Alle sahen mich erwartungsvoll an und Diana strahlte, als sei sie die Braut.

Mir wurde abwechselnd heiß und kalt. Ich nahm nichts mehr um mich herum wahr, ich sah nur noch den Ring, den Daniel aus seiner Jackentasche holte. Ein prachtvoller Ring, ein Rubin mit Brillanten, Jugendstil, aber kein Ring für den Alltag. Wie ich später erfuhr, stammte er von Daniels Urgroßmutter und wurde jeder Braut der Lausbergmänner zur Verlobung überreicht.

Mir war er zu klein.

Ich hatte den Antrag angenommen, weil ich Diana nicht enttäuschen wollte und weil mir kein Grund einfiel, der dagegen sprach.

Das erinnerte mich an Carrie Bradshaw in dem ersten Sex and the City Film. Auch sie hatte aus pragmatischen Gründen einer Heirat zugestimmt, die dann aber ins Wasser fiel, weil der Bräutigam das Weite suchte.

Das hielt ich in unserem Fall für ausgeschlossen. Viel wahrscheinlicher erschien mir, dass Tessa mich entführen würde, um meine Heirat zu verhindern.

Ich hörte Schritte auf der Treppe.

»Schon lange wach?« Mein Verlobter trat hinter mich und drückte mir einen Kuss auf den Scheitel.

»Ich konnte nicht schlafen«, antwortete ich. »Kaffee?«

Ohne eine Antwort abzuwarten stand ich auf und lief in die Küche.

»Kann ich mir denken.« Daniel war mir gefolgt. Er steckte zwei Scheiben Toast in den Toaster. »Es wird eine riesige Umstellung für dich, wenn du Frau Lausberg wirst.«

»Frau Lausberg?«

»Wäre dir ein Doppelname lieber? Das würde meinem Vater nicht gefallen, aber er wird sich daran gewöhnen.«

»Wie wäre es mit Herr und Frau Kaußen?«

»Das wäre völlig gegen die Tradition.«

»Trau dich was.«

»Meine Familie ist in der Stadt bekannt und von mir wird erwartet, die Linie fortzusetzen.«

Ich drehte mich zu ihm um. »Mein Bruder ist schwul und denkt nicht an Heirat. Sollte ich die Linie Kaußen nicht fortsetzen, stirbt sie aus.«

»Aber deine Familie ist ...?«

»Was?«, fragte ich in schneidendem Ton.

Er stöhnte. »Warum musst du immer alles so kompliziert machen?«

»Warum glaubst du, dass du alles bestimmen kannst?«

Wütend lief ich nach oben, um mich anzuziehen.

Eine halbe Stunde später verließen Daniel und ich das Haus. Schweigend trat ich auf den Bürgersteig und stieß beinahe mit Fabian Schmetz zusammen.

»Hoppla.« Er lächelte mich an. »Sind Sie immer so stürmisch?«

Ich lächelte ebenfalls und wollte zu einer Antwort ansetzen, aber Daniel kam mir zuvor.

»Finden Sie diese Frage angemessen?«

Überrascht drehte ich mich zu ihm um. »Was wird das Daniel?«

»Es gefällt mir nicht, dass ein fremder Mann so anzüglich mit meiner Verlobten spricht.«

»Wir sind hier in Aachen«, erwiderte ich. »Da hat man eine große Klappe.«

»Ich wollte Sie nicht beleidigen.« Der Hauptkommissar hob beschwichtigend die Hände.

»Das ist Hauptkommissar Schmetz«, sagte ich zu Daniel. »Er leitet die Ermittlungen im Fall Ramona.«

»Das gibt ihm nicht das Recht, so vertraut mit dir zu reden.« Daniel verschränkte die Arme vor der Brust.

»Ich gehe wohl besser«, sagte Hauptkommissar Schmetz.

»Das halte ich auch für besser«, erwiderte Daniel.

»Ich hielte es für besser, du würdest dich entschuldigen, Daniel.«

»Warum?« Daniel legte seine Hände auf meine Schulter. »Weil ich meine Verlobte verteidige?«

»Das kann ich selbst.« Ich trat einige Schritte zurück. »Wenn es nötig ist.«

»Warum verteidigst du ihn?«, fragte Daniel. »Hat er dich zu nächtlichen Meetings ins Polizeirevier bestellt?«

»Geht's noch?«, rief Fabian Schmetz. Aus seiner Stimme konnte ich deutlich die unterdrückte Wut heraushören.

»Lassen Sie meine Verlobte in Ruhe!«

»Sonst was?« Herr Schmetz' Stimme klang sarkastisch. »Fordern Sie mich zum Duell?«

»Es reicht!«, rief ich.

»Sie halten sich wohl für einen richtig tollen Bullen.« Daniel machte zwei Schritte auf den Hauptkommissar zu, der sofort eine Kampfpose einnahm.

Ich stellte mich zwischen die beiden Streithähne. »Gib Ruhe Daniel!«

Wortlos verließ Fabian Schmetz den Schauplatz.

»Unverschämter Kerl!«, rief Daniel ihm hinterher.

»Du warst unverschämt«, entgegnete ich. »Es gab keinen Grund ihn zu beleidigen.«

»Du erreichst mich in der Kanzlei.« Daniel drehte sich um und lief die Jakobstraße hinunter zu seinem Auto.

Gab es einen schlimmeren Start in den Tag? Was würde mich auf der Arbeit erwarten? Kegeln mit Kitakindern stand auf dem Programm. Aber eine Horde Kleinkinder war nicht das, was ich nach den Aufregungen der letzten zwölf Stunden ertragen konnte. Ich kramte mein Handy aus der Tasche und schickte Sonja eine Nachricht, in der ich mich für heute krank meldete. Details würde ich mir später überlegen. Dann schloss ich die Haustür auf und stieg die Treppen zu meiner Wohnung hinauf.

Obwohl ich hundemüde war, konnte ich mit dem vielen Koffein im Blut garantiert nicht schlafen. Ich überlegte, es zu versuchen, verwarf den Gedanken aber gleich wieder. Endloses herumwälzen im Bett würde meine Laune nicht bessern. Ein Bad erschien mir eine angenehmere Alternative zu sein.

Während das Wasser einlief, schickte ich Fabian Schmetz eine Nachricht, in der ich mich für Daniels Verhalten entschuldigte. Ich überlegte einen Moment und schickte eine weitere mit einer Einladung auf einen Kaffee. Dann zog ich mich aus und stieg ins dampfende Wasser.

Später am Vormittag betrat ich Liz' Laden.

»Nicht auf der Arbeit?«, begrüßte sie mich.

»Reisfladen?« Unterwegs hatte ich einen dieser köstlichen Kuchen besorgt.

»Immer.« Liz nahm sich ein Stück.

»Daniel hat mir einen Heiratsantrag gemacht«, erzählte ich zwischen zwei Bissen.

»Super«, rief Liz begeistert. »Wann?«

»Gestern Abend bei seiner Familie.«

»Wie romantisch.«

»Die ganze Familie war eingeweiht«, erzählte ich. »Und seine Schwester hatte schon Champagner kalt gestellt. Alle sahen mich so erwartungsvoll an, als Daniel meine Hand ergriff.«

»Hättest du sonst nein gesagt?«

»Keine Ahnung.« Ich nahm mir noch ein Stück Reisfladen. »Das hat sein Vater vermutlich gehofft. Er hat als Einziger nicht gestrahlt, als ich ein *Ja* stammelte.«

»Der«, entgegnete Liz. »Auf die Schwiegereltern kommt es nicht an.«

Der Postbote kam herein und gab Liz einige Umschläge. Sie blätterte kurz durch und legte sie dann beiseite.

Ich nahm einen Bissen von meinem Reisfladen.

»Daniel ist so komisch in letzter Zeit«, nahm ich das Gespräch wieder auf. »Meine Kleidung gefällt ihm nicht mehr. Und von seiner Reaktion nach der Party habe ich dir erzählt.«

»Er hat sich entschuldigt«, gab Liz zu bedenken.

»Eben hat er sich beinahe mit Fabian geprügelt.«

»Hauptkommissar Schmetz?«

»Wir sind vor meiner Tür zusammengestoßen.«

»Und deshalb drohte Daniel ihm mit Prügel?« Liz sah mich skeptisch an.

»Herr Schmetz machte einen Scherz, den Daniel in den falschen Hals bekam.«

»Blöd«, antwortete sie. »Aber er war doch noch nie eifersüchtig.«

»Ich weiß nicht, was mit ihm los ist.« Ich wischte mir ein paar Krümel vom Pulli.

»Für Daniel wird es wohl Zeit, sich niederzulassen«, überlegte Liz. »Er möchte heiraten, ein Haus bauen ...«

»Ein Haus bauen?« Ich sah sie erschrocken an. »Aber ich denke nicht daran, in eine Neubausiedlung zu ziehen.«

»Unterschiedliche Lebensentwürfe«, sagte Liz. »Genau das ist euer Problem.«

»Ich habe keinen Lebensentwurf«, widersprach ich.

»Klar hast du den«, entgegnete Liz. »Aber du machst ihn dir nicht bewusst.«

Darauf hatte ich keine Antwort.

»Wann heiratet ihr?«, fragte Liz nach einigen schweigenden Momenten.

»Wenn wir uns auf einen Namen geeinigt haben.«

»Das kann ja dauern.« Sie nahm sich ein weiteres Stück Reisfladen. »Macht ihr einen Ehevertrag?«

»Keine Ahnung.«

»Wie soll dein Kleid aussehen?«

»Keine Ahnung.« Ich ließ den Kopf auf die Theke sinken. Liz streichelte mir durchs Haar.

»Willst du ihn heiraten?«

»Keine Ahnung.«

Die Türglocke erklang.

Ein Mann mit grauen Haaren und Armeeparka kam zu uns an die Verkaufstheke. »Guten Morgen Liz. Hast du etwas für mich?«

Die Frage klang seltsam, als würde Liz Drogen unter der Ladentheke verkaufen.

»Leider nein, Thomas«, antwortete sie. »Die Lieferung hängt noch beim Zoll fest.«

»Schade, aber kann man nichts machen«, sagte er und verließ das Geschäft.

»Erwartest du eine Ladung Kokain?«, fragte ich.

»Chrystal Meth«, antwortete sie lachend.

Die Türglocke ging erneut, aber ich schenkte ihr kaum Beachtung, zu sehr war ich in meine Gedanken vertieft. Was für eine Lieferung?

»Du?«, fragte Liz.

Ich sah hoch. Tessa kam mit ihrem Laptop und einem Rucksack bepackt auf uns zu.

»In meinem Wohnwagen war es mir zu einsam«, sagte sie. »Und die Solaranlage liefert zu wenig Strom.«

»Dabei wolltest du doch absolut autark sein mit deinem Gefährt«, erwiderte ich ironisch.

»Aber die Wasseraufbereitung funktioniert jetzt wieder«, erzählte Tessa, meinen Spott ignorierend.

»Warum ist es dir so wichtig, von der Umwelt autark zu sein?«, fragte Liz.

»Weil das kapitalistische Ausbeutersystem über kurz oder lang zusammenbricht«, antwortete Tessa. »Und wenn die Anarchie ausbricht, bin ich vorbereitet.«

»Hast du auch Lebensmittel gehortet?«, fragte ich.

»Du nicht?« Tessa klappte ihren Laptop auf.

»Warum gehst du nicht ins Fastrada?«, fragte Liz.

Tessa schnaubte. »Da feiert ein Damenkränzchen lautstark mit Sekt und Streuselkuchen Geburtstag.« Sie nahm sich ein Stück Reisfladen.

»Warum bist du hier?«, fragte sie mich. »Wieder eine Krise mit dem Spießer?«

»Heiratsantrag«, sagte Liz.

»Fast das gleiche«, erwiderte Tessa mit vollem Mund.

»Was haltet ihr von der Theorie, dass Frau Sommer die Mörderin ist?«, fragte ich, um nicht wieder von Daniels Antrag erzählen zu müssen.

»Wie kommst du darauf?«, rief Liz.

In wenigen Sätzen erzählte ich von meinem Gespräch mit Frau Richter und Frau Görres.

»Laut Hercule Poirot braucht der Täter vier Voraussetzungen«, dozierte Liz. »Er hat ein Motiv, Zugang zur Waffe, kein Alibi und kennt den Aufenthaltsort des Opfers.«

»Passt alles. Ihre Tochter hat gesündigt, sie hatte Zugang zur Waffe und kannte den Aufenthaltsort Ramonas. Wir müssten nur noch ihr Alibi überprüfen.«

»Sie war zu Hause«, erwiderte Liz.

»Das sagen sie alle.« Tessa holte einen Block heraus, um sich einige Notizen zu machen.

»Aber Frau Sommer würde nie ihre Tochter ermorden«, widersprach Liz. »Die beiden hatten ein wunderbares Verhältnis.«

»Dir fehlt eindeutig die Objektivität Hercule Poirots«, sagte ich.

»Sollte Frau Sommer tatsächlich ihre Tochter ermordet haben, hätte sie sie bestimmt vergiftet«, antwortete Liz. »Sie wurde doch nicht ihren Schwiegersohn betäuben und sich dann im Dunkeln auf die Lauer legen, bis er schläft.«

»Gift ist doch zu auffällig«, erwiderte ich.

»Genau.« Tessa lachte. »Viel auffälliger als ein riesiges Loch im Kopf.«

»Woher wissen wir eigentlich, dass Franks Version mit den K.O. Tropfen stimmt?«, fragte ich, Tessas Spot ignorierend.

»Wissen wir nicht«, antwortete Liz. »Und wir wissen auch nicht, ob Frau Sommers Rachegedanken so weit gingen, ihr Enkelkind zu ermorden.«

»Frau Sommer könnte erst durch die Obduktion davon erfahren haben«, teilte ich meine Überlegungen zu dieser Frage mit.

»Am Samstag hat sie uns erzählt, sie hätte ein paar Tage vorher davon erfahren«, widersprach Liz.

Tessa schnaubte. »Das muss doch nicht stimmen.«

»Ramona hatte ein sehr enges Verhältnis zu ihrer Mutter«, sagte Liz. »Weshalb hätte sie ihr die Schwangerschaft verheimlichen sollen?«

»Sie könnte es selber erst kurz vorher erfahren haben«, entgegnete ich. »Am Tag ihrer Ermordung.«

»Was tust du, wenn du was Erfreuliches erfährst?«, fragte Liz. »Etwas, auf das alle schon sehnsüchtig warten?«

»Ich schicke dir und Tessa sofort eine Nachricht«, antwortete ich nach kurzem Überlegen.

»Was schließt du daraus?« Liz sah mich an.

»Keine Ahnung.«

»Hätte Ramona erst am Tag ihrer Ermordung von der Schwangerschaft erfahren, wäre sie doch nicht so früh ins Bett gegangen«, überlegte Liz. »Die Familie hätte zusammen gefeiert.«

Tessa biss in ihren Kuchen, dann sah sie mich an. »Ich mag es, wenn dein Leben in Unordnung ist.«

Sie ging mit ihrem Rechner zu einer der Leseecken.

»Was hast du vor?«, fragte Liz.

»Recherchieren«, erwiderte Tessa.

»Hier?«

»Guten Tag Liz«, hörten wir eine Frauenstimme.

»Frau Sommer.« Liz drehte sich um. »Ich habe Sie gar nicht gehört.«

Frau Sommer kam zu Liz und mir herüber. »Ich möchte euch zur Beerdigung am Freitag einladen.«

Sie holte zwei Umschläge mit schwarzem Rand aus ihrer Handtasche.

»Die arme Ramona« Liz ergriff Frau Sommers Hand. »Ich kann es immer noch nicht glauben.«

Frau Sommer schluchzte. »Sie war am Nachmittag noch bei uns, um uns das erste Ultraschallbild unseres Enkelkindes zu zeigen.«

Ich spitzte meine Ohren.

»Hätte ich gewusst, dass sie in den Tod ging, ich hätte sie niemals gehen lassen.«

»In welchem Monat war sie«, fragte Liz.

»In der vierten Woche. Sie hatte erst Anfang der Woche die Bestätigung von ihrem Arzt bekommen.«

»Hmhm«, hörte ich Tessa. »Pst.«

Ich sah zu ihr hinüber.

Sie formte mit ihren Lippen die Worte Frau Weiland.

Es dauerte einen Moment, doch dann verstand ich.

»War sie bei Frau Dr. Weiland in Behandlung?«, fragte ich Frau Sommer.

Liz gab mir einen leichten Stoß.

»Wieso?« Frau Sommer sah mich skeptisch an.

»Na ja«, stammelte ich. »Ich dachte, ich hätte sie dort einmal gesehen.«

»Ramona hatte einen anderen Gynäkologen«, entgegnete Frau Sommer. Ihrer Stimme war deutlich anzuhören, dass sie nichts weiter zu diesem Thema sagen würde.

»Wir kommen zur Beerdigung«, sagte Liz. Sie begleitete Frau Sommer zur Tür.

»Was sollte das Camilla?« Liz kam zurück zur Theke. Wortlos wies ich auf Tessa.

»War doch eine gute Gelegenheit«, antwortete die.

»Ich weiß gar nicht, wer von euch beiden unsensibler ist.« Liz lief in den hinteren Teil des Ladens. Lautes Scheppern war zu hören. Sie räumte eine der Spielecken auf.

»Au weia.« Ich setzte mich neben Tessa.

Wie immer schien derartige Kritik völlig an ihr abzuprallen, denn sie zuckte nur mit den Schultern.

»Was machst du da eigentlich?« Ich sah auf den Bildschirm von Tessas Laptop.

»Hier.« Sie drückte mir ihr iPad in die Hand. »Such alles zusammen, was du über Ralf Sommer findest.«

»Und wie?«

Tessa schlug mir ihre flache Hand vor die Stirn.

»Lass das.«

»Muss ich dir echt erklären, wie man eine Internetrecherche macht?«

»Nein«, antwortete ich schneidend. »Aber wie man sich in geheime Datenbanken einhackt.«

»Du sollst doch nur rausfinden, ob was über ihn in der Zeitung stand.«

Liz kam zu uns. »Geht das noch etwas lauter?«

»Wir arbeiten«, entgegnete Tessa.

»Ihr vertreibt meine Kunden«, zischte Liz.

»Welche?« Tessa sah sich um.

»Das ist eine Leseecke, keine Arbeitsecke.«

»Wir sind leiser«, versicherte ich.

»Am besten geht ihr.«

»Na gut.« Tessa griff sich die restlichen Stücke Reisfladen von der Theke, packte ihren Laptop in den Rucksack und stand auf. »Zu dir.«

Kapitel 13

Wir saßen an meinem Esstisch, um uns herum eine Menge Papiere, zwei Laptops und einen Drucker, den Tessa aus ihrem Rucksack gezaubert hatte.

Nicht zum ersten Mal fragte ich mich, ob dieser Rucksack so eine Art Mary-Poppins-Tasche war. Es würde mich nicht wundern, wenn sie auch eine Stehlampe daraus hervorholte.

Tristan hatte sich auf einem Stapel Zeitungsartikel zusammengerollt. Darin wurde hauptsächlich über Ralf Sommers Jagderfolge und ein Rodeoreiten berichtet.

Ich hatte meinen Laptop geholt, mit dem ich besser zurechtkam als mit Tessas Tablet-PC.

»Hier.« Ich hatte einen weiteren Zeitungsartikel zu Ralf Sommer gefunden, den ich kurz überflog.

Tessa sah auf.

»Die Firma Sommer hatte den Auftrag, mehrere Schulen im Stadtbereich zu renovieren. Offensichtlich hat er versucht, mehr Geld als den vereinbarten Preis rauszuschlagen.«

»Hat es geklappt?«, fragte sie.

»Nein«, antwortete ich. »Die Stadt drohte damit, den Auftrag anderweitig zu vergeben.«

»Dumm für Ralf Sommer«, kommentierte Tessa.

»Müssen solche Aufträge nicht Europaweit ausgeschrieben werden?«

Tessa zuckte die Schultern. »Den Kölsche Klüngel gibt es nicht nur in Köln.«

Ich stieß auf einen weiteren Artikel. »Aber es gab trotzdem keinen Auftrag, weil die Maler bei Sommers streikten und die Arbeiten sich verzögerten.«

Der Drucker ratterte. Erschrocken sprang Tristan auf und floh in die Küche.

Tessa nahm den Papierstapel. »Hier sind einige Kontoauszüge von Ralf Sommer.«

Ich blätterte sie durch. »Auf das Konto wurden hunderttausend Euro überwiesen.« Ich ließ die Blätter sinken. »Nicht viel für so einen Großauftrag.«

»Das ist ein Schwarzgeldkonto«, erklärte Tessa.

»Und woher stammt das Geld?«

»Vom Spielcasino«, sagte sie.

Ich stieß einen leisen Pfiff aus. »Zahlen die nicht bar aus?«

»Nur in Gangsterfilmen«, antwortete Tessa. »Aber jetzt geht es weiter. In den folgenden Wochen wurden immer wieder größere Summen von diesem Konto abgehoben.«

»Stimmt.« Ich blätterte die Blätter durch. »Aber ein Muster kann ich nicht erkennen.«

»Das Muster ist der Geldautomat«, sagte Tessa. »Der steht im Spielcasino.«

»Die Bank speichert, wo ich mein Geld abhebe?«

»Und noch vieles mehr«, entgegnete Tessa.

Ich griff nach einem Taschenrechner.

»Wow«, sagte ich, nachdem ich alle Summen eingetippt hatte. »Zweihundertfünfzigtausend. Die Gewinne sind dagegen lächerlich gering.«

»Die Bank gewinnt eben immer.«

»Dann ist Ralf spielsüchtig?«, überlegte ich. »Aber die Familie Sommer ist nicht arm. So eine Summe sollte sie nicht ruinieren.«

»Das ist nur ein Konto«, antwortete Tessa. »Von seinem offiziellen Privatkonto ist noch einmal die gleiche Summe abgehoben worden.«

Ich pfiff anerkennend.

»An die Firmenkonten bin ich noch nicht ran gekommen. Weißt du zufällig, bei welcher Bank die Firma ihr Konto hat? Die naheliegenden sind es nämlich nicht.«

»Hat er mir leider nicht verraten«, entgegnete ich. »Aber wenn er Geld von Firmenkonten genommen hat, dann könnte Ramona dahintergekommen sein. Liz soll die Sommers fragen.« Ich griff mein Handy und schickte Liz eine .

»Dafür würde der Streik sprechen«, überlegte Tessa. »Die Bäckereiverkäuferin sagte doch, die Gehälter seien nicht immer pünktlich gezahlt worden, bis Ramona eingegriffen hat.«

»Also kam sie ihm auf die Schliche«, sagte ich. »Das wäre dann das Motiv. Er wusste, wo Frank seine Waffen aufbewahrt, und konnte jederzeit ins Haus.«

Alibi Ralf? tippte ich in mein Handy und schickte die Nachricht ebenfalls an Liz.

»Mir fällt was ein.« Tessa nahm das Tablet und wischte darauf herum. »Perfekt. Farbe und Lacke Sommer sucht eine Bürokraft. Da werde ich morgen hingehen und meine Bewerbungsunterlagen abgeben.«

»Hä?«

Tessa seufzte. »Und mich bei der Gelegenheit umsehen.«

»Willst du einen Trojaner installieren?«, fragte ich.

»Dazu muss man doch nicht vor Ort sein«, erklärte Tessa. »Aber du hast Recht.«

Sie öffnete ein Seitenfach ihres Rucksacks, aus dem sie nach kurzem Suchen einen USB-Stick fischte. Den steckte sie in die passende Buchse des Laptops.

Ich stellte mich hinter Tessa. Der Rechner begann zu arbeiten und wenige Augenblicke später war das Desktopbild, ein Totenschädel und zwei gekreuzte Knochen, verschwunden. Nur ein paar schwarze Fenster mit sehr viel unverständlicher weißer Schrift waren zu sehen.

»Hier habe ich mein Angriffssystem hochgefahren«, erklärte Tessa, die mein Interesse bemerkt hatte. »Ein virtuelles Unix-artiges Betriebssystem.«

»Aha, Linux.« Davon hatte ich schon gehört.

»So was ähnliches. Das ist ein BSD-Derivat.«

Mein Blick war vermutlich genauso verwirrt, wie mein Gehirn sich fühlte.

»Das ist selbst gebaut«, erklärte Tessa, »und hochgradig modifiziert. Viel besser als Linux, aber das tut jetzt nichts zur Sache.«

Sie gab einen Befehl ein und eine Liste von Dateien wurde angezeigt. Die, die auf .jpg endeten, waren Bilder, so viel wusste ich. PDF-Dateien kannte ich auch. Aber die Dateiendungen .asm oder .c sagten mir gar nichts. Tessa war ganz in ihrem Element. Nach kurzem Studium der Liste wählte sie eine Datei aus.

»Was heißt vonhinten.c?«, fragte ich.

»vonhinten ist der Name, und .c bedeutet in dem Fall,

dass es sich um den Quelltext eines Programms handelt«, antwortete sie. Normalerweise gab Tessa nicht so bereitwillig Auskunft, wenn es aber darum ging, mit ihren Programmierkenntnissen anzugeben, war sie immer sehr gesprächig. Sie öffnete die Datei in einem Editor. Weiße Sätze und Buchstabenreihen erschienen.

»Das ist der Programmcode«, erklärte Tessa.

Für die nächsten zwei Minuten versank sie in diesem Code. Immer wieder korrigierte sie einzelne Zeilen in der Datei, dann schloss sie den Code.

»Jetzt übersetzen wir das Ganze in ein ausführbares Programm für die Observierung.«

Tessas Finger flitzen über die Tastatur. Ein paar Befehle später rief sie die Dateiliste wieder auf und eine neue Datei war vorhanden. Der Name war vonhinten.exe, endlich wieder eine Dateiendung, die ich schon einmal gelesen hatte.

»Eigentlich fertig, aber heutzutage ist fast niemand mehr so blöd und öffnet eine ausführbare Datei, falls es der Virenscanner überhaupt durchlässt. Darum verstecken wir unsere Schadsoftware in einem Bild.«

Ein paar Befehle später hatten wir eine weitere, harmlos wirkende Datei: Sandra.jpg. Der Monitor wurde wieder bunter, als sich ein ganz normales Textverarbeitungsprogramm öffnete. Es erschien ein formales Anschreiben, auf dem Bewerbung stand. Auf der nächsten Seite erschien der Lebenslauf einer Sandra Müller, vermutlich eins von Tessas Synonymen. Auch hier tippte sie wieder etwas ein, dann öffnete sie ein Mailprogramm und schickte die Bewerbung inklusive des vermeintlichen Fotos ab.

»Und was sollte das jetzt?«, fragte ich.

»Ich habe einen Trojaner geschickt«, antwortete Tessa.

»Das kannst du doch nicht machen.«

»Eine meiner leichtesten Übungen.«

»Aber das ist illegal«, rief ich.

»Pft. Ich habe das schon bei gefährlicher Kundschaft gemacht. Die schicken Killer und keine Gesetzeshüter. Ich gehe hier über Anonymisierungsdienste und wurde noch nie erwischt.«

»Okay«, sagte ich. »Gesetze haben dich noch nie gestört. Aber wie sollen wir solche illegal erworbenen Daten gegen Frank Sommer verwenden.«

Tessa seufzte. »Wir sind nicht die Polizei. Sollten wir etwas Verdächtiges finden, können wir ihn damit konfrontieren und hoffen, dass er einknickt.«

»Und wenn er dich anzeigt?«

»Ich weiß eh noch nicht, ob es klappt«, sagte Tessa. »Es wäre möglich, dass die Antivirensoftware den Trojaner rausfischt, oder sich nichts Verdächtiges findet.«

»Und dann?«, fragte ich.

»Brechen wir ein.«

Ein flaues Gefühl machte sich in meinem Magen breit, dass sich über den gesamten Bauch ausbreitete.

»Einbrechen?«

Ich stand auf, öffnete eine Schranktür und entnahm ihr eine Flasche Sherry.

»Ist ohnehin sinnvoll, so eine Vor-Ort-Recherche«, sprach Tessa weiter. »Nicht alle Unterlagen sind im System.«

»Einbrechen?«

Ich nahm einen großen Schluck Sherry.

Das Glas sparte ich mir.

»Freitag nacht wäre ein idealer Zeitpunkt. Dann sind alle noch geistig mit der Beerdigung beschäftigt.«

»Einbrechen?«, rief ich.

Tessa sah mich erstaunt an. »Klar.«

»Dafür landet man im Knast.«

»Nur wenn man erwischt wird.« Tessa nahm mir die Flasche aus der Hand und trank ebenfalls. »Aber Einbrecher werden so gut wie nie geschnappt.«

»Die Profis, Tessa«, widersprach ich.

»Es ist doch ganz einfach«, erklärte Tessa. »Ich werde morgen eine weitere Bewerbung persönlich vorbeibringen. Bei der Gelegenheit gucke ich mich genau um und mache Fotos vom Gelände und der Sicherheitstechnik. Und dann entwickle ich einen Plan.«

»Willst du Liz mitnehmen?«

»Machst du Witze?« Tessa nahm noch einen Schluck. »Die ist doch viel zu schissig.«

»Das bin ich auch«, erwiderte ich. »Sollten wir erwischt werden, wovon ich ganz stark ausgehe, kann ich meinen Festvertrag vergessen.«

Ich nahm Tessa den Sherry aus der Hand.

»Festvertrag?«, fragte sie.

»Das Heim hat mir einen angeboten«, sagte ich.

»Ist ja viel bei dir los.« Tessa setzte sich wieder. »Nimmst du denn an?«

»Wenn ich nicht wegen Einbruchs im Knast lande.«

»Und der ganze Ärger?«

»Die Heras sind in den Führungspositionen dieses Landes in der Mehrheit.«

»Da haben sie dich ja wunderbar zurecht gestaucht«, sagte Tessa, während sie ihre Sachen zusammenpackte.

Ein Posthorn erklang.

»Eine Kurznachricht«, antwortete ich auf Tessas fragenden Blick.

Aber sie kam nicht von Liz, wie ich erwartet hatte.

Entschuldigung angenommen, schrieb Fabian Schmetz.

»Denk noch mal in Ruhe über alles nach«, sagte Tessa. »Und morgen sagst du mir, ob wir besser Freitag oder Samstag einbrechen.«

Abgang Tessa.

Zurück blieb eine völlig verwirrte Camilla. Abgesehen von meiner beruflichen Zukunft, würde Daniel mir einen Einbruch nie verzeihen. Und das könnte ich gut verstehen, denn sollten Tessa und ich geschnappt werden, käme er sicher in Bedrängnis.

Ich dachte an den Roman *In Sachen Signora Brunetti* von Donna Leon. Darin zerschlägt Paola Brunetti die Schaufensterscheibe eines Reiseveranstalters, der den Sextourismus fördert, um so auf diese Scheußlichkeiten aufmerksam zu machen. Das bringt ihren Mann, Commissario Brunetti, in Schwierigkeiten. Paola erklärt, sie müsse so handeln, da ihre Überzeugung wichtiger sei, als die Karriere ihres Mannes.

Hätte Daniel Verständnis? Ich bezweifelte es. Außerdem ging es bei Tessas geplantem Einbruch nicht um höhere Ziele, sondern um Spionage.

Ich nahm die Flasche Sherry und lief damit in die Küche.

Es war erst fünf Uhr Nachmittag und ich hatte eindeutig zu viel Alkohol getrunken. Trotzdem öffnete ich nach kurzem Zögern meinen Kaffeeschrank und holte den Espressokocher heraus. Während das Wasser im Wasserkocher heiß wurde, griff ich zu der Dose mit der Espressoröstung. Damit füllte ich den Siebträger des Espressokochers und wartete, bis das Wasser kochte.

Mit lautem Blubbern und Röcheln bereitete der Kocher meinen Espresso zu. Ich gab Milch und einen großen Schluck Sherry in den Milchaufschäumer. Nach einigen Pumpschlägen bildete sich ein herrlich dicker Schaum, den ich in ein Glas goss. Vorsichtig ließ ich den Espresso am Rand des Glases hinunterlaufen, so dass ich einen Latte Macchiato mit Sherry bekam.

Einige Stunden und viele Sherry Latte Macchiatos später kletterte ich mit Mühe die Leiter zu meinem Bett hinauf.

Kapitel 14

Es wäre wohl besser gewesen, auch den nächsten Tag zu schwänzen, aber das schlechte Gewissen meinen Kolleginnen gegenüber trieb mich am Morgen aus dem Bett. Das und mein Plan, am Nachmittag mit einigen Bewohnerinnen Muffins zu backen.

Nach und nach trudelten alle in der Seniorenresidenz ein.

»Ich werde den Vertrag unterschreiben«, verkündete ich.

Dazu hatte ich mich in der Nacht entschlossen, schon allein, um eine Ausrede zu haben, nicht bei Daniel arbeiten zu können.

»Prima«, rief Sonja. »Dann geh doch gleich in die Personalabteilung zum unterschreiben.«

Anja schenkte allen Kaffee ein.

Ich sah auf die Uhr. Den Vertrag konnte ich in einer viertel Stunde unterschreiben gehen. Kaffee aus der Maschine ist zwar kein Genuss, aber manchmal überlebenswichtig, erst recht nach der schlaflosen Nacht, die ich mir dank zu viel Koffeins selbst eingebrockt hatte.

Meine Laune war wunderbar, als ich zwanzig Minuten später die Verwaltungsräume erreichte. Beschwingten Schrittes betrat ich das Büro von Frau Haller, der zuständigen Mitarbeiterin.

»Ich komme zur Vertragsunterschrift.«

»Frau Kaußen«, begrüßte sie mich. »Setzen Sie sich.« Sie wühlte in zwei Papierstapeln, bis sie fündig wurde. Mit einem mehrseitigen Dokument kam sie zu mir herüber. »Dann lesen Sie ihn sich erst einmal in Ruhe durch. Es ist ja jetzt mehr als nur die übliche Verlängerung.«

Die meisten Paragraphen überflog ich nur, da ich ihren Inhalt zur Genüge kannte. Auf der zweiten Seite stockte ich.

»Aber das ist ja wieder nur ein Jahresvertrag.« Ich deutete auf die entsprechende Stelle. »Mir wurde ein Festvertrag versprochen.«

»Davon weiß ich nichts«, erwiderte Frau Haller. »Der Heimleiter sagte mir, dass sie jetzt nicht mehr unbegründet befristet angestellt seien, sondern als Ergänzung zur Elternteilzeit ihrer Vorgesetzten.«

»Das heißt?« Ich sah sie mit großen Augen an, denn ich hatte kein Wort verstanden.

»Das sie jetzt einen neuen Vertrag bekommen, der begründet befristet ist.«

»Und so kann der Vertrag bis in alle Ewigkeit fortgeführt werden?«, fragte ich.

»Bis ihre Vorgesetzte wieder in Vollzeit kommen möchte.«

»Aber davon hat sie mir kein Wort gesagt«, rief ich.

»Ich hab mich auch schon gewundert«, sagte Frau Haller. »Aber mir wurde gesagt, sie wüssten Bescheid.«

»Gar nichts weiß ich.« Entschlossen legte ich den Kugelschreiber zur Seite.

»Am besten klären Sie das erst einmal.« Frau Haller nahm den Vertrag wieder an sich.

Meine Schritte waren nicht mehr beschwingt, als ich die

Verwaltung verließ. Mit eingezogenen Schultern schlurfte ich wieder in unser Büro, um Sonja und den Anderen von dieser erneuten Verarsche zu erzählen.

Ich hatte Hera geglaubt, wieder einmal, dabei hatte ich die Bewerbung doch schwarz auf weiß gesehen.

Nachfolgerin Frau Kaußen.

Es war kein Irrtum gewesen. Sie wollten mich solange hinhalten, bis sich jemand anderes fand, mit dem sie das Spiel von neuem beginnen konnten.

Inzwischen war auch Hera angekommen und hielt einen weiteren Monolog. Ich konnte nicht verstehen, was sie meinen Kolleginnen erzählte, aber es interessierte mich auch nicht mehr.

»Ein weiterer Jahresvertrag?« Es gelang mir nur mit Mühe, sie nicht anzuschreien, doch meine Stimme vibrierte vor Wut.

»Ja natürlich.« Erstaunt sah Hera mich an. »Das war doch abgesprochen.«

»Nicht mit mir«, entgegnete ich.

»Natürlich mit dir.«

»Hera«, rief ich. »Du hast gesagt, ich würde euch für immer erhalten bleiben.«

»Bis ich in Vollzeit wiederkomme«, entgegnete Hera mit zuckersüßer Stimme. »Aber das werde ich in den nächsten Jahren nicht machen.«

Sonja sprang mir zur Seite. »Aber Hera, zu mir hast du auch gesagt, sie bekommt einen Festvertrag.«

Hera drehte sich zu Sonja um. »Dann hast du ihr diesen Floh ins Ohr gesetzt?«

»Nein«, sagte ich. »Du.«

»Wir hatten alle den Eindruck, sie würde für immer bleiben«, erwiderte Anja.

»Dann habt ihr alle etwas falsch verstanden«, erklärte Hera. Ihre Selbstsicherheit überraschte mich wieder aufs Neue. »Ich würde nie sagen, sie bleibt für immer. Man weiß doch nie, wie sich das Leben entwickelt.«

Ich konnte die Haarspaltereien nicht länger ertragen.

»Weißt du was, Hera? Ich werde jetzt dieses Büro verlassen und das war's. Ich bin die Verarsche leid.«

»Nicht dieser Ton, Camilla«, sagte Hera.

»Du hast mich nicht zu belehren«, erwiderte ich. »Ich bin erwachsen.«

Ich nahm Jacke und Tasche aus der Garderobe.

»Du kannst jetzt nicht gehen.« Heras Stimme klang schrill. »Dein Vertrag läuft noch vier Wochen.«

Plötzlich fühlte ich mich leicht, wie von einer großen Last befreit. Nach all den Überlegungen hatte dieser neuerliche Vorfall meinen Zweifeln ein Ende gesetzt.

»Und das Backen nachher?«, rief sie.

»Kannst du ja zur Abwechslung machen.«

Dann verließ ich zum letzten Mal die Seniorenresidenz.

Die Selbstsicherheit, die ich eben noch empfunden hatte, löste sich auf dem Nachhauseweg in Nichts auf. Mein Vertrag lief tatsächlich noch vier Wochen. Resturlaub und Überstunden kamen auf sechs oder sieben Tage, ich müsste also noch zweieinhalb Wochen arbeiten. Sobald ich zu Hause war, wollte ich Daniel anrufen. Er konnte mir bestimmt einen Tipp geben, wie ich vorzeitig aus dem Vertrag rauskäme.

Im Fastrada schien es eine Sensation zu geben, jedenfalls schloss ich das aus den vielen Frauenstimmen, die etwas süß und weich fanden. Eine Kaufveranstaltung für Strickpullis? Neugierig öffnete ich die Tür.

Ich sah weder Wollpullis noch einen Verkäufer, sondern Tristan, meinen schwarzen Angorakater.

Er saß auf einer Fensterbank und genoss sichtlich die Aufmerksamkeiten der Gäste.

»Oh nein.«

Ich stürmte hinein, um ihn nach oben zu bringen, aber Liese hielt mich auf.

»Lass ihn«, sagte sie.

»Wie ist er hier rein gekommen?«

»Vor einer Stunde stand er vor der Tür und miaute.« Liese sah meinen Kater liebevoll an. »Er ist einfach zu süß.«

»Du hättest ihn wieder nach oben bringen können. Du hast einen Schlüssel.« Ich setzte mich an den Tresen.

»Frau Michels öffnete die Tür«, erklärte sie. »Und ehe wir uns versahen, saß er auf der Fensterbank.«

Tristan legte sich auf den Rücken und ließ sich den Bauch kraulen. Sein Schnurren war bis hier zu hören.

Liese gesellte sich zu mir. »Was machst du schon hier?«

»Wieso kann es keine anständigen Arbeitgeber geben?«

»Haben sie dir gekündigt?« Liese stellte einen Espresso vor mir auf den Tresen.

»Schlimmer.«

»Gut gemacht«, sagte Liese, nachdem ich ihr alles erzählt hatte. »Man darf sich nicht alles gefallen lassen.«

»Vielleicht hätte ich Hera noch überzeugen können?«

»Glaubst du das wirklich?«

Ich vergrub meinen Kopf in den Händen. »Und was soll ich dem Arbeitsamt sagen? Die streichen mir doch Geld, wenn ich kündige.«

»Du hast nicht gekündigt«, sagte Liese. »Dein Vertrag läuft bald aus.«

»Aber man hat mir eine Verlängerung angeboten.«

»Muss das Amt das erfahren?« Liese sah mich über den Rand ihrer Brille an. »Erst einmal nimmst du ein schönes heißes Bad. Dann gehst du zum Arzt und lässt dich für die nächsten Wochen krankschreiben. Alles andere wird sich finden.«

»Und Tristan?«, fragte ich.

»Bleibt erst einmal hier.« Liese zwinkerte mir zu. »Tiere sind immer gut fürs Geschäft.«

Nach Baden stand mir nicht der Sinn. Vielmehr musste ich etwas tun, um meinen Adrenalinspiegel wieder zu senken. Kurz dachte ich daran, mir einen Joint oder einen Drink zu gönnen. Aber ich hatte schon viele Suchtkranke erlebt und wusste nur zu gut, dass man sich in Krisenzeiten besser von Suchtstoffen fernhielt.

Mein Smartphone auf dem Küchentisch vibrierte. Daniel hatte mir eine Nachricht geschickt. *Chinesisch Essen um sieben Uhr?* Darunter ein küssender Smiley

Ich antwortete mit einem lächelnden Smiley.

Ob Liz in ihrem Geschäft war? Ich ließ es auf einen Versuch ankommen, schließlich war der Weg quer über den Marktplatz nicht weit.

»Du hier?«, fragte Liz erstaunt. »Bist du noch krank?«

»Arbeitslos.«

»Oh nein.« Liz kam um den Tresen und umarmte mich. Tränen liefen mir über die Wange. Ich versuchte, mein Schluchzen zu unterdrücken, denn ich hatte mir geschworen, Hera würde mich nie zum Weinen bringen.

Es gelang mir nicht.

»Schon in Ordnung«, sagte Liz.

»Es ist jedes Mal das Gleiche«, erwiderte ich. »Das ist jetzt schon die fünfte Stelle, die nach zwei Jahren Befristung endet. Ich bin es leid, immer wieder von vorne beginnen zu müssen.«

»Du weißt doch, wie es im sozialen Bereich ist«, antwortete Liz. »Da ist man oft von öffentlichen Geldern abhängig, die immer nur von Jahr zu Jahr bewilligt werden.«

»Aber doch nicht in einem Altenheim.« Ich löste mich von Liz. »Es wäre etwas anderes, wenn die Sozialarbeit mein Traumberuf wäre. Aber das war sie nie.«

Liz sah mich erstaunt an. »Das wusste ich nicht.«

»Meine Mutter hat mich damals in diesen Bereich gedrängt, weil sie der Meinung war, das sei ein krisensicherer Job.« Ich lachte auf. »Und meine Erfahrungen mit den unterschiedlichen Institutionen haben mir auch noch das letzte bisschen Freude an diesem Beruf geraubt.«

»Vielleicht ist es doch die Zeit, eine Familie zu gründen«, sagte Liz. »Das kannst du jetzt rausfinden.«

»Erst einmal habe ich Zeit für unsere Ermittlungen.« Ich griff mir einen Lolli aus einer Kiste vom Tresen. »Hast du etwas von Frank gehört?«

»Es gab tatsächlich Unregelmäßigkeiten in der Firma« sagte sie. »Wie Frank mir erzählte, fand Ramona vor ein paar Wochen heraus, dass Ralf seine Mitarbeiter seit zwei Monaten nicht mehr bezahlt hatte. Sie informierte ihre Eltern darüber.«

»Und was taten die?«

»Bezahlten die ausstehenden Gehälter von ihrem eigenen Vermögen, um die Firma zu retten.«

»Ralf Sommer hatte also tatsächlich ein Motiv.«

Ich war erleichtert. Endlich hatten wir etwas Greifbares.

Ein Posthorn erklang.

»Handy«, beantwortete ich Liz' fragenden Blick.

Da auch einige Kunden irritiert blickten, kramte ich das Handy eilig aus meiner Tasche hervor.

»Nachricht von Tessa«, antwortete ich nach kurzem Blick aufs Display. »Sie hat Informationen.«

»Kann sie uns morgen erzählen«, sagte Liz. »Wenn wir gemeinsam auf die Beerdigung gehen.«

Um kurz vor sieben Uhr stand ich in schwarzer Hose und grauer Jacke vor der Tür des Chinesen, wo ich mit Daniel verabredet war. Ich hatte diese Farben gewählt, da sie die Trübheit meiner Gedanken widerspiegelten.

»Du musst doch nicht draußen warten«, sagte Daniel, der kurz nach mir kam. Er gab mir einen langen Kuss zur Begrüßung.

»Lass uns zum Currypalast gehen«, sagte ich.

»Das ist ein Imbiss«, antwortete Daniel.

»Ein Traditionsbetrieb,« widersprach ich »Nach einem

Krisentag brauche ich deftiges Essen. Und Chinesisch zählt nicht zu dieser Kategorie.«

Er blieb stehen. »Was heißt Krisentag?«

»Daniel, ich habe heute gekündigt. Deshalb brauche ich Fritten mit Sauerbraten.«

Er sagte nichts mehr, aber seinem Gesicht konnte ich ansehen, dass er den Abend anders geplant hatte.

Genau wie ich vorgestern , dachte ich.

Zehn Minuten später erreichten wir den Currypalast. Aus der offenen Küche roch es verführerisch nach Gebratenem. Meine Eltern hatten mich schon als kleines Mädchen hier her geschleppt, denn hier gab es die beste Currywurst der Stadt.

Wie immer herrschte reger Betrieb, trotzdem fanden wir einen Tisch.

»Nicht gut«, sagte Daniel, nachdem ich ihm alles erzählt hatte. »Du hättest dich darauf einlassen sollen und dann etwas Neues suchen.«

»Ich habe auch meinen Stolz«, erwiderte ich. »Außerdem sind zwei Jahre um und sie hätten mir einen Festvertrag geben müssen.«

Eine Kellnerin kam, um die Bestellung aufzunehmen.

»Das mit dem neuen Vertrag wäre korrekt gewesen«, griff er unser Gespräch wenig später wieder auf. »Weil sich ja die Vertragskonditionen geändert hätten.«

»Juristisch korrekt, aber menschlich nicht«, blieb ich bei meinem Standpunkt. »Nicht, nachdem Hera was anderes versprochen hatte.«

»Das entscheidet nicht sie, sondern der Heimleiter«, erklärte Daniel.

»Die Kapazität für eine unbefristete Stelle wäre da«, sagte ich. »Und ich bin es leid, mich ständig hinhalten zu lassen. Ich musste aus dem Spiel aussteigen.«

»Es war strategisch dumm. Die müssen dir ein Zeugnis ausstellen. Und wenn du weiter im sozialen Bereich arbeiten willst, sollte das gut sein.«

Die Kellnerin brachte unsere Getränke.

Ich nahm einen großen Schluck Bier.

An ein Zeugnis hatte ich gar nicht gedacht.

»Und sich für vier Wochen krankschreiben zu lassen, ist auch keine feine Art«, sprach Daniel weiter. »So etwas kann einen Arbeitgeber in finanzielle und personelle Bedrängnis bringen.«

»Aber doch nicht die Seniorenresidenz«, widersprach ich.

»Und dann müssen sie dir auch noch die Überstunden und den Resturlaub ausbezahlen.«

»Sehr gut.« Ich grinste.

»Du bist nicht loyal.«

Ich stellte mein Glas ab.

»Daniel, mit wem bist du zusammen?«

Erstaunt sah er mich an.

»Mit mir oder mit der Seniorenresidenz Frankenberg?«

»Was soll die Frage Camilla?«

»Ich möchte, dass du dich wie mein Freund verhältst.«

»Aber das tue ich doch.« Daniel griff nach meiner Hand.

»Du verhältst dich wie ein Jurist«, entgegnete ich. »Ich möchte, dass du mich in den Arm nimmst und einfach mal sagst, Hera sei eine inkompetente Ziege und das ganze Heim ein Sauhaufen.«

Daniel kam um den Tisch und nahm mich in den Arm. »Ich möchte dich vor Dummheiten bewahren.«

»Das kann ich selbst.« Ich löste mich aus der Umarmung. »Und weiter dortzubleiben wäre eine Riesendummheit, die mir auch noch den letzten Rest Würde raubt, den ich trotz aller Schikanen retten konnte.«

Die Kellnerin brachte unser Essen.

Sauerbraten ist eines meiner Lieblingsgerichte, aber an diesem Abend konnte ich das süßsaure Aroma von Essig und Lebkuchen in der Soße nicht würdigen.

Lustlos stocherte ich in meinen Fritten herum und schob mir einen Bissen nach dem anderen in den Mund.

»Du solltest Mutters Vorschlag in Erwägung ziehen.«

»Als deine Sekretärin zu arbeiten?« Ich dachte einen Moment nach.

Daniel würde mich einstellen, ohne nach meinen Fehlern und Schwächen zu fragen, denn die kannte er bereits, genau wie meinen unsteten Lebenslauf. Ihm müsste ich nicht erklären, was meiner Meinung nach mein Anteil daran sei, dass es nie zu einer Festanstellung gekommen war.

»Das halte ich für keine gute Idee«, antwortete ich, denn der Gedanke behagte mir trotz aller Vorteile nicht.

»Mutter hat auch immer Vaters Buchhaltung gemacht«, sagte Daniel.

»Mit dem Ergebnis, dass sie ihn nicht nur in der Kanzlei bediente, sondern auch zu Hause.«

»Das siehst du sehr einseitig.« Daniel nahm einen Schluck Bier. »Es ist eine ehrenwerte Aufgabe, seinem Mann unter die Arme zu greifen und die Familie zu managen.«

»Du weißt, wie ich über dieses Abhängigkeitsverhältnis denke«, erwiderte ich. »Außerdem bin ich nicht fürs Büro geschaffen.«

»Du und dein Unabhängigkeitsdrang«. Daniels Stimme klang gepresst. »In einer Ehe ist man nicht unabhängig.«

Kapitel 15

Pünktlich um halb zehn stand ich in der Buchhandlung meiner Freundin.

Im Gegensatz zu Ralf Sommer hätte Liz die Wahl gehabt, einen anderen beruflichen Weg einzuschlagen, als das Geschäft der Eltern zu übernehmen, aber sie war schon immer ein Bücherwurm gewesen. Während unsere Klassenkameraden und ich die freie Zeit auf Spielplätzen oder dem Lousberg verbrachten, saß Liz im Laden ihrer Eltern und las, was sie in die Finger bekam.

Als ich älter wurde, hatte ich ihr öfter Gesellschaft geleistet. Ich erinnere mich an unzählige verregnete Nachmittage, an denen wir auf einem großen Sessel im hinteren Teil des Ladens gesessen und TKKG oder die drei Fragezeichen gelesen hatten. Bei mir war die Leidenschaft für Krimis mit den Jahren abgeflacht, aber Liz las sie heute noch genauso begeistert wie früher.

»Du?«, begrüßte mich Tessa. »Musst du nicht Mensch-ärgere-dich-nicht mit deinen Leutchen spielen?«

Meine Freundin saß in einer der Leseecken. Das Geschäft hatte gerade erst geöffnet, aber es waren noch keine Kunden im Laden.

»Hast du ihr noch nichts davon erzählt?«, wandte ich mich an Liz.

»Das wollte ich dir überlassen«, antwortete sie. »Tee? Tessa hat noch einiges in Erfahrung gebracht.«

»Erst du.« Tessa lehnte sich zurück und sah mich an.

Ich ging zu ihr hinüber und setzte mich ebenfalls. »Es war ein neuer Vertrag, wieder befristet.«

Mehr sagte ich nicht, denn ich hatte keine Lust, meine deprimierende Situation ein weiteres Mal durchzukauen. Aber das schien Tessa auch nicht zu erwarten.

Liz kam mit zwei Tassen Tee und einer Tafel Schokolade.

»Ich war gestern bei Farbe und Lacke Sommer, um mich als Buchhalterin zu bewerben«, erzählte Tessa.

»Musst du die Familie in ihrer Trauer auch noch mit deinen absurden Ansichten belästigen?«, fragte Liz.

»Hab ich gar nicht«, verteidigte sich Tessa. »Ich habe mit einer der Sachbearbeiterinnen gesprochen. Ich fragte, wie es um die Auftragslage der Firma bestellt sei und ob eine Bewerbung Sinn habe.«

»Du willst den Job doch gar nicht.« Liz brach sich ein großes Stück Schokolade ab.

»Ach Liz«, seufzte Tessa. »Irgendjemand musste sich doch da mal umsehen. Dich und Camilla kennen sie, deshalb habe ich das übernommen.«

»Hast du etwas herausgefunden?«, fragte Liz.

»Klar. Die Sicherheitsstandards sind für'n Arsch.«

Ein schwarz gekleideter Mann betrat den Laden. Das ersparte es mir, eine glaubhafte Erklärung überlegen zu müssen.

Er winkte Liz grüßend, und sie erwiderte den Gruß.

Zu meiner Verwunderung sah er sich nicht um, sondern lief zielstrebig auf das Türchen im hinteren Teil des Ladens zu und öffnete die Absperrung, auf der ein deutliches Betreten verboten Schild hing.

»Willst du ihn nicht aufhalten?«

»Das ist schon okay«, erklärte Liz. »Ein Handwerker.«

»So sah er aber nicht aus.«

»Es wird Zeit.« Tessa erhob sich, steckte die Schokolade ein und ging zum Ausgang.

Wir brauchten etwa zwanzig Minuten zum Waldfriedhof, der südlich in den Aachener Stadtwald integriert ist.

»Wieso kommst du eigentlich mit?«, fragte ich Tessa.

»Ich will sehen, wer zur Beerdigung kommt. Das macht man doch so bei Ermittlungen.«

»Nur im Krimi«, antwortete ich.

»Ich habe nur Angst, dass dich jemand erkennt«, sagte Liz. »Immerhin bist du gestern auf dem Betriebsgelände rumgeschlichen.«

»Ich bin nicht rumgeschlichen«, widersprach Tessa. »Außerdem hatte ich eine Perücke an.«

Liz bog mit ihrem Ibiza auf den Parkplatz ein. Das kleine, knallblaue Auto wirkte etwas verloren zwischen all den Limousinen und SUVs. Es waren fast nur Modelle von Mercedes, Audi und BMW. Direkt neben dem Haupteingang parkte ein einzelnes Motorrad.

»Ramona war sehr beliebt«, sagte ich beim Anblick der vielen Autos.

»Natürlich war sie das«, entgegnete Liz. Sie parkte ihren Ibiza in einer schmalen Parklücke an der Friedhofsmauer.

»Vergreif dich nur nicht an den Autos«, sagte sie zu Tessa.

»Die Zeiten, in denen ich Bonzenautos zerkratzt habe,

sind lange vorbei«, erklärte Tessa. »Heute habe ich viel subtilere Methoden.«

Die riesigen Rhododendronbüsche, die im Sommer in weiß und pink blühen, wirkten jetzt nur noch trist. Bunte Blätter an den Bäumen gaben der Anlage einen farbigen Anstrich, aber es waren nur noch wenige, die den Herbstwinden trotzten.

In der Kapelle herrschte dichtes Gedränge. Tessa zwängte sich auf einen freien Platz in der zweiten Reihe, während Liz und ich uns seitlich an die Wand stellten.

Der Raum bot ungefähr dreißig Personen Platz, aber es waren fast doppelt so viele Trauergäste, die sich in den Raum zwängten. Fast alle waren gut gekleidet, in Anzügen oder Kostümen, die nicht von C&A stammten, wie ich schnell erkannte. Bei der Beerdigung meiner Großmutter hatten Bluejeans und Strickjacken dominiert.

Einige der Gesichter kamen mir bekannt vor. Es waren ehemalige Mitschüler, zu denen Ramona offensichtlich Kontakt gehalten hatte. Das erstaunte mich, denn ich hatte alle, bis auf Liz, aus den Augen verloren.

Die Familie saß in der ersten Reihe. Der große Mann mit den grauen Schläfen war vermutlich Herr Sommer. Er saß zwischen Frau und Sohn, ließ sich seine Trauer aber nicht anmerken, im Gegensatz zu Frau Sommer. Sie schnäuzte sich unentwegt in ein Stofftaschentuch, das an den Rändern mit Spitze verziert war. Ihr wasserfestes Make-up zeigte trotz aller Tränen nicht die geringsten Auflösungserscheinungen.

Frank saß zusammengesunken auf seinem Stuhl. Er schien ganz in Trauer versunken und mied jeden Blickkontakt.

Eine junge blonde Frau saß neben ihm. Sie legte immer wieder ihre Hand auf die seine, was er aber ignorierte, soweit ich das einschätzen konnte. War das die Frau, die wir Sonntag vor seinem Haus bemerkt hatten? Ich stieß Liz sanft in die Rippen und wies auf die beiden.

Liz nickte.

»Scheint wirklich eine Bekannte zu sein«, flüsterte sie mir ins Ohr.

Zuerst redete ein Pfarrer, der von Gottes Liebe und der Auferstehung sprach. Mir war es nie gelungen, an einen gütigen Gott zu glauben. Es war nicht Liebe, sondern Sadismus, dass er Ramona erst schwanger werden ließ, um ihrer Familie dann beide zu nehmen. Vor fünfhundert Jahren hätte man dem Teufel die Schuld in die Schuhe geschoben, aber heute musste Gott für seine Taten selbst einstehen.

Eine Frau um die fünfzig betrat leise die Kapelle. Sie trug einen dunkelblauen Hosenanzug, aus leichtem Wollstoff. Die Nähte waren exzellent verarbeitet. Sie kam mir bekannt vor, aber woher?

Tessa drehte sich zu mir um, deutete auf sie und formte mit ihren Lippen Worte. Frau und Doktor konnte ich entziffern und verstand. Das war Frau Dr. Weiland, Tessas Tatverdächtige. Ich machte Liz auf sie aufmerksam.

Ralfs Rede war persönlicher. Er lobte die liebevolle Schwester, die gute Tochter, die engagierte Geschäftsfrau und die begeisterte Hobbygärtnerin. Ob er von ihrem Engagement gegen Frau Dr. Weiland wusste?

Tessa sah sich im Raum um und machte Notizen. Stumm flehte ich sie an, keine Fotos zu machen. Aber einen Rest von gutem Benehmen hatte sie sich bewahrt, denn das iPhone blieb in der Tasche.

Sechs Sargträger, darunter Ralf und Frank, trugen den Sarg hinaus. In einer langen Prozession folgte die Trauergemeinde. Wir reihten uns hinten ein, um alles besser beobachten zu können.

Frau Dr. Weiland gesellte sich zu Frau Sommer. Gemeinsam schritten die Frauen hinter dem Sarg her.

Mir kam die Melodie der Dornenvögel in den Sinn und vor meinem geistigen Auge sah ich die Szenen, in denen der Trauerzug, angeführt von Richard Chamberlain, Maggys Familienmitglieder einen nach dem anderen zu Grabe trug, zuletzt den gemeinsamen Sohn.

Unter den Gästen sah ich Hauptkommissar Schmetz.

»Anscheinend geht die Polizei nicht nur in Krimis zu Beerdigungen«, sagte ich zu meinen beiden Freundinnen.

»Alle Achtung«, sagte Tessa. »Den würde ich auch nicht von der Bettkante stoßen.«

Das brachte ihr einen bösen Blick von Liz ein.

Er bemerkte uns und hob grüßend die Hand. Liz und ich winkten zurück.

Vor einem offenen Grab blieben wir stehen. Die Familie versammelte sich vorne. Während alle anderen Trauergäste etwas Abstand hielten, stellte sich die blonde Frau direkt neben Frank.

»Ist das seine Neue?«, fragte Tessa.

»Wir beerdigen gerade seine Frau«, flüsterte Liz. »Und Frank trauert sehr.«

Da hatte Liz recht. Frank war der einzige Mann aus dem

Sommer-Clan, der seine Trauer nicht hinter einer steinernen Miene verbarg.

»Erde zu Erde, Asche zu Asche, Staub zu Staub«, sagte der Priester. »Wir beten zu Gott, dass der Mörder bald gefasst werden möge.«

»Die Mörderin ist hier«, rief Tessa laut in die Menge.

Ein Raunen ging durch die Reihen.

Der Priester hielt mit seinen Segnungen inne und alle sahen zu uns hinüber, alle bis auf Frank, der nichts von dem, was um ihn herum geschah, mitzubekommen schien.

»Spinnst du?«, schrie Liz.

Doch Tessa ließ sich nicht beirren. »Frau Dr. Weiland hatte ein Motiv und war mit der Familie bekannt.«

»Unverschämtheit«, schrie Frau Dr. Weiland. »Das sind unhaltbare Verdächtigungen.«

Frau Sommer redete mit der Beschuldigten, die sich wieder zu beruhigen schien.

»Wie können Sie es wagen?«, schrie Herr Sommer. »Verlassen Sie augenblicklich die Beerdigung meiner Tochter.«

Ich wich ein Stück von Tessa zurück. Dabei zog ich Liz mit mir, deren Wut ich förmlich spüren konnte. Vermutlich wäre sie Tessa an die Kehle gegangen, was ich nur zu gut nachvollziehen konnte. Doch mit einem weiteren Mord wäre niemandem gedient.

»Ich kümmere mich darum«, rief der Hauptkommissar.

Der Pfarrer fuhr in seiner Ansprache fort, wodurch sich die allgemeine Aufmerksamkeit wieder auf das Geschehen am Grab richtete.

Tessa schien von all dem völlig unberührt. Mit amüsiertem

Gesichtsausdruck betrachtete sie das Chaos, das sie durch ihren Ruf verursacht hatte.

Fremdschämen war mir eigentlich unbekannt, doch in diesem Augenblick wünschte ich mir ein Wurmloch, durch das ich in den Weiten des Universums verschwinden konnte.

Hauptkommissar Schmetz zog Tessa ein Stück von der Trauergemeinde weg.

Ich folgte den beiden, während Liz mit rotem Gesicht zur Familie ging, um sich bei ihnen zu entschuldigen. Ihrer Körperhaltung konnte ich ansehen, wie unangenehm ihr Tessas Auftritt war.

»Was sollte das?« Der Hauptkommissar ließ sich Tessas Personalausweis geben und machte sich Notizen.

»Sie hatte ein Motiv«, antwortete Tessa ungerührt. »Und nach unseren Ermittlungen ...«

»Ihre Ermittlungen?« Er wandte sich mir zu. »Gehören Sie beide zusammen?«

»Ja – nein«, stammelte ich. »Also es ist so ...«

»Ramona war eine Freundin unserer Freundin«, erklärte Tessa. »Und sie wurde ermordet.«

»Weiß ich.« Er sah sie durchdringend an. »Ich leite die Ermittlungen.«

»Sie verdächtigen den Falschen«, antwortete Tessa.

»Woher wissen Sie denn, wen wir verdächtigen?« Seine Stimme klang schneidend.

»Von der Familie Sommer«, sagte sie.

»Dann wird es wohl stimmen.« Er drehte sich zu mir um. »Ich erwarte Sie heute Nachmittag auf dem Revier. Beide.«

Er ging in Richtung Familie, drehte sich aber noch mal zu

uns um. »Und bringen Sie Liz mit. Die gehört doch auch zu Ihnen.«

Liz kam mit großen Schritten zu uns. »Wir gehen.«

»Willst du nicht zum Leichenschmaus?«, fragte ich.

»Nach Tessas Auftritt?«

Da musste ich Liz zustimmen, obwohl ich mich über das eine oder andere halbe Brötchen gefreut hätte, denn mein Frühstück war eine Weile her. Ich bezweifelte aber, dass man uns wirklich bedient hätte. Viel wahrscheinlicher erschien es mir, Ralf Sommer würde seinen Colt ziehen und uns aus dem Restaurant jagen.

Ich hatte Liz selten so wütend erlebt. Aber auch ich war stinksauer auf Tessa. Dieser Auftritt war nicht nur unnötig, sondern auch dumm. Sollte Frau Weiland die Mörderin sein, was ich immer noch bezweifelte, dann war sie jetzt gewarnt, genau wie der richtige Mörder. Und Liz würde viel Überzeugungsarbeit leisten müssen, damit die Familie ihr verzieh, dass sie Tessa mitgebracht hatte. Wie würde sie erst reagieren, wenn sie von unserem Termin auf dem Revier erfuhr?

»Du sagst ihr das mit der Vorladung«, raunte ich Tessa zu. Dann nahm ich Liz den Autoschlüssel ab. »Ich fahre.«

Sie wehrte sich nicht.

»Dein Hauptkommissar will uns nachher sehen« sagte Tessa trocken.

»Ich hasse dich!«, schrie Liz. »Du hast mich vor der ganzen Welt blamiert.«

Zehn Minuten lang warf Liz Tessa Schimpfworte an den Kopf. Querulantin und unsensibler Klotz waren noch die freundlichsten gewesen. Einige hatte ich noch nie gehört. Es erstaunte mich, dass Liz all diese Wörter kannte, wo sie doch von uns allen die besten Manieren hatte.

Tessa ließ die Schimpftirade über sich ergehen, ohne den Anflug von Reue oder Beleidigung zu zeigen.

»Es war eine Schnapsidee zu ermitteln«, sagte Liz schließlich. »Vor allem mit dir.« Sie zeigte auf Tessa.

»Ist doch nichts passiert«, antwortete die gelassen.

Ich zerrte Liz auf den Beifahrersitz, damit sie Tessa nicht an die Kehle sprang.

Dann ging ich zur Fahrerseite und startete den Ibiza.

»Tessa ist nun mal so«, sagte ich. »Und sie hat doch einiges in Erfahrung gebracht.«

»Wir wissen gar nichts«, entgegnete Liz. »Am besten blasen wir alles ab.«

»Kommt nicht infrage«, sagte Tessa. »Ich habe mich schon lange nicht mehr so amüsiert. Außerdem habe ich Interessantes über Ralfs Privatleben erfahren. Habe ich erwähnt, dass er regelmäßig in Table Dance Bars ging?«

Liz schnaubte.

»Er steckt sein Geld also nicht nur in Spielautomaten, sondern auch in die Höschen von Stripperinnen.«

»Das haben wir verstanden«, zischte ich.

»Wie haben Sommers reagiert?«, fragte ich Liz einige Minuten später.

Sie antwortete nicht.

Der Streit war anstrengend, aber die wütende Stille, die jetzt herrschte, war nicht auszuhalten. Trotz all unserer Unterschiede hatten wir uns selten so gestritten.

»Sie waren wütend«, sagte sie endlich.

»Wir gehen morgen mit einem dicken Blumenstrauß zu Frau Sommer«, erwiderte ich. »Den Tessa bezahlt.«

»Warum sollte ich?«, fragte Tessa.

Ich drehte mich um. »Weil du sonst mächtig Ärger mit mir bekommst.«

Kapitel 16

Etwas beklommen betrat ich wenig später das Polizeipräsidium in der Nähe des Reitstadions. Bei meiner Verhaftung auf der Antibraunkohledemo vor fünf Jahren, bei der ich Tessa kennengelernt hatte, war die Polizei Düren zuständig gewesen. Das Aachener Präsidium kannte ich nur von den Schildern am Straßenrand.

Es war ein schmuckloser Betonbau, der zwischen B57 und A4 lag. Von dem Lärm der beiden Straßen hörte man dank Doppelverglasung nur wenig, ein Hintergrundrauschen, an das man sich gewöhnen konnte.

Eine Bronzestatue stand an einem Tümpel links neben dem Eingang. Sie zeigte Siegfried oder den heiligen Georg im Kampf gegen einen Drachen, zumindest nahm ich das an.

Liz ließ die Schultern hängen. Nur Tessa schien die Situation nichts auszumachen, dabei hatten wir das alles ihr zu verdanken. Nicht zum ersten Mal fragte ich mich, ob ich sie für ihre Coolness bewundern oder bedauern sollte.

»Wir möchten zu Hauptkommissar Schmetz«, sagte ich dem Beamten an der Pforte.

»Hallo Liz«, erwiderte er zu meiner Verwunderung. »Lange nicht gesehen.«

»Ich hatte viel zu tun in letzter Zeit«, antwortete sie.

»Dann läuft das Geschäft gut?«

Ich räusperte mich.

»Entschuldigung«, sagte der Beamte. »Hauptkommissar Schmetz finden Sie in der dritten Etage, Zimmer 317, aus dem Aufzug raus und dann rechts.«

Wir gingen zum Aufzug.

»Du kanntest den?«, fragte ich.

»Mann einer Kundin«, antwortete Liz.

»Und wozu hast du keine Zeit?«

»Zum Quatschen«, sagte sie. »Ich will das hier so schnell wie möglich hinter mich bringen.«

»Dann sollten wir zu Fuß gehen«, erwiderte ich. »Der Aufzug braucht ja eine Ewigkeit.«

Tessa verschränkte die Arme. »Weißt du, wie viele Menschen jedes Jahr durch Treppenstürze sterben?«

»Seit wann scheust du die Gefahr?«, fragte ich.

»Ich wünsche mir einen ruhmreicheren Tod.«

Die Fahrstuhltür ging auf und ein Polizist kam heraus.

»Liz«, rief er. »Dich hab ich ja schon ewig nicht mehr gesehen.«

Sie lächelte. »Bald wieder.«

Liz sah mich kurz an, dann ging sie in den Fahrstuhl und mied während der ganzen Fahrt meinen Blick.

»Findest du das nicht seltsam?«, flüsterte ich Tessa zu. »Schon der dritte Polizist, der sie kennt.«

Tessa war mal wieder mit ihrem Smartphone beschäftigt. »Wenn ich mich über alles seltsame wundern würde, hätte ich viel zu tun.«

»Mach das bitte aus«, sagte Liz. »Es wäre zu peinlich, wenn das gleich losgeht.«

Zu meinem Erstaunen folgte Tessa ohne Widerspruch Liz'
Aufforderung.

Die Aufzugtür öffnete sich und wir stiegen aus.

Zimmer 317 fanden wir ohne große Probleme. Liz klopfte
an und öffnete die Tür.

Hauptkommissar Schmetz telefonierte, gab uns aber ein
Zeichen, einzutreten.

Tessa setzte sich auf den einzigen Stuhl, während Liz und
ich unschlüssig neben der Tür stehen blieben. In dem kleinen Büro standen ein Schreibtisch und ein Sideboard mit
Aktenordnern. Überall lagen Papierstapel herum und auf
dem Schreibtisch stand ein Aschenbecher voll mit Schokola-
denpapierchen. Fabian Schmetz hielt also nicht sonderlich
viel von Ordnung.

»Moment«, sagte der Hauptkommissar, nachdem er sein
Telefonat beendet hatte.

Er verließ das Büro und kam kurz darauf mit zwei weiteren
Stühlen wieder.

»Kaffee?« Er wies auf eine Thermoskanne, die zwischen
den Papierstapeln auf dem Sideboard stand.

Liz und ich nickten.

»Lieber eine Cola«, antwortete Tessa.

»Gibt es im Foyer«, erwiderte Fabian Schmetz.

Tessa stand auf und verließ das Büro.

»Also was sollte der Auftritt?«, wandte der Hauptkommissar sich an Liz.

Er schenkte uns beiden einen Kaffee ein.

Abgestandener Filterkaffee, wie ich nach einem Schluck
erkannte. Wenigstens war er heiß.

»Es tut mir leid«, antwortete Liz. Ihr zerknirschter Gesichtsausdruck sprach Bände.

»Tessa sollte es leidtun«, sprang ich meiner Freundin zur Seite. »Aber ein Gewissen kennt sie nicht.«

Ich lächelte Hauptkommissar Schmetz unsicher an.

Er lächelte zurück. »Aber eine genauere Antwort brauche ich schon.«

Mir wurde direkt leichter ums Herz.

»Schokolade?« Er ging zu seinem Schreibtisch und holte eine Packung Pralinen aus einer Schublade.

Ich nahm mir eine und bot auch Liz eine an. Sie lehnte ab.

Tessa kam mit einer Cola wieder. Sie setzte sich und trank, ohne etwas zu sagen.

Auch Liz schwieg und sah die ganze Zeit zu Boden.

»Tessa ist der Meinung, Frau Dr. Weiland habe Ramona ermordet«, durchbrach ich die Stille.

»Das hat sie ja heute Morgen deutlich genug geäußert«, erwiderte Hauptkommissar Schmetz. »Aber wieso stellen Sie Verdächtigungen an?«

»Wir ermitteln«, erklärte Tessa. »Und Frau Dr. Weiland geriet in den Fokus unserer Aufmerksamkeit.«

»Warum?« Er stand auf und nahm sich ebenfalls eine Tasse von diesem lausigen Kaffee.

»Weil die Tote die Ärztin wegen Kurpfuscherei anzeigen wollte«, erwiderte Tessa. »Das sollten Sie wissen.«

»Warum ermitteln sie?«, fragte Fabian Schmetz, ohne auf Tessas Vorwurf zu reagieren.

»Es war eine Schnapsidee«, sagte Liz. »Ich konnte es nicht ertragen, dass Frank verdächtigt wurde.«

»Wird er denn verdächtigt?«

Er zog seinen Stuhl heran und setzte sich neben mich.

Erstaunt sahen Liz und ich uns an.

»Wird er etwa nicht verdächtigt?«, fragte ich.

»Stände er ernsthaft unter Mordverdacht, hätte ich ihn schon lange verhaften lassen«, antwortete der Hauptkommissar. »Sie haben völlig umsonst ihre Zeit mit Detektiv spielen vergeudet.«

»Ja«, gab Liz kleinlaut zu.

»Nein«, warf Tessa ein. »Immerhin sind wir auf eine heiße Fährte gestoßen. Frau Dr. Weiland hatte ein glasklares Motiv.«

»Krimileser mögen Motive«, erklärte Hauptkommissar Schmetz. »Für die Polizei ist viel entscheidender, wer die Möglichkeit hat, eine Tat zu begehen. Und die hatte Frau Dr. Weiland nicht.«

»Nach meinen Recherchen wusste Frau Dr. Weiland, dass es im Haus Klein-Sommer Waffen gab«, sagte Tessa.

»Und?«, fragte der Hauptkommissar.

Tessa sah ihn herausfordernd an.

Ich hielt noch immer die Schachtel mit den Pralinen auf dem Schoß. Fabian Schmetz nahm sich eine, lehnte sich zurück und erwiderte den Blick.

Ein paar Minuten herrschte eine gespannte Stille, die mir langsam unangenehm wurde. Ich wollte schon etwas sagen, als Fabian Schmetz das Schweigen durchbrach.

»Sie glauben«, überlegte er grinsend, »Frau Dr. Weiland ist ins Haus eingebrochen, hat sich an Frank Klein vorbei geschlichen, lief in den Keller zu seinem Waffenschrank, hat sich dann mit der Pistole nach oben geschlichen und dort Frau Klein-Sommer erschossen.«

»Nach unseren Erkenntnissen wurde Frank Klein mit K.O. Tropfen betäubt«, sagte Tessa.

»Wie kommen Sie darauf?«

»Weil er sich an nichts mehr erinnern kann«, sagte Liz kleinlaut.

»Verstehe.« Fabian Schmetz sah sie an. »Und du bist dir sicher, dass er die Wahrheit gesagt hat?«

»Ja.« Liz wurde rot.

»Und wie soll Frau Dr. Weiland ihm die Tropfen verabreicht haben?« Diese Frage richtete er wieder an Tessa.

»Mit einem Getränk.« Sie nahm einen Schluck Cola. »So macht man das im Allgemeinen.«

»Sie klingelt bei Familie Klein, Frank Klein öffnet, sie drückt ihm ein Getränk in die Hand, das er einfach so trinkt«, rekonstruierte der Hauptkommissar. »Ist das Ihr Ernst?«

»Ich halte es für wahrscheinlicher«, sagte Tessa, »dass er sie ins Haus bat und sie ihm im Laufe des Abends etwas in sein Getränk schüttete.«

»Und welchen Vorwand hätte sie gehabt?«, fragte Hauptkommissar Schmetz. »Frau Klein-Sommer war nicht bei Frau Dr. Weiland in Behandlung und Herr Klein offensichtlich auch nicht.« Er grinste.

Tessa hatte in Fabian Schmetz offensichtlich ihren Meister gefunden. Er ließ sich von ihr weder verunsichern noch provozieren. Im Gegenteil. Ich hatte den Eindruck, er genoss dieses Katz- und Mausspiel.

»Was weiß ich.« Tessa zuckte die Schultern.

»Und wieso sie sich so gut im Haus von Familie Klein auskennt, wissen Sie auch nicht.«

»Alle Häuser sind gleich aufgebaut.«

»Herr Klein kann sich an keinen Besuch erinnern«, sagte Fabian Schmetz. »Und außerdem.« Er beugte sich vor und sah uns nacheinander an. »Frau Dr. Weiland hat für die Tatzeit ein astreines Alibi.«

»Haben Sie das überprüft?«

Statt eine Antwort zu geben, sah er Tessa nur lange an. Sie hielt dem Blick stand.

Unruhig rutschte ich auf meinem Stuhl hin und her. Aber was konnte man von Tessa anders erwarten?

Ich zog sie am Ärmel. »Wenn du weiterhin seine Kompetenz anzweifelst, wird er dich auch nach einem Alibi fragen.«

»Oder Sie in unserer Datenbank suchen«, antwortete er grinsend. »Würde ich etwas finden?«

»Widerstand gegen die Staatsgewalt«, erwiderte Tessa.

»Dann kennen Sie ja das Prozedere bei einer Anzeige«, sagte er. »Die könnte Frau Weiland nämlich stellen, wenn Sie nicht mit Ihren Verdächtigungen aufhören.«

Tessa nahm einen Schluck Cola.

»Wie Sie eben sagten, hat die Frau ein Alibi. Welches?«

»Halten Sie sich raus.«

»Machen wir«, antwortete Liz hastig. Sie stand auf und zog mich mit sich.

Dabei hörte ich, wie Tessa fragte: »Was ist mit dem Alibi von Ralf Sommer?«

»Kein Kommentar«, sagte Hauptkommissar Schmetz.

Tessa folgte uns.

»Was sollte das denn?«, fragte sie. »Wir hätten vielleicht noch etwas erfahren können.«

»Es war wirklich eine Schnapsidee.« Liz lief die Treppe hinunter.

Tessa zuckte mit den Schultern und ging zum Fahrstuhl.

Ich klopfte noch einmal an die Bürotür.

»Herein.«

Fabian Schmetz saß wieder hinter seinem Schreibtisch und blätterte in einigen Unterlagen.

»Vermutlich wissen Sie es schon«, sagte ich. »Ralf Sommer hat Schulden.«

Er sah auf.

Ich setzte mich.

»Erinnern Sie sich an unsere Begegnung in der Bäckerei?«

»Mein Kaffeenotfalleinsatz?« Er lächelte mich an.

Ich nickte. »Dort habe ich interessante Dinge erfahren.«

Ich erzählte, was ich von den beiden Frauen und über den Auftrag der Stadt wusste.

»Das haben meine Kollegen schon herausgefunden.« Er nahm sich eine weitere Praline und schob mir die Packung rüber. »Warum machen Sie bei diesem Spiel mit?«

»Es war so eine Schnapsidee«, antwortete ich. »Liz war erschüttert wegen Ramonas Tod und eh ich mich versah, hatten sie und Tessa beschlossen, zu ermitteln.«

»Ich hoffe, Sie tun nichts Illegales«, sagte er. »Sollten Sie in der Firma eingebrochen sein ...«

Ich hob abwehrend die Hände. »Liz und ich möchten keinen Ärger mit der Polizei. Das heißt nicht noch mehr als wir schon haben.«

»Ich bin Ihnen nicht böse.« Er kam zu mir herüber. »Und ich würde Sie sehr ungern verhaften müssen.«

Ich stand auf und reichte ihm meine Hand. »Entschuldigen Sie nochmal.«

»Schon verziehen.« Er nahm meine Hand und sah mir tief in die Augen.

Ich lächelte verlegen.

Kein Schwein ruft mich an.

Kapitel 17

»Und wie kommen wir jetzt nach Hause?«, fragte Tessa in mein Telefon. »Liz ist alleine mit dem Auto weggefahren.«

Nur ungern hatte ich die Hand von Fabian Schmetz losgelassen. Aber der Augenblick war durch Tessas Anruf ohnehin zerstört.

»Laufen«, antwortete ich. »Kann nach der Aufregung auch nicht schaden.«

Ich zuckte entschuldigend mit den Schultern. Dann nahm ich mir noch eine Praline und verließ das Büro.

Tessa und ich liefen vorbei am neuen Tivoli, diesem überdimensionierten Fußballstadion in Gelb und Beton, dass für Erstligisten konzipiert worden war und in dem nun ein Regionalligist spielte. Aber das konnte eingefleischte Allemanniafans nicht schrecken. Mir war es egal, denn für Sport hatte ich mich noch nie interessiert.

»Ist ja super gelaufen«, sagte ich, als wir auf Höhe des Reitstadions waren.

»Finde ich auch«, antwortete Tessa, meinen Sarkasmus ignorierend. »Frau Weiland können wir von der Liste streichen. Ich frage mich nur, warum Liz so wütend war.«

»Du hast sie vor dem Hauptkommissar ganz schön dumm dastehen lassen.«

»Liz scheint bei den Bullen ja allseits bekannt zu sein.«

»Das ist dir also auch aufgefallen«, erwiderte ich.

»Klar«, sagte sie. »Und bei unserem Mimöschen wundert mich das.«

»Irgendwas geht bei ihr vor. Aber sie weicht all meinen Fragen aus.«

»Wann brechen wir ein?«, wechselte Tessa das Thema.

Ich stöhnte. »Am liebsten gar nicht.«

Den Rest des Weges legten wir schweigend zurück.

Tessa und ich trennten uns am Beginn des Alleenrings, einem der beiden Straßenringe, die rund um die Stadt führen. Sie bilden den Verlauf der Stadtmauern nach, der Grabenring die ältere, der Alleenring die neuere.

Die Bezeichnung Alleenring finde ich seit jeher verwirrend, weil er hauptsächlich aus Straßen besteht, wie der Wilhelmstraße oder der Turmstraße. Nur drei der insgesamt zehn Straßen sind Alleen.

Eine davon lief ich jetzt hinauf Richtung Ponttor, einem der beiden noch erhaltenen Stadttore, um meinem Verlobten einen Besuch abzustatten. Die Kanzlei Lausberg lag auf halber Höhe der Allee in einem Altbau, der noch aus der Kaiserzeit stammte. Das Haus war gelb gestrichen. Blumenranken schlängelten sich um die Fensterrahmen. Über der Eingangstür hielten zwei Putten ein Schild mit der Aufschrift AD 1895.

Ich betrat das Treppenhaus, bei dem es sich mehr um eine geräumige Eingangshalle handelte. Mein Blick fiel nach oben. Eine Buntglaskuppel auf Höhe des zweiten Stocks warf ein diffuses Licht in die Halle. An den Wänden liefen geschwungene Treppen entlang in die ersten beiden Stockwerke. Wollte man in den dritten und vierten Stock gelangen, musste man durch eine unscheinbare Holztür auf der zweiten Etage gehen. Die Wände dahinter waren lediglich weiß verputzt und die Treppen bestanden aus Holz. Vermutlich war das der ehemalige Dienstbotentrakt.

Die Kanzlei Lausberg lag im ersten Stock. Ich lief die Stufen hinauf und betrat ein geräumiges Vorzimmer. Die hohen Stuckdecken gaben dem Raum ein sehr erhabenes Erscheinen, passend für eine so renommierte Anwaltskanzlei.

»Hallo«, begrüßte mich Gaby, Daniels Assistentin. »Gratuliere zur Verlobung.«

»Danke«, erwiderte ich wenig begeistert. »Ist er da?«

»Er ist noch in einem Mandantengespräch. Aber ich melde dich gleich an.«

Die nächsten fünfzehn Minuten verbrachten Gaby und ich mit Smalltalk, dann öffnete sich eine Tür und Daniel kam heraus, gefolgt von einem Mann in grauem Anzug mit grauen Haaren.

»Camilla«, rief Daniel. »Welch freudige Überraschung.«

Er verabschiedete den Mandanten, dann zog er mich ins Büro, wo er mich in seine Arme nahm und herumwirbelte.

»Bist du auch so glücklich wie ich?«

»Klar«, flunkerte ich, denn das schien mir nicht der passende Zeitpunkt zu sein, meine Bedenken zu äußern.

»Es ist sehr gut, dass du kommst, so brauche ich dich heute Abend nicht zu entführen.«

»Entführen?« Erstaunt sah ich ihn an, aber Daniel umgab sich wieder einmal mit einer geheimnisvollen Aura.

Er ging zu einem Sideboard an der linken Wand. Hinter

einer der Türen verbarg sich ein Kühlschrank. Daniel öffnete ihn, holte eine Flasche Champagner und zwei Plastikdosen heraus und packte alles in einen Korb, den er aus einer weiteren Tür herausgenommen hatte. Dann legte er noch Teller, Besteck und zwei Sektgläser in den Korb.

Ich sah ihm während der ganzen Zeit schweigend zu.

»Komm!« Er nahm meine Hand und zog mich mit sich nach draußen.

»Gaby«, sagte er zu seiner Assistentin. »Ich bin den Rest des Tages unterwegs.«

Durch den Keller des Gebäudes gelangte man zu einer Tiefgarage, in der Daniels BMW geparkt war. Er stellte den Korb in den Kofferraum.

Ich stieg ein. »Verrätst du mir endlich, was du vorhast?«

»Noch nicht«, antwortete mein Verlobter. »Aber es wird dir gefallen.«

Er startete den Motor.

»Wir sollten das alte Kurhaus mieten«, sagte Daniel, sobald er den BMW auf die Straße gelenkt hatte. »Für den Hochzeitsempfang.«

»Vielleicht auch noch den Dom?«, witzelte ich.

»Davon hat Mutter auch schon gesprochen«, antwortete Daniel, der meinen Sarkasmus offensichtlich überhört hatte.

»Aber wir gehen beide nie in die Kirche«, widersprach ich ihm.

»Eine kirchliche Trauung gehört einfach dazu«, antwortete Daniel. »Was sollen denn die Gäste denken, wenn ich mich dagegen entscheide?«

Der Gurt schnitt mir in den Hals. Ich griff in den Gurt und

zog ihn etwas nach unten. »Ich kann dir sagen, was meine Gäste denken.«

»Tessa interessiert mich nicht«, antwortete Daniel.

»Auch meine Eltern würden mir diese neue Frömmigkeit nicht abkaufen.«

Schon als Vierzehnjährige hatte ich mich geweigert, zur Firmung zu gehen, nachdem ich erfahren hatte, dass Frauen nicht Priester und somit auch nicht Papst werden können.

»Es hat nichts mit falscher Frömmigkeit zu tun, wenn man um Gottes Segen für den weiteren Lebensweg bittet.«

Auf diese Diskussion wollte ich mich nicht einlassen. Vielmehr wollte ich wissen, weshalb wir in den Westteil der Stadt fuhren, der beinahe komplett von der Uni und den dazugehörigen Instituten und Wohnanlagen für die Studenten beherrscht wurde.

»Wie wäre es mit einer Trauung im weißen Saal?«, schlug ich vor, denn eine Heirat in diesem kleinen barocken Prunksaal des Rathauses würde wunderbar romantisch werden.

»Für die standesamtliche Trauung ist das eine gute Idee«, antwortete Daniel. »Allerdings ist er recht klein. Wir müssten uns bei der Zahl der Gäste einschränken.«

»Da sehe ich kein Problem«, erwiderte ich, da sich die Zahl meiner Gäste ohnehin in überschaubarem Rahmen halten würde. Großeltern hatte ich nicht mehr und Onkel, Tanten, Cousinen und Cousins lebten über die Republik verteilt, so dass die Kontakte auf ein äußerstes Minimum beschränkt waren. Außer Freundinnen, Eltern, Bruder und ein paar Bekannten würde ich also niemanden einladen.

Daniel legte seine rechte Hand auf mein Knie.

»Mutter hat begonnen, eine Gästeliste anzulegen«, erzählte er. »Bisher sind es schon hundertfünfzig.«

»Oh ha«, erwiderte ich etwas perplex. »Plant ihr so eine riesige Hollywoodhochzeit?«

Daniel lachte. »Etwas mit Stil wäre mir lieber, aber ich verlasse mich völlig auf deinen guten Geschmack.«

»Soll ich das etwa alleine organisieren?«, fragte ich.

»Natürlich nicht.« Daniel nahm meine Hand. »Mutter und Diana werden dir hilfreich zur Seite stehen.«

»Da bin ich ja beruhigt«, antwortete ich.

»Wir können auch einen Hochzeitsplaner engagieren.«

»Klingt nach einer großen Sache«, entgegnete ich. »Wann habt ihr das denn alles geplant?«

»Heute Morgen«, sagte Daniel. »Diana und Mutter ließen mir keine Ruhe.«

»Und wann soll die große Sause steigen?«

Daniel lenkte das Auto auf den Außenring.

»Da wirst du dich noch etwas gedulden müssen«, sagte er. »Das alte Kurhaus ist bis Ende nächsten Jahres ausgebucht.«

»Dann habe ich ja genug Zeit, ein Kleid zu finden.«

»Wo warst du übrigens heute Morgen? Ich konnte dich leider nicht erreichen.«

»Auf der Beerdigung von Ramona Klein-Sommer.«

»Wozu das denn?« Daniel sah erstaunt zu mir herüber.

»Gesellschaftliche Verpflichtungen«, entgegnete ich.

Tessas Ausfall und die Vernehmung im Polizeipräsidium erwähnte ich vorsichtshalber nicht. Nach Daniels schlechtem Benehmen Hauptkommissar Schmetz gegenüber, erschien mir das besser zu sein.

»Melde dich bald bei Diana«, sagte Daniel. »Sie möchte mit dir das Brautkleid kaufen gehen.«

»Später«, antwortete ich. »Erst müssen wir Ramonas Mörder fassen.«

»Das können Tessa und Liz erledigen. Du hast jetzt eine andere Aufgabe.«

»Die der Vollzeitbraut?« Ich war erstaunt.

»Dich auf deine zukünftige Rolle als meine Gattin vorzubereiten. Kontakte knüpfen, unser Haus einrichten, all die Dinge eben.«

»Haus?« Ich sah ihn mit großen Augen an.

Rechts neben uns tauchten jetzt eine Reihe weißer Häuser auf. Daniel bog in eine Seitenstraße ab. Ein großes Schild erklärte, dass hier Einfamilienhäuser und Eigentumswohnungen entstehen sollten. Es zeigte die Siedlung, wie sie einmal aussehen würde, mit ihren offenen Betonplätzen, einer Kita und Spielplätzen. Ladenlokale sah ich nirgends, dabei bildeten sie doch das Herzstück jedes Stadtteils, all die kleinen Bäckereien, Lebensmittelgeschäfte und Cafés. Architektonische Vielfalt suchte man ebenfalls vergebens. Die Häuser waren alle weiß verputzt und hatten ein Flachdach. Ein aus dem Boden gestampftes Trabantenviertel, gestaltet in einer schmucklosen, kantigen Architektur, die mir noch nie gefallen hatte. Soweit ich es überblicken konnte, befand sich der Großteil der Häuser noch im Bau, aber vor einigen parkten schon Autos.

Eine Frau fuhr mit einem Fahrrad um die Ecke. Im Anhänger dahinter konnte ich ein Kind erkennen. Ein großer grauer Hund lief nebenher. Die Beiden waren die einzigen

Menschen, die ich hier sah. An den Baustellen herrschte Leere und von den anderen wenigen Bewohnern ließ sich niemand blicken.

Carports grenzten an die Häuser und winzige Vorgärten sollten etwas Natur in die Uniformität der verputzten Fassaden bringen. Das gelang aber nur mäßig, da die Vorgärten entweder mit Rasen bewachsen oder mit grauen Steinen ausgelegt waren. Die akkurat zu Kugeln geformten Buxbäume, die in den Steinvorgärten standen, machten die Spießigkeit komplett. Tessa hatte sie einmal als die Gartenzwerge unserer Zeit bezeichnet.

Daniel lenkte das Auto durch die verkehrsberuhigten Straßen. Er bog in eine Sackgasse ein, an deren Ende sich ein Spielplatz befand.

Ich ahnte, was Daniel plante, trotzdem wollte ich es aus seinem Mund hören.

»Hast du etwa ein Haus gekauft?«

»Noch nicht«, antwortete er. »Ich habe aber zwei reservieren lassen.«

»Ohne mich zu fragen?«

»Die Entscheidung treffen wir zusammen«, beschwichtigte er mich.

Er stieg aus und holte den Korb aus dem Kofferraum, mit dem er zum Eingang lief.

Ich folgte ihm.

»Unser neues Heim«, sagte er strahlend.

Die grauen Fenster und die graue Haustür sollten das Einheitsweiß wohl etwas aufpeppen. Auf der rechten Seite der Haustür befand sich ein bodentiefes Fenster.

»Das Haus hat einen geräumigen Keller mit Waschküche, Vorratsraum und allem, was dein Herz begehrt.«

»Eine Waschküche habe ich noch nie begehrt«, erklärte ich Daniel.

Über seine Schulter hinweg konnte ich in einen schmalen Flur sehen. Auf der rechten Seite führte je eine Treppe nach oben und unten.

Links und am Ende des Flurs befanden sich drei Türen. Eine öffnete Daniel jetzt und ließ mich in einen großen Raum treten. Wir befanden uns in einem Teil, der einmal die Küche werden würde. Darauf deuteten die verschiedenen Elektro- und Wasseranschlüsse hin. Eine Theke grenzte diesen Teil zum übrigen Teil des Raumes ab, der genügend Platz für einen Wohn- und Essbereich bot. Eine lange Fensterfront war vorhanden, genauso wie ein Rauchabzug für einen Kamin.

»Ich dachte an helles Holz für die Küchenfronten«, sagte Daniel. »Aber da es dein Refugium sein wird, entscheidest du natürlich.«

In meinen Eingeweiden bildete sich ein großer, dumpfer Klumpen Ärger. Das hier war ganz und gar nicht nach meinem Geschmack.

Daniel öffnete den Korb, aus dem er eine Decke nahm und sie auf dem Boden ausbreitete. Dann stellte er Schüsseln, Teller, Gläser und den Champagner darauf.

Widerwillig nahm ich Platz. Es war feucht und unbequem.

»Ist es nicht wunderbar hier?«, fragte er. »Oben gibt es drei Schlafzimmer und ein geräumiges Bad.«

Durch die Fensterfront im hinteren Teil konnte ich den Rest des Grundstücks erkennen. Es war recht klein und nach allen Seiten offen. Noch bestand es überwiegend aus Lehm, aber das sollte sich vermutlich bald ändern.

»Ich fühle mich übergangen Daniel.«

»Wir haben doch schon öfter über ein gemeinsames Haus gesprochen.« Daniel schien überrascht.

»Aber ich möchte mit entscheiden, in welchem Teil der Stadt wir leben werden. Und offene Küchen mag ich nicht.«

»Hier entsteht ein völlig neues Viertel«, schwärmte Daniel. »Wir werden mit jungen Familien hier leben. Menschen, die sich etwas aufbauen und eine glänzende Zukunft erwarten.« Er lachte. »Mein Traum wäre einer dieser überdimensionierten Grills. Darauf kann ich dann mit den Nachbarn Steak braten, während du mit den Frauen über die neuesten Modetrends sprichst.«

»Klingt spannend«, erwiderte ich trocken.

»Das wird ein herrliches Leben«, schwärmte Daniel.

»Jeder fährt morgens mit dem Auto zur Arbeit und kehrt abends zurück. Für jedes Brötchen muss man sich ins Auto oder auf das Lastenfahrrad schwingen, weil ich nichts gesehen habe, was auf ein kleines Einkaufszentrum hinweist.«

»Lass dich auf die Idee ein, Camilla.« Daniel stand auf und ging an die Fensterfront. »Im Sommer können wir auf der Terrasse sitzen und bei einem Glas Rotwein Nachbarschaftsfeste planen.« Er drehte sich zu mir um. »Das kann man alles über eine Siedlungsapp organisieren.«

»Eine Siedlungsapp?«

Daniel holte sein Smartphone heraus und drückte auf ein Bildchen, das ein Haus zeigte. Sofort öffnete sich ein Chatprogramm. Darin war zu lesen, dass David und Karl gemeinsam schwimmen wollten und Carolin jetzt mit Jasper auf dem Spielplatz war.

»Du kannst Kaffeekränzchen veranstalten«, schlug Daniel vor. »Und deinen berühmten Latte Macchiato anbieten.«

»Ich könnte ein kleines Café eröffnen«, überlegte ich, holte die Champagnerflasche, öffnete sie und goss mir ein Glas ein.

»Das wäre doch etwas unangemessen«, erwiderte Daniel.

»Warum?«, fragte ich.

»Herr Gott, Camilla«, rief Daniel. »Manchmal habe ich den Eindruck, du bist dir gar nicht bewusst, welche Stellung meine Familie hat und was von dir erwartet wird.«

Ich sah ihn mit großen Augen an.

»Die Lausbergfrauen unterstützen ihre Männer. Sie sind hervorragende Gastgeberinnen und kümmern sich um das Wohlergehen der Familie. So hat es meine Mutter immer gehalten und Diana ist in ihre Fußstapfen getreten.«

»Aber ich bin eine Kaußen«, entgegnete ich. »Und ich erwarte, dass du in mir nicht eine jüngere Ausgabe deiner Mutter siehst, sondern eine Frau mit eigenen Bedürfnissen.«

Daniel stöhnte. »Warum willst du dich nicht auf meinen Traum einlassen?«

»Weil es mein Alptraum ist«, sagte ich.

»Und was wäre dein Traum?«

»Ich möchte in der Stadt leben«, erwiderte ich. »Nicht in so einer Retortensiedlung.«

»Kinder in der Stadt?«, fragte er.

Ich trank meinen Champagner in einem Schluck leer und goss mir nach.

»Ich bin auch in der Stadt aufgewachsen.«

»Es sind nur zehn Minuten bis zum Ponttor«, sagte er. »Wir kaufen dir einen schicken Wagen, mit dem du jederzeit deine Freundinnen besuchen kannst.«

»Ich will kein Auto.«

»Ich verstehe dich nicht Camilla.« Daniel wandte sich vom Fenster ab und lief im Raum umher. »Andere Frauen wären glücklich, wenn ihr Verlobter an Nestbau denkt.«

»Daniel, es geht hier auch um mein Leben. Und in letzter Zeit habe ich immer häufiger das Gefühl, von dir übergangen zu werden.«

»Aber ich meine es doch nur gut.« Daniel nahm mich in den Arm. »Überlege es dir noch einmal. Und wenn es dir gar nicht gefällt, werde ich den Makler bitten, ein anderes Haus zu finden.«

»Es gefällt mir nicht.«

Kapitel 18

Der Tag war bisher wenig erfreulich verlaufen. Umso mehr Grund, mir ein leckeres Essen zu gönnen. Während ich darüber nachdachte, ob ich lieber eine Pizza oder Fritten essen wollte, bemerkte ich vor mir Hauptkommissar Schmetz. Er stand vor Starbucks und war im Begriff hineinzugehen.

»Das ist kein gutes Café«, rief ich.

Er drehte sich zu mir herum. »Die haben besseren Kaffee, als der Automat in unserer Kantine.«

»Mehr Ansprüche stellen Sie nicht?«

»Im Staatsdienst wird man bescheiden.«

»Dann lade ich sie jetzt zum Versöhnungskaffee ein.« Ich lief über den Marktplatz zu mir nach Hause.

»Und wo gibt es diesen richtig guten Kaffee?«

»Bei mir zu Hause.« Ich schloss die Haustür auf und ließ ihn eintreten.

»Ihnen gehört das kleine Café?« Er wies auf das Fastrada.

»Ich wohne oben«, erklärte ich. »Liese, die Inhaberin, ist meine Vermieterin.«

»Weiß Ihr Verlobter, dass Sie Männerbesuch empfangen?« Er grinste mich an.

Ich erwiderte seinen amüsierten Blick mit einem düsteren Gesichtsausdruck.

»Schon gut.« Er hob beschwichtigend die Hände.

Oben angekommen, schloss ich die Wohnungstür auf. Sofort schoss ein schwarzer Blitz nach draußen.

Bevor ich reagieren konnte, hatte Fabian Schmetz meinen Angorakater schon geschnappt.

»Wen haben wir denn da?«

Ich nahm ihm den Kater ab und ließ ihn auf den Boden plumpsen.

»Tristan und Isolde kommen leider etwas kurz in letzter Zeit«, erklärte ich.

»Dann versorgen Sie erst mal ihre Vierbeiner, während ich mich etwas in der Wohnung umsehe.«

In der Küche öffnete ich eine Dose Katzenfutter und verteilte den Inhalt auf zwei Näpfe. Während Tristan lautstark auf sich aufmerksam machte, strich Isolde um meine Beine. Ich streichelte beiden übers Fell, aber sie hatten nur Augen für die vollen Futternäpfe, über die sie sich ohne die üblichen vorwurfsvollen Blicke hermachten.

»Hier geht alles in die Höhe, nicht in die Breite«, sagte ich zu Hauptkommissar Schmetz, der auf meiner Couch saß. »Aber ich fühle mich wohl. Das ist der älteste Teil der Stadt. Man atmet förmlich Geschichte ein.«

»Mussten Sie ihre Möbel auch über einen Flaschenzug an der Außenwand nach oben befördern? Angeblich war das früher nötig.« Er ging zum Fenster, öffnete es und beugte sich hinaus.

»Zum Glück kommen Möbel heute in Einzelteilen.«

Fabian Schmetz hatte das Fenster wieder geschlossen.

»Hier gibt es gar keine Seilwinden an den Giebeln.«

»Wir sind in Aachen, nicht in Amsterdam«, sagte ich.

»Und Sie machen den besten Kaffee der Stadt?« Er lächelte mich an. »Ich würde jetzt einen nehmen.«

Ich lächelte zurück. »Schon verstanden.«

In der Küche öffnete ich meinen Kaffeeschrank. Nach kurzem Überlegen entschied ich mich für Mocca mit Zimt.

Ich nahm eine Kupferkasserolle aus dem Schrank, füllte sie mit Wasser und Moccapulver und setzte sie auf den Herd.

»Ist das alles für Kaffee?«, fragte Fabian Schmetz.

Er war mir gefolgt und blickte interessiert in meinen Vorratsschrank.

»Kaffee ist nicht gleich Kaffee«, erklärte ich. »Ein Espresso ist etwas ganz anderes als Filterkaffee und benötigt auch eine andere Kaffeeröstung.«

Währenddessen kochte der Mocca auf. Ich ließ ihn einen Moment köcheln, dann nahm ich ihn vom Herd und gab etwas Zimt dazu. Nach einem Ruhemoment nahm ich ein Sieb aus dem Schrank, durch das ich den Mocca in zwei Tassen schüttete, die ich auf den Küchentisch stellte.

Hauptkommissar Schmetz setzte sich an den Tisch und nahm eine der Tassen.

»Lecker«, sagte er, nachdem er ein paar Schlucke getrunken hatte. »Sie sollten ein Café aufmachen.«

Ich dachte an Daniels Reaktion, als ich vor einer Stunde diesen Vorschlag gemacht hatte. Aber über meinen Verlobten wollte ich jetzt nicht sprechen.

»Wieso sind Sie zur Polizei gegangen?«, fragte ich. »Sie wirken nicht wie ein typischer Polizist.«

Ich setzte mich ebenfalls und gab noch etwas Zucker in meinen Kaffee.

»Wie wirken Polizisten denn?« Er stütze sein unrasiertes Kinn in die Hand.

Ich dachte einen Augenblick nach. »Langweiliger.«

Er lachte. »Das fasse ich als Kompliment auf.« Er schwieg einen Moment. »Als Junge habe ich gerne Sherlock Holmes gelesen. Deshalb bin ich zur Polizei gegangen.«

»Aber bei den Geschichten kommt die Polizei nie gut weg«, erwiderte ich.

»Eben«, sagte er. »Ich wollte es besser machen als Inspektor Lestrate.«

Ich dachte an Inspektor Lestrate, der in den Sherlock Holmes Geschichten nicht nur als ungeschickt, sondern auch als bleich mit Adlernase beschrieben wird.

»Und jetzt Sie«, sagte der Hauptkommissar. »Was hat Sie zur Verbrecherjagd getrieben?«

»Meine Freundinnen waren der Meinung, ich bräuchte etwas Abwechslung im Leben«, erklärte ich.

»Sind Sie auch der Meinung?«

Ich dachte an die vergangenen Tage. »Ich habe meinen Job geschmissen und bin seit ein paar Tagen verlobt.«

»Haben Sie wegen der Verlobung gekündigt?« Er sah mich erstaunt an. »Das ist sehr riskant.«

In wenigen Sätzen fasste ich die Ereignisse der letzten Tage zusammen.

»Aber es geht mir alles zu schnell«, beendete ich meinen Bericht.

»Heißt das, Sie wollen nicht heiraten?«

Kein Schwein ruft mich an, keine Sau interessiert sich für mich. Solange ich ...

Nur widerwillig griff ich nach meinem Smartphone. Es war Liz.

»Camilla«, schrie sie ins Telefon. »Er will springen.«

Instinktiv schaltete ich den Lautsprecher an, so dass Fabian Schmetz mithören konnte.

»Wer will springen?«, fragte ich.

»Frank. Er will von der Brücke springen.«

Der Hauptkommissar griff mein Handy. »Wo seid ihr?«

»In Lichtenbusch auf der Autobahnbrücke.«

Er fluchte. »Ich habe kein Fahrzeug hier.«

»Ich könnte eins organisieren.«

Schnell lief ich nach unten ins Fastrada.

Hauptkommissar Schmetz griff zu seinem Handy. Auf der Treppe konnte ich ihn hören, wie er Anweisungen übers Telefon durchgab. An die Polizeileitstelle, wie ich annahm.

Ich öffnete die Tür zum Fastrada.

»Liese?«, sprach ich die Inhaberin in sehr schmeichlerischem Ton an.

»Den Ton kenne ich«, sagte sie. »Du möchtest etwas.«

»Dein Auto.«

»Was willst du denn damit?« Liese sah mich über ihre randlose Brille hinweg an.

»Einen Selbstmörder von seiner Tat abhalten.«

»Soso.« Sie griff unter die Theke und reichte mir den Schlüssel. »Das der mir nicht auf meinen Corsa springt.«

»Danke.«

Ich winkte Fabian, mir zu folgen.

Eilig liefen wir zum Auto, das auf einem kleinen Parkplatz in der Nähe stand.

»Moment«, rief ich erschrocken. »Ich habe meinen Führerschein nicht dabei.«

»Vergessen Sie's.« Er schob mich auf den Fahrersitz.

Während der nächsten zehn Minuten gab er ununterbrochen Anweisungen an seine Kollegen durch. Sie sollten die Autobahn und die Landstraße sperren. Außerdem forderte er einen Rettungswagen und einen Psychologen an. Den Rest der Fahrt schwieg er.

Ich konnte seine Anspannung spüren.

Auch ich war nervös. Würde Liz Frank aufhalten können, bis wir da waren?

Als wir zur Autobahnbrücke kamen, hatten sich schon Staus gebildet. Auf beiden Seiten standen Autofahrer neben den Fahrzeugen, diskutierten miteinander oder starrten auf ihre Telefone.

Hier lief offensichtlich gar nichts mehr.

Gut erzogen, wie ich bin, reihte ich mich hinten in den Stau ein.

»Was machen Sie?«, rief der Hauptkommissar.

»Im Stau stehen«, sagte ich.

»Fahren Sie rechts dran vorbei.«

»Das darf ich nicht«, sagte ich.

»Die Polizei schon«, erklärte er mir. »Ich regle das mit meinen Kollegen vorne.«

Ohne weitere Diskussion setzte ich den Blinker und lenkte den Corsa auf den Standstreifen, vorbei an all den Wartenden. Ich genoss beinahe meine Sonderrechte, doch dann fiel mir ein, warum wir hier waren.

»Glauben Sie, er springt?«, fragte ich.

»Nein«, antwortete Hauptkommissar Schmetz. »Das ist wohl eher ein Hilferuf.«

Frank musste sehr verzweifelt sein.

Wir kamen ungehindert bis zur Absperrung. Ich konnte Liz und Frank auf der Brücke sehen. Eilig stellte ich den Motor ab, um meine Freundin zu unterstützen.

Hauptkommissar Schmetz packte mich am Arm. »Bleiben Sie besser hier. Herr Klein sollte sich jetzt nicht zu sehr aufregen.«

Eine Streifenpolizistin kam auf unser Fahrzeug zu.

»Na toll«, nuschelte ich.

»Ich regle das.«

Fabian Schmetz stieg aus. Er zeigte der Beamtin seinen Ausweis und wies mit dem Finger Richtung Brücke. Sie sprach in ihr Funkgerät, dann ließ sie ihn passieren.

Kurz entschlossen verließ auch ich den Corsa und folgte ihm in einigem Abstand.

Frank war offensichtlich über die Brüstung geklettert. Wie Kate Winslet in Titanic stand er mit dem Rücken zum Geländer und hielt sich fest. Wenigstens würde er nicht in eiskaltem Wasser erfrieren, aber die Alternative, der Asphalt unter uns, schien mir auch nicht verlockend.

Vorsichtig trat ich an die Brüstung und sah nach unten. Dort hatten sich Schaulustige versammelt, und machten mit ihren Handykameras Videos. Auch hier oben sah man gezückte Handys. Ich wünschte mir Tessas Schneid, denn dann würde ich einem dieser Kerle kräftig vors Schienbein treten und die Kamera drauf halten, während er sich vor Schmerzen auf dem Boden krümmte.

»Seien Sie doch vernünftig«, hörte ich jetzt Fabians Stimme. Schritt für Schritt näherte er sich Frank und Liz.

»Vernünftig?«, rief Frank. »Wozu? Was ist mein Leben denn noch wert?«

»Ich verstehe ja, wie Sie sich durch den Tod ihrer Frau fühlen müssen«, sprach der Hauptkommissar weiter beruhigend auf ihn ein.

»Gar nichts verstehen Sie«, brüllte Frank.

»Dann erzählen Sie es mir«, sagte Fabian Schmetz ruhig. Frank schluchzte.

Liz wollte zu ihm laufen, aber Hauptkommissar Schmetz hielt sie fest.

»Das könnte ihn erschrecken«, hörte ich ihn sagen.

»Ramona war die Liebe meines Lebens«, sagte Frank nach einer ganzen Weile.

»Aber was würde es ihr nutzen, wenn Sie auch noch sterben?« Langsam ging der Hauptkommissar ein paar Schritte näher zu Frank.

Frank schien es nicht zu bemerken. Zu vertieft war er in seine Verzweiflung. »Besser sterben, als ein Leben lang hinter Gittern.«

»Niemand geht in Deutschland lebenslang hinter Gitter«, sagte Hauptkommissar Schmetz.

»Bitte Frank«, flehte Liz. »Fabian wird den Mörder von Ramona finden.«

Frank sah nun zu Liz hinüber. »Du glaubst mir doch?«

»Natürlich.« Sie machte einige Schritte auf Frank zu und ergriff sein Handgelenk.

Frank schien es nicht zu bemerken.

Auch Fabian Schmetz machte noch einige Schritte auf Frank zu, unternahm aber nichts weiter.

Er gab Liz ein Zeichen und sie redete weiter beruhigend auf Frank ein.

Langsam, beinahe in Zeitlupe, drehte er sich um und kletterte wieder auf die andere Seite.

Ich hielt die Luft an, denn ich erwartete, dass er abrutschen würde, genau wie Kate Winslet. Doch dann fiel mir ein, dass er eine Jeans und kein Abendkleid trug.

Frank setzte sich auf den Boden und sackte in sich zusammen. Liz beugte sich hinunter und umarmte ihn. Fabian näherte sich den beiden. Auch er ging in die Hocke. Dabei sprach er leise auf Frank ein. Erstaunlich, wie Fabian Schmetz diese Situation gemeistert hatte. Mir wäre das nicht gelungen, trotz meines Studiums.

Ein Rettungswagen war eingetroffen. Auf ein Zeichen Fabians kam einer der Sanitäter herüber. Er fühlte Franks Puls und maß seinen Blutdruck. Nach einer Weile ließ Frank sich zum Rettungswagen bringen. Liz blieb die ganze Zeit an seiner Seite.

Fabian kam zu mir herüber.

»Ich hasse solche Situationen«, sagte er. »Bekomme ich nochmal einen Kaffee bei Ihnen?«

»Nur wenn Sie mir verraten, woher Sie Liz kennen.«

Kapitel 19

Erschöpft betrat ich das Haus. Ich wollte mich in meine Wohnung schleppen, die Füße hochlegen und den Fernseher anstellen, wurde aber von Liese im Hausflur abgefangen.

»Wer war denn dieser sympathische junge Mann?«

»Hauptkommissar Fabian Schmetz«, antwortete ich.

»Was hast du mit der Polizei zu tun?«

»Das ist eine lange Geschichte.«

Liese öffnete die Tür zum leeren Gastraum. »Ich habe sehr viel Zeit.«

Und so erzählte ich ein weiteres Mal von den Ermittlungen, und dem Ärger mit Daniel.

»Drum prüfe, wer sich ewig bindet, ob sich nicht was Bessres findet.«

»Soll ich mit Daniel Schluss machen?«

»Zunächst solltest du dich fragen, warum er es auf einmal so eilig hat.« Sie nahm ihre Brille ab und ließ sie an einer Kette baumeln. »Und warum du nach all den Jahren zögerst.«

Ich lachte auf. »Wäre er eine Frau, würde ich sagen, er hört seine biologische Uhr.«

»Jedenfalls scheint der Hauptkommissar ganz schön vernarrt in dich zu sein.«

»Blödsinn«, wehrte ich Lieses Bemerkung ab.

»Ich bin kurzsichtig, aber nicht blind«, entgegnete sie.

»Ich habe euch beobachtet, als ihr vorhin ins Haus gekommen seit. Und sein Gesichtsausdruck sprach Bände.«

»Er weiß, dass ich verlobt bin«, widersprach ich, wohl wissend, dass das ein lausiger Einwand war.

»Das bringt mich zur nächsten Frage.« Liese grinste. »Warum hast du diesen sympathischen Hauptkommissar zu dir eingeladen, statt jede freie Minute mit deinem Verlobten zu verbringen?«

Darauf wusste ich keine Antwort.

»Meine Aushilfe hat gekündigt«, sagte Liese. »Willst du den Job haben?«

»Ich?« Erstaunt sah ich sie an.

»Bis du was anderes findest.«

»Lass mir ein paar Tage Bedenkzeit.«

Ich verließ das Fastrada und ging in meine Wohnung. Ohne auf die Katzen zu achten, griff ich zum Telefon und rief Tessa an.

»Frank Klein hat versucht, sich umzubringen«, sagte ich.

»Hat er es geschafft?«

»Nein«, antwortete ich. »Vermutlich war es auch eher ein Hilferuf.«

Ich setzte mich aufs Sofa und schleuderte die Schuhe weit von mir.

»Woher weißt du davon?«, fragte Tessa.

»Von Liz«, erklärte ich. »Ich habe nur Hauptkommissar Schmetz hingefahrcn.«

»Ich denke, Liz steht auf den.«

»Hier steht niemand auf irgendwen.«

»Doch«, erwiderte sie. »Er auf dich.«

»Quatsch«, widersprach ich nun schon zum zweiten Mal. »Er ist nur nett zu mir.«

»Wenn du meinst.«

Es entstand eine kurze Pause.

»Nach so einem aufregenden Ereignis solltest du nicht alleine sein.«

Tessas Anteilnahme ließ mich aufhorchen.

»Willst du mit einem Joint vorbeikommen?«

»Später«, sagte sie. »Für den Einbruch müssen wir einen klaren Kopf behalten.«

»Einbruch?« Ich sprang auf.

Tessa seufzte. »Hast du das etwa vergessen? Wir waren uns doch einig.«

Ich rief mir das Gespräch gestern Abend in Erinnerung.

»Du warst dir einig. Ich habe das für eine Schnapsidee gehalten.«

»Im Gegenteil«, erwiderte Tessa. »Erst die Beerdigung, dann Franks missglückter Selbstmord. Heute sind Sommers so was von abgelenkt.«

Ich stöhnte, denn ich sah keine Möglichkeit, mich da raus zu winden.

»Wie wäre es mit morgen Nacht?«, versuchte ich, das Unheil wenigstens aufzuschieben.

»Was du heute kannst besorgen, das verschiebe nicht auf morgen.«

Wieder einmal hatte ich das Gefühl, dass meine Bedürfnisse nicht ausreichend berücksichtigt wurden.

Eine halbe Stunde später klingelte Tessa.

»Wie siehst du denn aus?«, fragte sie zur Begrüßung und

zeigte auf meinen schwarzen Hosenanzug, den ich seit der Beerdigung heute Morgen trug. »Du brauchst bequemere Kleidung.«

Sie trug eine schwarze Jogginghose und ein schwarzes Kapuzenshirt mit der Aufschrift *Meisterdiebin*.

»Für dich habe ich auch eins.«

Tessa griff in ihren Rucksack und drückte mir ein Kapuzenshirt in die Hand.

»Ist das dein Ernst?«, fragte ich. »Willst du uns nicht gleich telefonisch anmelden?«

»So eine Aufschrift nimmt doch niemand ernst.« Sie schob mich zur Treppe. »Nun mach schon.«

Wenige Minuten später kam ich in Jogginghose, Sweatshirt und Turnschuhen nach unten. Es behagte mir gar nicht, in diesem Aufzug das Haus verlassen zu müssen. Ich dachte an Karl Lagerfeld und seinen Spruch *Wer Jogginghose trägt, hat die Kontrolle über sein Leben verloren.* Zum Glück war es draußen dunkel.

»Und wie kommen wir dahin?«, fragte ich auf dem Weg nach unten. »Rufen wir ein Taxi?«

Das könnte man zurückverfolgen, wäre aber immer noch besser als Tessas Wohnmobil.

»Quatsch«, antwortete sie. »Wir nehmen natürlich meinen Motorroller.«

Sie zeigte auf eine schwarze Vespa in schickem Retrodesign, die auf der anderen Straßenseite parkte.

»Seit wann hast du einen Roller?«, fragte ich erstaunt.

»Seit kurzem«, antwortete sie.

»Für den Einbruch gekauft?«

»Natürlich nicht.«

Das konnte ja oder nein bedeuten, je nach Interpretation der Aussage. Ich entschied mich, auf jede Deutung zu verzichten und schwang mich hinter Tessa auf den Sitz.

Wir fuhren hinaus nach Lichtenbusch. Zum Glück befand sich das Haus der Familie Sommer nicht auf dem gleichen Gelände wie die Firma, so dass von dieser Seite aus keine Gefahr drohte.

Ich tippte Tessa auf die Schulter. »Gibt es da einen Wachmann?«

»Nur Kameras«, antwortete sie. »Aber die können wir umgehen.«

Tessa parkte den Roller ein paar Straßen entfernt vor einem Wohnblock.

Rasch liefen wir die paar Meter zur Firma. Ich hatte zwar schon viel von Farbe und Lacke Sommer gehört, war aber noch nie hier gewesen. Rundum verlief ein Zaun, soweit ich das sehen konnte. Ein großes, schmiedeeisernes Tor mit den ineinander verschlungen Buchstaben FLS wies auf den Haupteingang hin. Natürlich war es verschlossen.

»Ich habe mich neulich hier umgesehen«, erzählte Tessa. »Auf das Gelände kommen wir ganz einfach drauf. Hinter dem Gebäude, wo die Fahrzeuge parken, ist eine Backsteinmauer. Da können wir problemlos rüber klettern. Drinnen gibt es eine Alarmanlage. Aber über den Trojaner habe ich den Code rausgefunden.« Sie lachte. »So was sollte man nie auf einem Rechner speichern.«

»Wo dann?«, fragte ich.

»Auf einem Zettel, den man sich irgendwo hin klebt.«

Vor dem Haupteingang fiel mir ein SUV auf, den ich schon einmal gesehen hatte. Ich machte Tessa darauf aufmerksam.

»Irgendwas ist immer«, antwortete sie.

Wir liefen um das Gelände herum. Auf der Rückseite war es dunkler, da es hier keine Beleuchtung gab. Tessa nahm mir den Rucksack ab, den ich während der Fahrt auf dem Rücken getragen hatte. Sie holte ein Seil heraus, an dem eine Art Enterhaken befestigt war.

»Das werfen wir über die Mauer und hangeln uns hoch.«

»In so was bin ich nicht gut«, erwiderte ich.

»Ich schon«, sagte Tessa. »Ich kletter als erste und helfe dir hoch.«

Geschickt hangelte sie sich nach oben, wie ein Pirat in einem Mantel- und Degenfilm.

»Jetzt du«, rief sie herunter.

Mit einem mulmigen Gefühl im Magen sah ich nach oben. Es waren nur zwei Meter, aber sie erschienen mir als unüberwindbares Hindernis.

»Das schaffe ich nicht.«

»Stell dich nicht so an«, erwiderte Tessa. »Nimm das Seil in die Hände und kletter an der Wand hoch.«

Das war leichter gesagt als getan. Ich nahm einen tiefen Atemzug und packte das Seil ungefähr auf Höhe meines Kopfes. Dann stellte ich den linken Fuß an die Mauer und ließ mich mit vollem Gewicht in das Seil fallen. Den rechten Fuß setzte ich oberhalb des linken und hangelte mich so Stück für Stück nach oben. Meine Hände fühlten sich verschwitzt an, trotz der Kälte um mich herum. Krampfhaft hielt ich das Seil gepackt, immer in der Furcht, es könnte mir aus der

Hand gleiten. Nach einer gefühlten Ewigkeit kam ich oben an. Meine Armmuskeln zitterten vor Anstrengung.

»Gut gemacht«, sagte Tessa. Sie packte mich unter der linken Achsel und half mir nach oben.

Wenige Minuten später standen wir auf der anderen Seite der Mauer und sahen uns um.

»Da rüber.« Tessa wies auf ein Kellerfenster. »Das habe ich geöffnet und angelehnt. Mit etwas Glück hat das niemand bemerkt.«

»Und die Alarmanlage?«, fragte ich.

»Nur im Verwaltungstrakt«, erklärte sie.

Eilig huschten wir über den Hof. Zu unserem Glück war das Kellerfenster immer noch angelehnt und ließ sich einfach aufstoßen. Tessa kletterte hinein, ich hinterher. Während meine Einbruchsgefährtin eine Taschenlampe aus dem Rucksack nahm, sah ich mich um. Viel konnte ich nicht erkennen, denn die Hofbeleuchtung warf nur wenig Licht in den Raum. Es schien sich um einen Abstellraum zu handeln. Tessa schaltete die Taschenlampe ein. In den Regalen lagen Farbrollen, Pinsel und andere Malutensilien.

»Hier gibt es nichts. Hab ich schon gecheckt« flüsterte sie, ging zur Tür und winkte mir, ihr zu folgen.

Leise huschten wir den Gang entlang und die Treppe nach oben. Wir standen jetzt in einem geräumigen Foyer. An den Wänden hingen nicht die üblichen Kunstdrucke. Stattdessen waren Stadtansichten von Aachen auf die Wände gemalt.

»Da lang.« Tessa zeigte auf einen Gang rechts von uns.

»Warte.« Ich packte ihren Arm. »Ist da Licht?«

Wir starrten beide in den Verwaltungstrakt.

»Mist«, sagte Tessa. »Wer macht denn Freitagnacht noch Überstunden.«

»Ralf Sommer«, flüsterte ich, denn gerade fiel mir ein, wo ich das Auto schon einmal gesehen hatte.

»Dann warten wir am besten unten«, entschied Tessa. »Irgendwann wird er doch gehen.«

»Na toll.« Ich dachte an mein bequemes Bett, das diese Nacht wohl unbenutzt bleiben würde.

»Da kommt jemand.« Tessa drängte mich hinter den Empfangstresen.

Ich hielt die Luft an, um nur gar kein Geräusch zu machen. Mit schlurfenden Schritten lief die Person am Tresen vorbei den rechten Gang hinunter.

Tessa spähte um die Ecke.

»Das ist der alte Sommer«, flüsterte sie. »Was will der denn hier?«

»Was will der junge Sommer hier?«, fragte ich.

»Das werden wir bald rausfinden.«

Tessa stand auf und lief den rechten Gang hinunter.

Ich fühlte mich hin- und hergerissen. Sollte ich meiner Freundin folgen oder hier in der relativen Sicherheit des Tresens auf ihre Rückkehr warten.

»Scheiße.« Ich lief ihr hinterher.

Tessa stand an der Wand gelehnt neben einer geöffneten Tür. Ich stellte mich zu ihr und lauschte.

»Was willst du hier?«, hörte ich Ralf Sommers Stimme.

»Mein Lebenswerk retten«, sagte Sommer senior. »Ab sofort werde ich wieder in die Firma einsteigen und dir auf die Finger gucken.«

Ich beugte mich vor und spähte in den Raum. Ralf saß hinter einem großen Schreibtisch, sein Vater stand davor und beugte sich zu seinem Sohn hinüber.

»Der Auftrag der Stadt ist doch gesichert.« Ralf stützte den Kopf in beide Hände.

»Weil ich die Gehälter der Angestellten gezahlt und für die Einhaltung des Vertrags gebürgt habe.«

Ralf Sommer stöhnte. »Du hättest Ramona die Leitung übergeben sollen. Sie hatte immer mehr Sinn fürs Geschäftliche als ich.«

»Ramona ist tot«, sagte der alte Sommer. »Also sind diese Überlegungen hinfällig.«

»Vielleicht hätte Frank sie dann nicht umgebracht.«

»Frank?« Der Alte richtete sich auf. »Du hast sie doch auf dem Gewissen.«

Ich packte Tessas Arm vor Anspannung. Sie schob die Tür noch einen Spalt weiter auf.

»Spinnst du?« Ralf Sommer sprang auf.

Tessa und ich beugten uns nach hinten, damit er uns nicht sehen konnte.

»Sie ist dir auf die Schliche gekommen«, sagte der Alte. »Und sie hat deine Mutter und mich informiert.«

»Welchen Sinn hätte es dann gemacht, sie umzubringen?«

»Vielleicht hast du angenommen, sie hätte noch nicht mit uns gesprochen.«

»Ramona war meine Schwester«, rief Ralf.

»Es wäre nicht der erste Geschwistermord.« Der Alte zuckte mit den Schultern.

»Ich wusste immer, dass du nicht viel von mir hältst.« Die

Stimme von Ralf Sommer klang belegt, so als fiel ihm das Sprechen schwer. »Aber das du mir so eine Tat zutraust.«

»Frank ist zu so einer Tat nicht fähig.«

»Ich auch nicht«, schrie Ralf.

Ich hörte Schritte.

»Da rein.« Tessa zog mich durch eine Tür gegenüber. Keine Sekunde zu früh, denn in dem Augenblick, in dem sie die Tür schloss, stürmte Ralf Sommer aus dem Büro.

Vorsichtig schob ich die Tür einen Spalt breit auf, um etwas sehen zu können.

Ralf lief den Gang entlang, gefolgt von seinem Vater.

»Was hast du jetzt vor?«, rief der.

»Mein eigenes Leben führen«, erwiderte Ralf Sommer und verließ das Gebäude.

Wir warteten in unserem Versteck, bis draußen ein Motor gestartet wurde. Erst dann traute ich mich, den Kopf durch die Tür zu stecken.

»Die Luft ist rein.«

»Gott sei dank.« Tessa atmete hörbar aus.

»Und jetzt?«, fragte ich.

»Haben wir ein Problem«, antwortete Tessa. »Uns sind die Verdächtigen ausgegangen.«

Kapitel 20

Zwei Stunden später saßen wir auf meiner Couch, denn nach Schlaf stand uns beiden nicht der Sinn. Bei Sherry und Joints besprachen wir die Lage. Die Katzen hatten sich ebenfalls zu uns gesellt.

»Und wenn es doch Frank Klein war?«, fragte Tessa, während sie einen weiteren Joint anzündete.

»Den Verdacht habe ich auch«, überlegte ich. »Die Sache mit der Erinnerungslücke kann erfunden sein.«

Ich nahm den Joint und zog daran.

»Liz glaubt aber an seine Unschuld«, sagte Tessa.

»Apropos Liz«, kam es mir wieder in den Sinn. »Unsere Freundin ist eine Meisterschützin.«

»Was?« Tessa sprang auf.

»Au«, schrie sie im nächsten Moment, denn Isolde, die zusammengerollt auf ihrem Schoß gelegen hatte, krallte sich erschrocken in Tessas Bein.

Ich packte Isolde und befreite die beiden voneinander.

»Ich hab doch erzählt, dass ich Hauptkommissar Schmetz zum Ort von Franks Selbstmordversuch gefahren habe. Und da habe ich ihn gefragt, woher er Liz kennt.«

»Und das hat er dir einfach so gesagt?« Tessa setzte sich wieder und goss sich einen weiteren Sherry ein.

»Ist anscheinend nur für uns ein Geheimnis.«

»Steht der auf dich?«, fragte sie weiter.

»Quatsch«, rief ich hastig.

»Stehst du auf ihn?«

Ich dachte an unseren Abschied heute Nachmittag, an den langen Blick. Hätten wir uns geküsst, wäre Liz' Anruf nicht gewesen?

»Ich weiß nicht«, antwortete ich wahrheitsgemäß.

»Er passt besser zu dir als der Spießer«, sagte Tessa. »Aber ein Bulle?«

»Was machen wir mit Liz?«, wechselte ich das Thema.

»Zur Rede stellen«, erwiderte Tessa. »Ich verstehe gar nicht, warum die so ein Geheimnis daraus macht.«

Ich lachte. »Eine Kinderbuchhändlerin, die scharf schießt? Das würde ich auch nicht an die große Glocke hängen.«

Tessa gähnte. »Morgen Nachmittag stellen wir sie zur Rede. Jetzt muss ich ins Bett.«

Obwohl ich erst in den frühen Morgenstunden ins Bett gekrochen war, war ich um neun Uhr schon wieder wach. Ich wollte noch einmal in die Seniorenresidenz, um mich von meinen Lieblingsbewohnerinnen zu verabschieden. Dafür wählte ich bewusst den Samstag, weil am Wochenende niemand vom Sozialen Dienst arbeitete. So konnte ich Hera auf keinen Fall über den Weg laufen und musste auch den anderen Kolleginnen keine Erklärung geben.

Ich machte mir einen Latte Macciato mit Haselnussaroma. Dabei musste ich daran denken, wie Fabian Schmetz meinen Mocca gelobt hatte.

Fabian. Hätten wir uns geküsst?

»Reiß dich zusammen, Camilla«, rief ich mich selbst zur Ordnung.

Es war angenehmes Herbstwetter und ich entschloss mich, zu Fuß zu gehen. Viele Bewohner saßen draußen, um die wohltuenden Sonnenstrahlen zu genießen.

»Camilla.«

Ich sah mich um, wer mich gerufen hatte. Frau Richter winkte mir zu. Sie saß mit Frau Görres und Frau Backes an einem Tisch. Die drei hatten ein Mensch-ärgere-dich-nicht Spiel zwischen sich stehen.

»Meine Lieblingsbewohnerinnen«, begrüßte ich die drei Damen. »Soll ich Ihnen etwas zu trinken holen?«

»Heute sind Sie als Privatperson hier«, sagte Frau Backes. »Also setzen Sie sich und erinnern uns nicht an das blöde Wasser.«

»Stimmt es denn, dass Sie entlassen wurden?«, fragte mich Frau Görres.

Ich zog mir einen Stuhl heran. »Schlechte Nachrichten verbreiten sich schnell.«

»Die Sonja eben«, kommentierte Frau Richter. »Aber was ist denn geschehen?«

Kurz erzählte ich, wie es mir ergangen war.

»Und dabei hatte ich so gehofft, von Ihnen noch einiges über den Sommer-Mord zu erfahren«, sagte Frau Richter. »Wo Sie doch eine Verdächtige gestellt haben.«

»Wie bitte?«

»Es stand in der Zeitung.« Frau Backes griff in den Korb ihres Rollators und holte eine Ausgabe der Aachener Zeitung heraus, die sie mir gab.

Im Regionalteil stand es: *Eklat auf Sommer Beerdigung.*

Schnell überflog ich den Artikel, der auch ein Bild enthielt. Es zeigte Tessa, die in die Gruppe wies. Liz und ich standen neben ihr.

»Der Verdacht hat sich als falsch erwiesen«, erklärte ich. »Sie hat ein Alibi.«

Da man in der Familie Lausberg auch die Zeitung las, würde nicht nur Daniel, sondern auch sein pedantischer Vater von Tessas Auftritt erfahren.

Ich nahm mir vor, bis auf weiteres nicht auf die Anrufe meines Verlobten zu reagieren.

»Was ist mit meinem Verdacht gegen Frau Sommer?«, fragte Frau Richter.

»Hat sich auch erledigt«, erklärte ich, während ich meinen Kopf auf die Tischplatte sinken ließ. »Jeder Verdacht hat sich erledigt.«

»Wirklich jeder?«, fragte Frau Görres.

»Erzählen Sie.« Frau Backes beugte sich gespannt vor.

»Frank Klein behauptet, sich an nichts erinnern zu können«, erzählte ich. »Vermutlich K.O. Tropfen.«

»Das ist ja hinterhältig«, sagte Frau Görres. »Also wollte jemand nicht nur Ramona umbringen, sondern ihn gleich mit loswerden.«

»Oder betäuben«, überlegte Frau Richter. »Um ungesehen ins Haus zu kommen.«

»Falls es stimmt«, widersprach ich. »Er wäre nicht der erste Verbrecher, der einen Black-out vorgibt.«

»Hätte er denn ein Motiv?«, fragte Frau Backes.

Ich dachte an Fabian Schmetz und seine Aussage, dass die

Gelegenheit wichtiger sei, als das Motiv. Und Frank war nun einmal der Einzige, der die Gelegenheit zu dieser Tat hatte.

»Nach allem, was ich gehört habe, war Frank Klein immer ein vorsichtiger und besonnener Mann«, sagte Frau Görres. »Und bestimmt nicht fähig zu so einer hinterhältigen Tat.«

»Könnte es Ralf Sommer gewesen sein?«, fragte Frau Richter. »Er soll ja Schulden haben.«

»Was Sie alles wissen.« Ich war erstaunt.

»Man muss nur Augen und Ohren offen halten.« Frau Görres lachte. »Und Spaß am Tratsch schadet auch nicht.«

»Meine Freundin Tessa und ich haben ein Gespräch zwischen ihm und seinem Vater belauscht. Er war es nicht.«

Den Einbruch verschwieg ich. Je weniger Menschen davon wussten, desto besser.

»Wer könnte es dann getan haben?«, fragte Frau Görres.

»Es war alles umsonst«, klagte ich.

»Im Krimi ist es niemals jemand Offensichtliches«, erklärte Frau Richter. »Sondern eine unauffällige Person, eine, an die niemand denkt.«

Der Groschen fiel.

»Frau Richter, Sie sind ein Engel.« Ich gab ihr einen Kuss auf die Wange. »Das ist die Lösung.«

Kapitel 21

Meinen neuen Verdacht würde ich noch eine Weile für mich behalten. Erst galt es, Liz zur Rede zu stellen.

Tessa und ich saßen im Fastrada. Mit Kaffee und Reisfladen wollten wir die Zeit bis vier Uhr nachmittags totschlagen. Dann würde Liz ihren Bücherladen schließen und wir sie mit Fabians Enthüllung konfrontieren.

»Warum hat sie mich nie mit zum Schießstand genommen?«, schimpfte Tessa.

»Von wegen YouTube-Video«, schimpfte ich ebenfalls. »Sie hatte dieses Pistölchen bestimmt selber in der Hand.«

»Klar«, sagte Tessa. »Frank kam damit zum Schießstand und alle haben das Teil bewundert.«

»Diese Details, die sie erwähnte, Elfenbeingriff und so. So was hat man nicht aus einem Video.«

»Ob sie ihre Waffen im Keller untergebracht hat?«, überlegte Tessa. »Würde erklären, warum da keiner runter darf.«

»Aber da ging doch jemand runter«, entgegnete ich. »Erinnerst du dich an gestern Morgen? Da kam so ein Typ mit Rockcroutfit, grüßte Liz und ging runter. Sie sagte, er sei ein Handwerker, aber das habe ich ihr nicht geglaubt.«

Tessa stand auf und ging zum Tresen, wo sie kurz mit Liese sprach, die daraufhin in die Küche ging.

»Jetzt ist auch klar, was es mit diesem obskuren Artikel

auf sich hat.« Tessa setzte sich wieder. Sie nahm ihr iPad aus der Tasche und tippte auf dem Display herum.

Liese kam an den Tisch und brachte zwei Gläser mit einer prickelnden rötlichen Flüssigkeit.

»Kir Royal?« Ich sah sie fragend an.

»Wer weiß, wie Liz reagiert«, sagte Tessa. »Etwas Mut antrinken kann nicht schaden.«

»Bei dir würde ich mir da mehr Sorgen machen.« Ich nahm Liese die Gläser ab. »Bring bitte noch eine Runde.«

»Hier.« Tessa las vor: »Pro und Kontra allgemeiner Waffenbesitz von Elisabeth Phillips.«

Sie schob mir das iPad zu.

Dort war die Homepage eines Fachmagazins für Handfeuerwaffen geöffnet. Ich tippte Liz' Namen in die Suchmachine und augenblicklich erschienen eine Liste aller Artikel, die unsere Freundin geschrieben hatte.

»Hättest du das nicht schon Sonntag rausfinden können?«, fragte ich. »So eine allgemeine Suchanfrage ist für dich doch das kleinste Problem.«

»Für dich auch nicht«, antwortete Tessa. Sie nahm einen Schluck Kir Royal.

Ich überflog den Artikel.

»Sie spricht sich eindeutig dafür aus, die Waffengesetze in Deutschland zu lockern.« Ich zitierte: »Ein Anstieg der Gewalttaten mit Schusswaffeneinsatz ist nicht zu befürchten, da bei Raubüberfällen und ähnlichen Delikten die registrierten Waffen ohnehin keine Rolle spielen.«

»Stimmt«, sagte Tessa. »Böse Buben, die Waffen brauchen, besorgen sich die Dinger auf anderen Wegen.«

»Sollen wir Liz auf den Artikel ansprechen?«

»Wenn schon, denn schon«, antwortete Tessa.

»Unsere Liz eine Waffenexpertin.« Ich öffnete die Bildersuche im Browser. Es folgten Bilder von Liz mit Pistolen und Gewehren.

Tessa war näher gerutscht. Mit offenem Mund vergrößerte sie ein Bild, das Liz in Gesellschaft mehrerer Männer vor einem Panzer zeigte. Auch Ralf Sommer war dabei.

»Das wird ein langes Gespräch.« Ich nahm das zweite Glas Kir Royal.

Tessa sah auf die Uhr. »Es wird Zeit.«

Rasch liefen wir die wenigen Meter rüber zum Buchladen. Liz wollte schon abschließen, aber Tessa hinderte sie, in dem sie einen Fuß in die Tür stellte.

»Wir wissen alles«, sagte sie und betrat den Laden. Sie ging zu einer Sitzecke. Dort nahm sie ihr iPad aus der Tasche.

»Kommt doch rein«, antwortete Liz erstaunt.

»Was meint sie?« Diese Frage galt mir.

»Wie geht es Frank?«, fragte ich.

»Er ist zur Beobachtung im Klinikum«, entgegnete sie. »Ich wollte gleich hinfahren. Komm doch mit.«

»Gute Idee«, sagte ich. »Aber vorher hätten wir einige Fragen.« Ich schob Liz ebenfalls zur Sitzecke.

»Und nun zum interessanten Teil des Tages.« Sie deutete auf das Display ihres iPads, auf dem dieses Panzerbild zu sehen war.

Liz trat näher. »Woher wisst ihr das?«

Sie war blass geworden.

»Ich habe Fabian Schmetz nach dir gefragt«, antwortete

ich. »Du wolltest mir ja nicht sagen, woher du ihn kennst, er war da gesprächiger. Alles andere hat uns dann Google verraten.«

»Ich weiß gar nicht, was ich sagen soll.« Liz ließ sich neben Tessa auf das Polster fallen.

»Zum Beispiel, warum du uns nie etwas erzählt hast?«, fragte Tessa. »So ein geiles Hobby, und wir haben nicht die geringste Ahnung.«

»Ich hatte Angst«, entgegnete sie. »Die liebe Liz eine Waffennärrin?« Sie sah Tessa an. »Du hättest das akzeptiert, aber Camilla?«

»Hast du tatsächlich befürchtet, ich würde dir die Freundschaft kündigen?« Ich ergriff ihre Hand. »Nach allem, was wir gemeinsam erlebt haben?«

»Ich weiß nicht.« Liz lehnte sich an mich. »Vermutlich habe ich nie ernsthaft darüber nachgedacht. Es war mir einfach peinlich.«

»Warum?«, fragte ich.

»Meine Eltern sind in der Friedensbewegung aktiv. Die hätten kein Verständnis für meine Faszination. Deshalb habe ich es einfach niemandem erzählt.«

»Du bist auch Pazifistin«, sagte ich. »Wie passt das denn zusammen?«

»Ich würde nie auf Menschen schießen«, rief Liz hastig. »Oder auf Tiere. Mich fasziniert vielmehr das Zielen und Treffen und die Konzentration.«

»Wie bist du dazu gekommen?«, wollte ich wissen.

»Erinnerst du dich, dass ich als Kind auf der Kirmes immer am Schießstand war?«

»Klar«, antwortete ich. »Das hast du deinen Eltern auch nie erzählt.«

Eine Erinnerung kam mir in den Sinn. Liz auf dem Öcher Bend vor einem Schießstand. Im Arm hatte sie einen riesigen Teddybären, beinahe so groß wie sie selbst. Stolz posierte sie mit dem Plüschtier, dass sie am Schießstand gewonnen hatte. Auch mir hatte sie so einen Bären geschossen. Er saß auf einem Stuhl in meinem Schlafzimmer und diente den Katzen als Schlafplatz.

»Peter, mein erster Freund, sagte, die Kirmeswaffen würden nichts taugen. Er nahm mich mit zu den Schützen. Nach unserer Trennung habe ich damit aufgehört. Aber nach der Trennung von Sven vor drei Jahren habe ich wieder damit angefangen.«

»Und dich völlig in dieses Thema reingehängt«, kommentierte ich.

»Ich brauchte ein Ventil, um das alles zu verarbeiten. Und dann stellte sich heraus, dass ich ein Talent fürs Zielen habe.«

Tessa pfiff anerkennend. »Und die Waffen lagerst du im Keller deines Geschäftes?«

»Quatsch«, antwortete Liz. »Da unten gibt es eine Abteilung mit Sachbüchern über Waffen und Kriegstechnik.«

»Das will ich sehen.« Tessa sprang auf.

Sie ging zu dem halbhohen Türchen mit der Aufschrift *Betreten verboten*. Tessa kletterte einfach hinüber.

Liz öffnete und ließ mir den Vortritt.

Zu dritt stiegen wir über die Wendeltreppe in den Keller hinab, wo sich zwei Türen befanden. Auf der einen stand *Privat*, auf der anderen gar nichts. Diese Tür schloss Liz auf.

»Während der Öffnungszeiten ist die Tür offen.«

In einem fensterlosen Raum standen mehrere Regale voller Fachbücher.

»Hier muss ich unbedingt mal stöbern kommen.«

Tessa ging zu einem Regal und fuhr mit dem Finger über die Buchtitel. Sie griff sich einen Bildband heraus und blätterte darin.

Außer den Regalen gab es eine Sitzecke mit Polstermöbeln, denen aus Liz' Jugendzimmer, wie mir auffiel. Darüber hingen eingerahmte Poster mit Pistolen und Revolvern. Einige waren in Einzelteilen abgebildet, andere mit Beschriftungen daran. Auf einem war sogar ein Autogramm.

Auf einem Tisch standen eine Senseo Kaffeemaschine und einige Wasserflaschen, dazu Tassen und Gläser.

»Du legst viel Wert darauf, dass deine Kunden sich wohlfühlen«, kommentierte ich.

»Der Onlinehandel ist ein großer Konkurrent«, sagte Liz.

»Es ist wohl besser, dass du diesen Bereich abgegrenzt hast.« Ich lachte. »Wenn ich an das entsetzte Gesicht der Mutter denke, als du erzähltest, Ramona und Frank würden sich regelmäßig zum Sex treffen.«

»Es tut mir leid, Camilla«, sagte Liz. »Ich hätte dir mehr vertrauen sollen.«

»Schon in Ordnung«, antwortete ich. »Was meinst du, wie ich geschaut habe, als Fabian Schmetz mir das sagte?«

Bei dem Gedanken daran musste ich lachen.

Liz und Tessa fielen mit ein und unsere Welt war wieder in Ordnung.

Beinahe jedenfalls.

»Ralf Sommer ist auf jeden Fall unschuldig«, erzählte ich. »Das haben Tessa und ich herausgefunden.«

»Wie?«, fragte Liz.

»Ähm ...« Sollte ich von unserem Einbruch erzählen?

»Trojaner«, half Tessa mir aus der Patsche.

»Wer bleibt denn dann noch übrig?« Liz sah uns beide an.

»Lasst uns erst einmal Frank besuchen«, sagte ich.

Wir fuhren hinaus zu dieser riesigen Gesundfabrik, auch bekannt als Aachener Klinikum. Gerüchten zufolge soll man die Uniklinik vom Mond aus sehen können. Das halte ich für übertrieben, obwohl das Gebäude riesig ist. Es erstreckt sich über zehn Stockwerke in die Höhe und drei in die Tiefe.

Wir fanden einen Parkplatz in einer der hinteren Reihen.

»Von hier läuft man zehn Minuten«, maulte Tessa. »Wir hätten Liz durch eine ihrer Schaufensterscheiben schubsen sollen. Dann würde uns der Rettungswagen direkt zur Notaufnahme bringen.«

»Spinnst du?«, rief Liz.

»Nostalgische Erinnerungen«, beruhigte ich sie. »Vor zwei Jahren waren Tessa und ich an einer Aktion gegen die Bank am Elisenbrunnen beteiligt.«

»Welche?«, fragte Liz. »Tessa macht bei so viel mit, dass ich mir nicht alles merken kann.«

»Intransparenz«, erklärte Tessa. »Wir malten die Fenster mit weißer Farbe an, um darauf aufmerksam zu machen, dass niemand einen Einblick in die Geschäftspraktiken der Banken hat.«

»Du auch?« Liz blieb stehen und sah mich an.

»Ich habe Flyer an Schaulustige verteilt, um keine Vorstrafe wegen Sachbeschädigung zu riskieren«, erklärte ich. »Tessa ist so was egal.«

Sie schnaubte zur Bestätigung.

»Aber sie kann sich ja die Geldstrafen leisten«, erzählte ich weiter. »Außerdem ist sie nicht auf ein tadelloses Führungszeugnis angewiesen.«

»Noch ein Grund, warum du froh sein kannst, den Job los zu sein«, erwiderte Tessa.

»Schwierig wird es nur, wenn ich mit einer Vorstrafe einen neuen finden muss.«

»Du könntest Berufsrevolutionärin werden«, schlug Tessa vor. »Und den Kapitalismus beenden. Oder ein eigenes Café aufmachen.«

»Und das wird dann die Haupzentrale für dich und deine Revolutionsfreunde?«

»Und was hat das mit dem Rettungsdienst zu tun?« Liz' Stimme klang ungeduldig.

»Es kam zu einem Gerangel mit den Sicherheitsleuten der Bank«, erzählte ich. »Dabei fiel Tessa durch eine der Schaufensterscheiben und zog sich einige üble Schnittverletzungen zu. Der Rettungswagen brachte uns in die Notaufnahme im Untergeschoss.«

»Es ist schrecklich da«, sagte Liz. »Kein Tageslicht, keine Orientierungsmöglichkeit. Angeblich ist eine alte Frau dort verloren gegangen.«

»Und spukt jetzt da rum.« Tessa lachte.

Mittlerweile waren wir auf dem großen Vorplatz vor dem Haupteingang angekommen. Wie immer standen hier Ärzte,

Patienten und Verwaltungsangestellte, um zu frieren und zu rauchen.

Durch eine Drehtür gelangten wir ins Foyer. Liz stellte sich an der Information an, um sich nach Franks Zimmer zu erkundigen.

Das Foyer war eine nach oben offene Halle, die den Blick auf unzählige Rohre freigab. Eine Treppe führte in ein Zwischengeschoss, auf dem sich eine Cafeteria befand, wo es Snacks und Getränke zu überteuerten Preisen gab. Im hinteren Teil des Gebäudes gingen lange Flure rechts und links ab, die zu unzähligen Aufzügen führten.

»Frank liegt auf der Psychiatrischen im obersten Stock«, sagte Liz. »Wir müssen klingeln, um rein zu kommen.«

»Eine geschlossene Abteilung?«, fragte Tessa.

»Er wollte sich von einer Brücke stürzen«, erklärte ich. »Da ist das normal.«

»Sehr geschickt, die Abteilung im obersten Stockwerk unterzubringen.« Tessa grinste. »Ein Sprung aus dieser Höhe ist auf jeden Fall tödlich.«

»Wäre er, wenn die Fenster aufgingen«, entgegnete Liz.

Das war ein weiterer negativer Aspekt des Gebäudes. Die meisten Fenster konnten nicht geöffnet werden, weil es eine zentrale Klimaanlage gab.

Wir liefen links den Gang hinunter und fuhren mit dem Aufzug ins zehnte Stockwerk. Nach einigem Suchen fanden wir den richtigen Flur. Liz klingelte und nach kurzem Warten öffnete eine Pflegerin.

»Herr Klein scheint bei Frauen ja begehrt zu sein«, sagte sie und wies uns den Weg.

Ratlos sahen wir uns an.

Eine weibliche Stimme aus Franks Zimmer erklärte uns, was die Pflegerin gemeint hatte.

»Weißt du, wer das ist?«, fragte ich Liz, denn mir kam diese Stimme nicht bekannt vor.

»Keine Ahnung«, antwortete sie. »Lasst uns einfach mal nachsehen.«

Liz wollte die Tür öffnen, aber Tessa hielt sie zurück. »Hör doch mal.«

»Aber du brauchst doch eine Frau« sagte die unbekannte Stimme.

»Es ist vorbei, Nina«, rief Frank. »Ramona ist tot. Ich werde nie über ihren Tod hinwegkommen.«

Vorsichtig öffnete Tessa die Tür einen Spalt, so dass wir besser hören konnten, was drinnen besprochen wurde.

Die Frau schien zu schluchzen. »Ich kann dir über den Verlust hinweghelfen.«

Ich spähte durch den Türspalt.

»Das ist die Frau mit dem roten Mantel«, flüsterte ich.

Liz sah ebenfalls durch den Spalt.

»Ich habe sie geliebt.« Frank schluchzte ebenfalls. »Das mit uns war nur eine Affäre.«

»Dann habe ich sie umsonst getötet?«

»Oh.« Liz stieß einen leisen Schrei aus, aber Tessa hielt ihr den Mund zu.

Auch ich war erschrocken und gleichzeitig unendlich erleichtert.

Liz hatte sich aus Tessas Griff befreit. »Ruf Fabian an.«

Um unnötige Geräusche zu vermeiden, ging ich ein paar

Schritte den Gang hinunter und kramte mein Smartphone aus der Tasche. Seine Nummer hatte ich für Notfälle eingespeichert, so dass ich jetzt nicht lange suchen musste.

»Wir haben die Mörderin«, flüsterte ich, sobald Hauptkommissar Schmetz sich meldete.

»Warum flüstern Sie?«, fragte er.

»Um die Mörderin nicht aufzuschrecken«, erklärte ich.

»Spinnst du?«, hörte ich Franks Stimme im Hintergrund.

»Wir gehen ins Zimmer.« Liz öffnete die Tür und rannte zum Bett.

Tessa folgte ihr.

»Wobei das Liz und Tessa gerade tun«, sagte ich zu Fabian Schmetz. »Frank braucht Hilfe.«

»Verdammt«, rief er. »Wo seid ihr?«

»Im Klinikum, psychiatrische Abteilung.«

»Zwanzig Minuten«, sagte er. »Ruft den Wachschutz.«

Ich schmiss mein Telefon in die Tasche, die ich achtlos auf den Boden warf. Dann stürmte ich ins Zimmer, nichts Gutes ahnend.

Es herrschte ein heilloses Durcheinander.

Nina stand über Frank gebeugt am Bett. Sie hatte die Finger an seiner Kehle. Er schrie und wollte sich befreien, aber es gelang ihm nicht. Die vielen Schläuche behinderten ihn. Liz zog an Ninas Schultern, um sie von Frank wegzuziehen.

Neben der Tür war ein Klingelknopf. Aus meiner Arbeit im Heim wusste ich, dass der Alarm schriller klang, wenn man erst den Anwesenheitsknopf und dann den Klingelknopf drückte.

Das tat ich.

»Keine Bewegung!« Nina hatte sich aus Liz' Griff befreit und zog nun etwas aus ihrer Tasche. Die Tatwaffe.

Nach wenigen Augenblicken kam eine Pflegerin.

»Wir brauchen den Sicherheitsdienst«, rief ich.

Die junge Frau erfasste sofort den Ernst der Lage und verließ eilig das Zimmer.

»Keine Polizei«, rief Nina. »Oder ich erschieße uns alle.«

»Nina«, sagte Frank flehend.

»Kein Wort!« Nina drehte sich herum und richtete die Waffe auf Frank.

»Nein!« Liz stellte sich schützend vor Frank.

Ich überlegte, welche Möglichkeiten ich hatte. Würde ich ihr auf den Rücken springen, wie in Filmen oft zu sehen, könnte sich ein Schuss lösen, der Liz oder Frank treffen würde. Schnell lief ich zum Bett und ließ mich hinter Nina zu Boden fallen. Hoffentlich würde Liz erkennen, was zu tun war.

Liz reagierte sofort. Sie gab Nina einen Schubs, die erschrocken aufrief, als sie über mich fiel.

Diesen Augenblick nutzte Tessa. Sie trat auf Ninas rechte Hand, in der sie die Pistole hielt.

Zwei Männer vom Sicherheitsdienst stürmten ins Zimmer.

»Was geht hier vor sich?«, fragte der eine.

»Befreien Sie mich von dieser Verrückten«, rief Nina.

»Sie ist eine Mörderin«, erklärte Tessa. »Und sie hat eine Pistole.«

»Die nehme ich«, sagte der Mann vom Wachschutz.

Eine viertel Stunde später waren mehrere Polizeibeamte vor Ort. Während zwei die Frau abführten, ließ Fabian Schmetz sich die Lage schildern.

»War diese Frau ihre Geliebte?«, fragte er Frank.

»Nina und ich hatten nur eine kurze Affäre«, schniefte er. »Ständig lag Ramona mir wegen eines Kindes in den Ohren. Dazu Ralfs Kommentare, dass ich es nicht bringen würde. Ich fühlte mich wie ein impotenter Zuchtbulle.«

»Warum haben Sie mir nicht von ihr erzählt?«, fragte der Hauptkommissar.

»Weil ich überhaupt nicht mehr an sie gedacht habe«, entgegnete Frank.

»Aber sie war zwei Tage nach dem Mord bei dir«, sagte Liz. »Wir haben sie doch aus dem Haus kommen sehen.«

Franks Stimme versagte für einen Moment.

»Es waren nur ein paar Wochen im Sommer. Dann wurde mir bewusst, was für ein Riesenfehler das war.«

»Das sah sie aber ganz anders«, schlussfolgerte Fabian Schmetz. »Wir werden ihre Fingerabdrücke und DNA Proben mit denen aus Ihrem Haus abgleichen.«

»Hat sie tatsächlich geglaubt, sie könne Frank dadurch zurückgewinnen?«, fragte ich.

»Das wird sie mir hoffentlich bald erzählen«, entgegnete der Hauptkommissar. »Sie alle haben jedenfalls gute Arbeit geleistet. Vielen Dank.«

»Nina hatte doch gar keinen Schlüssel zum Haus«, sagte Frank. »Wie hätte sie hineinkommen sollen?«

»Mit dem Schlüssel hinter dem Busch«, sagte Liz.

Erstaunt sah ich sie an.

»Den hatte ich ganz vergessen«, rief Frank.

»Es ist mir heute Nachmittag wieder eingefallen«, sagte Liz. »Ramona hat mir davon erzählt.«

»Aber da war keiner«, widersprach Tessa.

»Der ist jetzt wohl in Ninas Haus«, überlegte ich.

»Alles andere werde ich auf dem Revier erfahren«, sagte Fabian Schmetz.

Kapitel 22

»Das müssen wir feiern«, rief ich wenige Minuten später überschwänglich. »Treffen bei mir um sieben?«

»Kommt nicht in Frage«, antwortete Liz. »Wir gehen groß raus. Erst essen, dann Kneipe.«

»Egmont«, warf Tessa ein. »Da gibt es essen und jede Menge belgisches Bier.«

»Ich bin arbeitslos«, erinnerte ich meine Freundinnen. »Ich muss mein Geld zusammenhalten.«

»Erst in vier Wochen«, sagte Tessa. »Also keine weiteren Ausflüchte.«

Ich war bester Laune, als ich nach Hause kam. Wir hatten eine Mörderin dingfest gemacht. Auch Daniels Nachricht auf meiner Mailbox änderte nichts daran.

»Camilla«, hörte ich seine Stimme vom Band. »Vater ist sehr ungehalten über deinen Auftritt gestern. Und ich auch. Ruf mich bitte an.«

»Mach ich«, sagte ich zu Isolde. »Aber erst morgen.«

Ich löschte die Nachricht.

Ein perfekter Abend schreit nach einem perfekten Outfit. Die zwei Stunden, die mir noch blieben, nutzte ich zu einem ausgiebigen Bad mit Gesichtsmaske, Haarkur und Aroma-schaumbad.

Während mich das dampfende Schaumbad einhüllte, ging

ich in Gedanken den Inhalt meines Kleiderschranks durch. Ich würde mein kleines Schwarzes anziehen und mit roten Accessoires aufpeppen.

Um punkt sieben Uhr betrat ich das Café Egmont. Das Egmont erinnert in seiner Ausstattung an ein französisches Bistro. Unzählige kleine Tische stehen überall in dem großen Schankraum verteilt, um die mehrere Stühle gruppiert sind. Diese Enge verleiht ihm eine wuselige Gemütlichkeit. Im Egmont gibt es jede Menge exotischer Teesorten, interessant am Nachmittag, und eine große Auswahl belgischer Biere, interessant am Abend.

Meine Freundinnen hatten bereits einen runden Tisch an der rechten Seite ergattert. Ich quetschte mich zu Liz auf die Bank. Drei Gläser Kriek standen schon auf dem Tisch, zwei waren schon halb geleert.

»Ich hätte nicht an unseren Erfolg geglaubt«, sagte Liz.

»Ein toller Showdown, wie er im Buche steht.« Tessa prostete uns zu.

»Ich mag gar nicht daran denken, was geschehen wäre, wenn wir nicht ins Klinikum gefahren wären.«

»Dann wäre Frank vermutlich tot«, überlegte ich.

»Wären wir unter anderen Umständen je auf die Täterin gestoßen?« Liz nahm einen großen Schluck Kirschbier.

»Ich hatte so einen Verdacht«, antwortete ich. »Eine Bewohnerin der Seniorenresidenz sagte heute Morgen zu mir, der Täter sei immer eine ganz unauffällige Person, an die niemand denkt. Da fiel mir Nina ein.«

»So unauffällig war die gar nicht«, wandte Liz ein. »Ich finde sie recht attraktiv.«

»Was hat dieser Frank nur, dass die tollsten Frauen auf ihn stehen?«, überlegte Tessa.

»Er hat was Verletzliches an sich«, erklärte Liz. »Harte Kerle gibt es mehr als genug.«

»Du meinst, er weckt den Beschützerinstinkt?«, fragte Tessa. »Das ist nicht sonderlich sexy.«

»Bei dir nicht«, frotzelte ich. »Du hast nämlich keinen.«

»Darauf gibst du einen aus.« Tessa schob mir die drei leeren Gläser zu.

Ich stand auf, um in der überfüllten Kneipe eine Bedienung zu suchen. An der Theke wurde ich fündig.

»Drei Kriek«, rief ich.

Ich wartete auf unsere Bestellung, als eine Hand meinen Arm berührte. Erstaunt drehte ich mich um.

»Na sowas.« Ich lächelte Fabian Schmetz an. »Wie ich sehe, haben Sie den Stoff gewechselt.«

Ich zeigte auf den halbleeren Whisky vor ihm.

»Heute mache ich einen auf besoffener Cop«, sagte er.

»Hoffentlich nicht aus Frust.«

Er lachte. »Der Fall ist gelöst, und ich habe Wochenende.«

»Dann hat Nina gestanden?«, fragte ich. »Und Ihr Job ist erledigt.«

»Nur noch die Schreibarbeit, aber die hat bis Montag Zeit.« Er lachte. »Ich spare dem Steuerzahler viel Geld, wenn er meine Wochenendschichten nicht zahlen muss.«

»Wie nobel.«

Er schob mir einen Barhocker rüber. »Setz dich.«

»Aber meine Freundinnen«, sagte ich. »Ich wurde ausgeschickt, um neues Bier zu besorgen.«

»Die kommen alleine klar. Was möchtest du trinken?«

Die Kellnerin stellte drei Kriek vor mich hin, auf die Liz und Tessa wohl noch etwas warten mussten. Ich schob eins der Biere Fabian zu.

»Weil Sie mir als Steuerzahlerin ihre Überstunden erspart haben.«

Lachend prosteten wir uns zu.

»Ich sollte meine Meinung über Hobbydetektive revidieren«, sagte er. »Hoffentlich arbeiten wir in Zukunft öfter zusammen.«

»Nina hat also gestanden?«, fragte ich noch einmal.

»Zum Glück«, entgegnete Fabian. »Sonst säße ich jetzt noch im Präsidium.«

»Darfst du darüber reden?«, wollte ich wissen.

Erst jetzt wurde mir bewusst, dass wir zum Du übergegangen waren. Aber das war mir nur recht, denn ich war es nicht gewohnt, Menschen meines Alters zu siezen und wenn sie mir so sympathisch waren erst recht nicht.

»Nein«, sagte er, fuhr dann aber fort. »Die Sache ist ganz simpel. Sie und Herr Klein hatten eine kurze Affäre, wie ihr ja wusstet. Für ihn war es schnell vorbei, für sie nicht.«

»Wie in eine verhängnisvolle Affäre«, warf ich ein.

»Nur dass hier die Ehefrau getötet wurde und nicht die Geliebte.«

»Sex, Geld und Macht«, sagte ich.

Fragend sah er mich an.

»Laut Donna Leon die gängigsten Mordmotive«, erklärte ich ihm.

»Da ist was dran«, erwiderte er. »Auch hier konnte die

verschmähte Geliebte nicht ertragen, dass sie das Nachsehen hatte, während Frank Klein mit seiner Frau glücklich war.«

»Hattet ihr sie in Verdacht?«, fragte ich.

»Wir hatten blonde Haare gefunden, die nicht von der Toten stammten. Dazu Fingerabdrücke, die wir nicht zuordnen konnten.«

Der Barkeeper stellte uns ein Schälchen Erdnüsse hin.

»Das ist das Problem«, sprach er weiter. »Wenn wir keine Personen haben, denen wir so was zuordnen können, nutzen uns die ganzen Analysemethoden nichts.«

»Wie hat sie Frank die K.O. Tropfen gegeben?«

Fabian sah mich bewundernd an. »Von denen wusstet ihr auch? Ihr seid wirklich gut.«

»Auf die Idee haben mich ein paar Anwälte gebracht. Auf einer Geburtstagsfeier letzten Samstag.«

Ich nahm einen großen Schluck Kriek.

»Erzähl weiter.«

Fabian nahm ein paar Erdnüsse. »Scheißzeug. Total überflüssig, aber man kann es auch nicht bleiben lassen.«

Ich zog das Schälchen an mich. »Weiter.«

Er lachte. »Erst ein Kompliment.«

»Kriegst du später«, frotzelte ich. »Erst das Geständnis.«

»Du siehst toll aus.« Er sah mir tief in die Augen.

»Weiß ich«, antwortete ich wenig damenhaft.

»Wo ist dein Verlobter?«

Ich beugte mich näher. »Nicht vom Thema ablenken.«

»Na gut.« Er stöhnte. »Laut ihrer Aussage wollte sie ihn am Donnerstag nur überzeugen, wieder zu ihr zurückzukommen. Aus Erfahrung wusste sie, dass er später am Abend immer einen Whisky trank. In einem unbeobachteten Moment hat sie die Flasche gegen eine ausgetauscht, in der die K.O. Tropfen waren.«

»Habt ihr die Flasche sicher stellen können?«

»In ihrer Wohnung. Da haben wir auch den Schlüssel zum Haus der Kleins gefunden.«

»Viel kriminelle Energie«, sinnierte ich.

»Dann hat sie sich verabschiedet, ist aber in den Garten geschlichen, um von dort das Geschehen im Haus zu beobachten.«

»Der Fluch der Fensterfronten.« Ich nahm ein paar Erdnüsse. Fabian griff ebenfalls zu, wodurch sich unsere Hände berührten. Seine Haut war warm und weich.

»Sie war also gar nicht da, als er die Tropfen zu sich nahm«, überlegte ich.

»Nicht im Haus«, erzählte er weiter. »Sie konnte aber damit rechnen, dass er den Whisky trinken würde, hat ihn so lange beobachtet …«

»Die roten Flusen«, warf ich ein. »Tessa hat welche hinter einem Busch gefunden.«

»… und wartete, bis Frank Klein auf der Couch zusammensackte. Dann schlich sie sich ins Haus, erschoss Ramona Klein-Sommer und tauschte die Flasche wieder aus.«

»Mir sind diese riesigen Fensterfronten suspekt«, sagte ich. »Dadurch sitzt man wie auf dem Präsentierteller.«

»Wenn dahinter der eigene Garten ist, stört das anscheinend niemanden.«

Etwas musste ich noch wissen.

»Mit der Tat hat Nina den Verdacht auf Frank gelenkt.

Wie könnte er denn zu ihr zurückkommen, wenn er wegen Mordes verurteilt würde?«

»Sie wollte sich vielleicht im Knast um ihn kümmern«, überlegte er. »Verständnis zeigen, als einzige zu ihm halten und so.«

»Seltsame Art von Beziehung«, überlegte ich.

»Das kommt häufig vor«, erklärte er. »Ein Psychologe erzählte mir mal, diese Frauen wollen Männer irgendwie durch ihre Liebe vom Bösen erlösen.«

»Warum hat Frank nichts von der Affäre erzählt? Oder von ihrem Besuch?«

»Den hat er wohl ausgeblendet, weil er schon Stunden her war. Was die Affäre angeht, war es ihm wohl peinlich.« Fabian schnaubte. »Dabei interessiert es mich einen Dreck, wer mit wem rummacht.«

»Wirklich nicht?« Ich sah ihm tief in die Augen.

»Beruflich nicht.«

»Tessa hat angenommen, du würdest mit Liz rummachen«, erzählte ich.

Fabian lachte. »Wie kam sie denn darauf?«

»Liz wollte uns nicht erzählen, woher sie dich kennt. Wir vermuteten, ihr würdet euch von einem dieser Onlinedatingportale kennen.«

»Liz ist nett«, entgegnete er. »Aber nicht mein Typ.«

»Wer ist dein Typ?«

Fabian gab keine Antwort, stattdessen trank er das halbe Kriek aus und griff sich das nächste Glas, das noch unberührt vor uns stand.

Eine Weile saßen wir schweigend nebeneinander. Wann

hatte ich mich in Daniels Gesellschaft zuletzt so unbefangen gefühlt wie jetzt in diesem Augenblick?

»Warum feierst du nicht mit deinem Verlobten?«, riss Fabian mich aus meinen Gedanken.

»Ich will ihn zur Zeit lieber nicht so oft sehen«, brach es aus mir heraus.

»Streit um die Größe der Feier?«

Ich stöhnte. »Um die Größe der Feier, unseren Familiennamen, kirchliche Trauung oder nicht und um meine Rolle in unserer Ehe.«

»Und worin seid ihr euch einig?«

Darauf wusste ich keine Antwort.

»Daniel möchte mit mir ein Haus in Uninähe kaufen«, sagte ich stattdessen.

»Am Campus?«, fragte Fabian. »Wo dieses Neubaugebiet für junge Familien entsteht?«

»Eine Siedlung vom Reißbrett«, entgegnete ich. »Modernes, nichtssagendes Design, weit weg von allem, dafür mit riesigen Fensterfronten.«

Fabian sah mich lange an. »Du bist keine Frau für sowas.« Er trank sein Kriek leer und gab dem Kellner ein Zeichen, noch eine Runde zu bringen. »Du gehörst nicht in eine dieser Wohnsiedlungen, wo der Mann samstags den Rasen mäht und die Frau ihre Bestimmung darin sieht, das Haus sauber zu halten und für alle das Essen zu kochen.«

»Das sieht Daniel anders.« Ich trank mein Glas ebenfalls leer. Die Wirkung des Alkohols machte sich langsam bei mir bemerkbar.

Fabian beugte sich zu mir herüber. »Dann ist er blind.«

Ich nahm seinen Geruch nach Rauch und Aftershave wahr. Dies wäre der passende Augenblick gewesen, das Gespräch zu beenden und zu meinen Freundinnen zurückzugehen. Aber ich wollte nicht. Zu sehr genoss ich Fabians bewundernde Blicke und sein offensichtliches Interesse an mir.

»Und du kannst das beurteilen?«, fragte ich. »Daniel kennt mich wesentlich länger.«

Er lehnte sich wieder zurück und musterte mich.

»Wenn das alles auch dein Wunsch wäre, dann würdest du jetzt Brautkleidkataloge wälzen und über die Farben der Gardinen nachdenken.«

»Vielleicht habe ich das schon getan.«

Er wies auf meine Hand. »Wo ist dein Ring?«

»Passt nicht.«

Fabian lachte.

»Das könnte man als Omen werten.« Er beugte sich wieder vor. »Eine glückliche Braut verbringt die Samstagabende mit ihrem Verlobten. Sie sitzt nicht an einer Kneipentheke, flirtet mit einem anderen und beklagt sich über ihre miese Beziehung.«

»Das ist es, was du siehst?« Ich fühlte mich ernüchtert.

»Nein«, antwortete Fabian. »Ich sehe eine sehr kluge Frau mit rebellischem Geist und einem starken Freiheitsdrang. Du würdest in so einer Wohnsiedlung eingehen.«

»Du sprichst wie Leonardo di Caprio in Titanic.«

Fabian legte seine Hand auf meine.

»Dann verhalte du dich wie Kate Winslet und entscheide dich für dein eigenes Leben.«

Wäre ich nicht betrunken gewesen, hätte ich nie getan, was

ich jetzt tat. Ich beugte mich zu Fabian hinüber, legte eine Hand in seinen Nacken, zog ihn näher heran und küsste ihn.

Er schien einen Augenblick unschlüssig, dann rutschte er vom Barhocker, legte mir eine Hand um die Taille und erwiderte den Kuss.

So entdeckten uns Liz und Tessa wenig später.

Kapitel 23

»Was habe ich getan?«

Für kurze Zeit hatte ich gestern Abend alle Sorgen vergessen und mich ganz dem Augenblick des Kusses hingegeben. Dabei hatte ich mein Unterbewusstsein ignoriert, das mir ständig ein Stoppschild vor mein inneres Auge schob.

Fabian gab mir nicht das Gefühl, nicht richtig gekleidet zu sein oder das falsche Gesprächsthema gewählt zu haben. Er fand mich begehrenswert, so wie ich war und nicht, wie er mich wünschte.

Erst Liz' entsetzter Aufschrei hatte unserer Knutscherei ein Ende gesetzt.

»Und Daniel?«, hatte sie gefragt.

»Cool, aber ein Bulle?«, war Tessas Reaktion gewesen.

»Ich sollte besser gehen.« Fabians schuldbewusster Blick ließ mich noch kleiner werden.

Nicht er hatte einen Fehler gemacht, sondern ich. Ich hatte ihn geküsst, weil ich schon seit unserer ersten Begegnung davon träumte. Das war die Wahrheit, auch wenn ich diesen Gedanken nie zugelassen hatte.

Nachdem er gezahlt hatte, war Fabian einen Moment unschlüssig stehen geblieben.

»Melde dich, falls ich eine Chance habe.«

Tessa und Liz hatten mich nach Hause gebracht und ins

Bett verfrachtet. Schon bald war ich in einen unruhigen Schlaf verfallen. Ich hatte von Daniel geträumt, der mich nach der Heirat über die Schwelle trug, nur um mich dann fallen zu lassen. Dann Fabian und ich, Händchen haltend auf einem Schiffsdeck, und Liz, die immer *Eisberg voraus* rief. Ich spürte ein Grummeln im Magen, das sich zu einem starken Druck entwickelte.

Ich öffnete die Augen. Es war Isolde, die sich auf mir drehte und wendete, um eine passende Schlafposition zu finden. Stöhnend schloss ich wieder die Augen, nur um in einen weiteren unruhigen Traum zu verfallen.

Die Türklingel hatte dieser alptraumhaften Nacht ein Ende bereitet.

Es waren Tessa und Liz, die mich zu einem sehr frühen Frühstück ins Fastrada schleppen wollten. Ich hätte mich am liebsten auf unbestimmte Zeit in meiner Wohnung verbarrikadiert, aber die beiden waren unerbittlich gewesen.

Und jetzt saß ich mit meinen Freundinnen im Fastrada, einen extra großen Vanillemilchkaffee in der Hand haltend.

Liz ging zum Tresen und bestellte Pfannkuchen mit Apfelmus für mich. Sie kam in Lieses Begleitung zurück.

»Habt ihr gestern Abend zu viel gefeiert?« Liese setzte sich zu uns.

»Ich habe fremd geknutscht«, erklärte ich seufzend.

»Mit dem Hauptkommissar?« Liese lächelte. »Wundert mich nicht.«

»Habe ich auch schon gesagt«, erwiderte Tessa.

»Warum wusstet ihr alle, was passieren würde?«. Ich legte den Kopf auf die Tischplatte.

»Diese Geschichte ist so alt wie die Menschheit«, erklärte Liese. Sie ging in die Küche, um meine Pfannkuchen zu machen.

»Mach dir nichts draus«, versuchte Liz, mich zu trösten. »Wir sind alle nur Menschen.«

Der Versuch misslang.

»Ich habe meinen Verlobten betrogen.«

»Quatsch«, sagte Tessa. »Du hast zu viel gesoffen und er hat dich geküsst.«

»Ich ihn«, korrigierte ich.

Tessa nahm einen Schluck Milchkaffee. »Trotzdem war es nur ein Kuss.«

Mein Gehirn war noch nicht in der Lage, Tessas Haarspaltereien zu folgen.

Ist ein Kuss kein Betrug?

Ich nahm einen weiteren Schluck Kaffee und wartete auf meine Pfannkuchen, die Liese bald darauf brachte.

»Weiß Daniel es?«, fragte sie.

»Nein«, antwortete Liz an meiner Stelle, denn ich hatte mich auf die duftenden Pfannkuchen gestürzt.

Ich verteilte eine große Portion Apfelmus und Puderzucker auf den Pfannkuchen, dann rollte ich alles zusammen und biss hinein.

»Er sollte es erst erfahren, wenn Camilla eine Entscheidung getroffen hat«, sagte Liese.

»Die Entscheidung hat sie doch schon lange getroffen«, erwiderte Tessa.

Erstaunt hob ich den Kopf.

»Du hast mir nicht viel erzählt«, wandte sich Liese an

mich. »Aber mir war schon Freitag klar, dass eure Hochzeit nicht stattfinden wird.«

»Wir sind schon so lange zusammen.« Ich stöhnte auf.

»Formell«, sagte Liese. »Informell hast du dich schon lange gelöst. Der sympathische Hauptkommissar hat dich nur mit der Nase drauf gestoßen.«

»Dann soll ich mich also trennen?« Fragend sah ich in die Runde meiner Freundinnen.

Tessa gab mir einen Schubs. »Zweifelst du immer noch?«

Ich habe mal gehört, es gäbe keine schweren Entscheidungen, da wir immer sofort wüssten, wofür wir uns entschieden. Das Problem bei den vermeintlich schwierigen Entscheidungen sei, dass uns die Folgen nicht gefielen. Auf dieser Theorie aufbauend, gestand ich mir widerwillig ein, dass Tessa und Liese recht hatten.

Daniel und ich hatten uns in vielem auseinandergelebt. Er wollte eine Frau, die ihn unterstützte, seine Kinder großzog und der gute Geist des Hauses war. Aber ich war nicht bereit, diese Frau zu sein. Meine stille Hoffnung, einen Kompromiss finden zu können, war eine Illusion, wie ich mir jetzt eingestand. Würde ich mich auf Daniels Lebensmodell einlassen, würde es mich mit Haut und Haaren verschlingen. Schon meine Idee, ein Café zu eröffnen, hatte er mit der Begründung abgelehnt, es sei unpassend.

Aber was waren die Folgen?

»Mein Leben liegt vollkommen in Trümmern.« Ich biss wieder in meinen Pfannkuchen.

»Dann bau dir was Neues auf«, sagte Liese. »Zum Beispiel als meine Nachfolgerin.«

»Was?« Ich legte den Pfannkuchen auf den Teller.

»Ich wollte schon länger mit dir darüber reden«, antwortete sie. »Die Arbeit hier wird mir langsam zu anstrengend. Und du wohnst direkt oben drüber.«

»Dein eigenes Café«, rief Liz.

»Und wir sind deine besten Kundinnen.« Tessa klang begeistert.

»Ich habe doch gar keine Ahnung, wie man ein Lokal führt«, entgegnete ich. »Außerdem möchte ich nicht Kaffee aus dem Automaten ausgeben, sondern jede Tasse individuell zubereiten.«

»Dann mach das«, sagte Liese.

»Aber das dauert doch viel zu lange«, widersprach ich.

»Wer schnellen Kaffee möchte, kann den an jeder Ecke kriegen«, erwiderte Tessa. »Dein Caféhaus könnte ein Hort der Langsamkeit werden. Ein Ausbruch aus dem hektischen Alltag, den jeder gestresste Berufstätige sich wünscht.«

»Yogakurse«, schwärmte Liz. »Literarische Zirkel, Meditationsstunden.«

»Deine Katzen«, schlug Liese vor. »Weißt du noch, wie begeistert meine Kundinnen auf Tristan reagiert haben?«

»Oh ja.« Liz lachte. »Katzen sind der Inbegriff von Gemütlichkeit.«

»Pft«, schnaubte Tessa. »Aber Katzencafés sind groß im Kommen.«

»Das wird wunderbar«, schwärmte Liz.

»Ich sehe, du hast tatkräftige Unterstützung«, sagte Liese. »Was Buchhaltung und so weiter anbelangt, würde ich dich natürlich einarbeiten.«

»Stört es dich nicht, wenn ich dein Lebenswerk von Grund auf verändere?«, fragte ich.

»Im Wandel liegt die Zukunft«, erwiderte Liese.

Tessa und Liz machten viele Pläne, wie das neue Fastrada gestaltet werden könnte.

Ich hörte nur mit halbem Ohr zu. So verführerisch, Lieses Vorschlag auch war, so sehr machte er mir auch Angst. Ich hatte noch nie selbständig gearbeitet und würde erst ein oder zwei Nächte darüber nachdenken müssen.

Doch dann wurde mir bewusst, dass die Entscheidung schon gefallen war, zumindest für meine Freundinnen.

Eine Stunde später schleppte ich mich die Stufen zu meiner Wohnung hinauf, wo ich mich bäuchlings auf die Couch fallen ließ.

Vor einer Woche hatten Liz, Tessa und ich mit der Aufklärung des Mordes begonnen. Seitdem hatte mein Leben sich von Grund auf verändert.

Seufzend sah ich auf die große Uhr über der Tür. Ein weiteres Mal würde ich es mit Scarlett O'Hara halten und mich erst morgen den Problemen widmen, die die Eröffnung eines Cafés mit sich bringen würden.

Heute galt es, etwas zu erledigen, wovor mir graute, vermutlich schon seit längerer Zeit. Aber es brachte nichts, den Schritt noch weiter hinauszuzögern.

Ich nahm mein Smartphone und wählte Daniels Nummer. Viel zu schnell ging er ran.

»Wo warst du?« Seine Stimme klang erregt. »Ich habe dir mindestens dreimal auf die Mailbox gesprochen. Vater ...«

»Wir müssen reden«, unterbrach ich ihn. »Kann ich vorbeikommen?«

Am anderen Ende wurde es still.

»Ich komme zu dir.«

Bei Liese besorgte ich einige Stücke Kuchen. Damit würde es mir zwar nicht gelingen, Daniel die Trennung zu versüßen, aber ich würde nachher das ein oder andere Stück brauchen.

Ich stellte den Kuchen auf die Anrichte in der Küche und deckte den Tisch. Betriebsamkeit soll eine gute Möglichkeit sein, sich von trüben Gedanken abzulenken. Bei mir funktionierte es nicht.

Ein paar Minuten später hörte ich Daniels Schlüssel im Schloss. Ich schleppte mich zur Tür, um ihn zu begrüßen.

»Du kannst dir nicht vorstellen, wie wütend Vater über den Zeitungsartikel war«, sagte Daniel. »Dass seine Schwiegertochter sich so aufgeführt hat.«

»Tessa hat sich aufgeführt«, widersprach ich.

»Aber du warst mit auf dem Bild. Nur mit Mühe gelang es Mutter, Vater davon zu überzeugen, dass alles ein Missverständnis war.«

»Wir haben den Fall gelöst.« Ich ging in die Küche. Um Zeit zu gewinnen, machte ich uns beiden Cappuccino.

Daniel folgte mir. »Du solltest dich bei Vater für dein Verhalten entschuldigen.«

Ich setzte den Espressokocher auf den Herd.

»Und ich werde das Fastrada übernehmen«, sagte ich.

»Wie bitte?«, fragte Daniel. »Wann wolltest du mir davon erzählen?«

»Es hat sich heute Morgen erst ergeben«, antwortete ich.

»Du kannst so eine Entscheidung nicht treffen, ohne vorher mit mir darüber zu reden.«

»Du triffst andauernd Entscheidungen, ohne sie mit mir zu besprechen.«

Ich holte den Milchschäumer aus dem Schrank.

»Geht es dir immer noch um dieses Haus?«, fragte er. »Das sollte eine Überraschung sein.«

»Um das Haus, die kirchliche Trauung und unseren Familiennamen«, zählte ich auf.

Es entstand eine Stille, die ich dazu nutzte, Milch, Espresso und Milchschaum in zwei Tassen zu geben.

»Meine Entscheidungen werden dich in Zukunft nichts mehr angehen.«

Ich stellte Kuchen und Cappuccino auf den Tisch.

»Wie meinst du das?« Daniels Stimme klang schneidend.

»Ich habe mich in einen anderen Mann verliebt.«

Endlich war es heraus.

Daniel packte mich bei den Schultern. »Sag das nochmal.«

Ich löste mich aus seinem Griff. »Es hat keinen Sinn mehr mit uns.«

»Wer ist er?«, rief Daniel.

»Fabian Schmetz.«

»Der Polizist?« Daniel schnaubte. »Habt ihr in einer Ausnüchterungszelle eine Nummer geschoben?«

Ich verschränkte die Arme.

»Oder hast du ihm einen geblasen, um Informationen zu bekommen?«

»Hör auf!«

Ich lief ins Wohnzimmer.

»Ich hätte es dir gleich verbieten sollen.«

»Verbieten?« Ich drehte mich zu Daniel herum.

»Aber du hast meinen Heiratsantrag angenommen.« Seine Stimme klang flehend.

»Ich fühlte mich in die Ecke gedrängt«, verteidigte ich mich. »Hätte ich dir vor deiner Familie einen Korb geben sollen?«

»Ich wollte dich damit in unserer Familie willkommen heißen.«

»Ich weiß«, lenkte ich ein. »Aber es ist einfach zu spät.«

Daniel schwieg.

»Bei Fabian fühle ich mich verstanden«, erklärte ich. »Er hat sofort erkannt, dass ich in so einem drögen Vorort eingehen würde.«

»Es ist also doch das Haus?«, fragte Daniel. »Aber wir können ein anderes finden.«

Ich atmete tief ein und aus.

»Mir kommt es vor, als solle ich völlig assimiliert werden.«

»Assimiliert?« Er sah mich fragend an.

»Eingesogen«, erklärte ich. »Jeden meiner Einwände hast du abgewiesen. Mein Kleidungsstil passt dir nicht, meine Freundinnen lehnst du ab und meine Hobbys kritisierst du.«

»Aber das sind Kleinigkeiten«, widersprach er.

»Es ist das, was mich ausmacht. Was bliebe von mir, wenn ich all das aufgeben würde?«

»Aber wenn wir erst ein Kind haben«, flehte Daniel.

»Du fängst schon wieder an«, rief ich. »Es hat einfach keinen Zweck, mit dir zu diskutieren.«

»Dann war es das also?«, fragte Daniel.

»Es tut mir leid.«

Wortlos stand er auf und verließ die Wohnung.

Kapitel 24

Die nächste Zeit verging wie im Flug. So gemütlich das Fastrada war, so altmodisch war die Einrichtung. Man könnte sagen, dass das Fastrada zusammen mit seiner Kundschaft gealtert war.

Daran ist an sich nichts auszusetzen, aber ich wollte ein jüngeres Publikum ansprechen.

Den Namen änderte ich in Fastrada II und innen bekam das urige Café einen völlig neuen Anstrich.

Tessa kümmerte sich, wie nicht anders zu erwarten, um den Internetauftritt. Sie entwarf eine Homepage, auf die sie Bilder von mir und den Katzen setzte, die als große Attraktion beworben wurden.

Jeden Tag informierte sie die zukünftigen Gäste über den Fortschritt der Renovierungsarbeiten. Dazu filmte sie uns und schnitt daraus flotte Trailer zusammen. Leider übertrieb sie es, wie so häufig.

»Camilla, du musst mehr lächeln«, rief sie mir einmal zu, als ich mit einer Bohrmaschine Löcher in die Decke bohrte.

»Sonst noch was?«, fragte ich genervt zurück.

»Erklär mir und deinen Gästen, wie es zu dem Namen Fastrada II gekommen ist.«

Ich stieg von der Leiter und blickte genau in die Kamera.

»Verehrte Gäste«, sagte ich. »Ich habe mich entschlossen,

das Lokal in Zukunft in Memoriam Tessa zu nennen, da meine Freundin demnächst einen Unfall hat, wenn sie so weitermacht.«

Danach herrschte für eine Weile Ruhe.

Liz schlug vor, ein osmanisches Caféhaus einzurichten, in dem es nicht nur Kaffee, sondern auch exotische Teespezialitäten geben sollte.

Das war eine hervorragende Idee und so entstand in den folgenden Wochen ein Traum in orientalischem Stil. Niedrige Emporen wurden gebaut, auf die wir Kissen und Sitzpolster um runde Tischchen gruppierten, so dass gemütliche Sitzecken entstanden. Und Liz opferte ein ganzes Wochenende, um die Thekenverkleidung mit bunten Ornamenten und Mandalas zu bemalen.

Für die Katzen richteten wir Liege- und Klettermöglichkeiten ein. So oft es ging, holte ich sie nach unten, damit sie sich an die Räume gewöhnen konnten, in denen sie demnächst viel Zeit verbringen würden.

Jede freie Minute verbrachten Tessa, Liz und ich in der Baustelle. Die Arbeiten gingen gut voran, so dass wir für den ersten Advent die Eröffnung planen konnten.

Liese brachte mir alles bei, was ich über die Führung eines Cafés wissen musste. Sie machte mir immer wieder Mut, denn es war ein großer Schritt, den ich wagte.

»Hast du nochmal von Fabian gehört«, fragte mich Liz eines Abends.

Liz, Tessa und ich saßen im Schankraum auf dem Boden, um etwas zu verschnaufen. Wir probierten einige Tees, die ich neu ins Sortiment nehmen wollte.

»Er wartet wohl eher darauf, dass ich mich melde«, antwortete ich.

»Ob Männer auch die ganze Zeit Mails checken und vor dem Telefon hocken?«, überlegte Tessa.

»Als wenn du das jemals gemacht hättest.« Ich warf ihr eine leere Teepackung zu.

Tessa schnappte die Packung aus der Luft und sah auf das Etikett. »Das ist der mit Süßholz. Der ist lecker.«

»Im Ernst«, sagte Liz. »Du solltest was unternehmen.«

»Neues Café und neuer Freund?«, erwiderte ich. »Das könnte mir über den Kopf wachsen.«

»Das weißt du erst, wenn du es versucht hast«, ermutigte sie mich.

»Mir schmeckt der Roibos-Champagner-Tee am besten«, sagte Tessa. »Du könntest daraus einen Cocktail machen.«

»Magst du Fabian überhaupt?«, fragte Liz.

»Aber die Gewürztees sind auch super.«

Ich stöhnte. »Können wir uns auf ein Thema einigen?«

»Fabian«, rief Liz, bevor Tessa etwas anderes sagen konnte. »Also was empfindest du für ihn?«

»Ich mag ihn nach wie vor«, sagte ich.

»Mehr nicht?« Liz sah mich entsetzt an.

»Doch«, gab ich zu. »Ich bin schon etwas verliebt. Aber reicht das?«

»Für ein paar heiße Nächte immer«, antwortete Tessa. »Alles andere ergibt sich mit der Zeit.«

»Fabian ist doch kein Sexobjekt«, empörte sich Liz.

»Wieso nicht?«, fragte Tessa. »Er würde einen tollen Pinup Boy abgeben.«

»Darf ich ihm das sagen?«, fragte ich.

Tessa zuckte mit den Schultern. »Von mir aus.«

»Nein«, rief Liz. »Er ist sehr sensibel.«

Ein paar Tage später war es soweit. Die halbe Nacht hatte ich wachgelegen vor Aufregung.

Ich war jetzt eine Geschäftsfrau. Das machte mich stolz und ängstlich zugleich.

Aber jetzt gab es kein Zurück mehr.

Um sechs Uhr stand ich auf, denn es sollte ein Büfett mit deutschen und orientalischen Köstlichkeiten geben. Ich backte Muffins, die ich später mit einer Haube aus Sahne und Nüssen überziehen wollte. Während die Bleche im Ofen standen, umwickelte ich Datteln mit Schinken.

Um halb neun kamen Liz, Tessa und Liese, um mir bei den restlichen Vorbereitungen zu helfen.

Während Liese und ich die Cupcakes auf Etageren platzierten, bauten Liz und Tessa Tische im unteren Raum des Fastrada auf. Dort würde das Büfett stehen.

»Und wenn niemand kommt?«, fragte ich.

»Bleibt mehr für uns.« Tessa wollte sich einen Cupcake greifen, aber ich schlug ihr auf die Finger.

»Deine Mahlzeit musst du dir erst verdienen.«

»Und in Zukunft?«, fragte sie. »Darf ich da kostenlos essen und trinken?«

»Bekommst du bei Liz Bücher umsonst?«, konterte ich.

Liz sah aus dem Fenster. »Da stehen schon mindestens zwanzig Leute.«

Ich trat zu ihr und traute meinen Augen nicht.

Es herrschte ein Riesenandrang, dabei waren es noch zwanzig Minuten bis zur Eröffnung.

»Lass die Leute nicht warten«, sagte Liese. »Wir sind doch fast fertig.«

Ich trat vom Fenster weg und ging an die Tür. Bevor ich sie öffnete, atmete ich einige Male tief ein und aus. Es half, die Anspannung ein wenig zu unterdrücken. Dann schloss ich die Tür auf.

»Willkommen im neuen Fastrada.«

Die Leute strömten herein.

»Und wo sind die Katzen?«, fragte mich ein etwa zwölfjähriges Mädchen.

»Kommen bald«, sagte ich.

Eine Stunde später waren alle Tische besetzt, aber noch immer strömten Leute herein.

»Tolle Einrichtung«, lobte eine junge Frau. »Und wo finden die Meditationsrunden statt?«

»Meditation?«, fragte ich.

»Oben«, kam Tessa mir zu Hilfe. »Da räumen wir dann alles um.«

Ich lächelte die Frau an und zog Tessa zur Seite. »Was soll das heißen?«

»Haben wir das nicht erzählt?«, fragte sie scheinheilig. »Dic will eine Freundin von Liz machen.«

Sie schob mich zurück hinter die Theke, denn ich war für die Getränke zuständig.

»Die Katzen?«, fragte mich das Mädchen von eben.

Mittlerweile hatte der Andrang etwas nachgelassen, so dass die beiden nicht Gefahr liefen, unter die Füße zu kommen.

»Ich gehe sie holen.«

Ich stieg nach oben.

Nach einigem Suchen fand ich Tristan, während Isolde unauffindbar blieb.

Es klopfte.

Ich öffnete, Tristan auf dem Arm.

Vor mir stand nicht eine meiner Freundinnen, wie ich erwartet hatte, sondern Fabian.

Widersprüchliche Gefühle machten sich in mir breit. Einerseits war ich glücklich, ihn zu sehen. Andererseits schämte ich mich, weil ich mich nicht gemeldet hatte.

»Tessa hat mir eine Einladung geschickt«, sagte er.

»Tessa?«

Ich ließ den Kater fallen, der vorwurfsvoll miauend die Treppe herunter lief.

»Den kenne ich schon«, erwiderte er.

»Die Attraktion im Café«, erklärte ich.

»Du hast ja Großes vor.«

Wir schwiegen beide einige Momente, in denen wir uns kurze Blicke zuwarfen.

»Darf ich rein?«, durchbrach er die Stille.

Ich trat zur Seite. »Ich hätte mich melden sollen.«

»Hättest du.«

»Ich war so durcheinander«, sagte ich. »Der Mord, du Daniel, das Café.«

»Von dem hattest du gar nichts erzählt«, erwiderte er.

»Davon habe ich damals selber noch nichts gewusst.«

»Was ist mit deinem Verlobten?«

»Ich habe mich am nächsten Tag von ihm getrennt.«

»Und mir wolltest du trotzdem keine Chance geben?« Er klang verletzt.

»Doch.« Ich strich über seine Wange, die sich ein wenig rau anfühlte. »Ich musste mir erst über vieles klar werden. Und dann kam völlig unerwartet das Angebot, das Fastrada zu übernehmen.«

Ich legte meine Arme um seinen Hals. »Ich habe mich wohl dahinter versteckt, weil ich Angst vor einer neuen Beziehung habe.«

Er legte seine Arme um meine Hüfte. »Vertraust du uns etwa nicht?«

»In der Anfangszeit werde ich kaum Zeit haben.«

Fabian lachte.

»Diese Ausrede bringen sonst immer wir Männer.«

»Das ist keine Ausrede«, sagte ich. »Ich habe einfach Angst, dass es nicht klappt.«

Fabian beugte sich zu mir hinunter. »Ich wäre zu einem Versuch bereit.«

Danksagung

Schreiben ist ein einsames Handwerk, trotzdem benötigen Schriftstellerinnen immer wieder auch Hilfe und Ermutigung von außen. Ich möchte folgenden Personen danken:

Elke Bockamp. In ihrer VHS Schreibschule lernte ich das Handwerk des Schreibens. Ohne ihre Lektionen und Anregungen wäre der Roman nur ein Traum geblieben.

Meiner Schwester Natascha, die sich meine Ideen immer wieder anhörte und mit mir weiterspann. Außerdem war sie mir als Korrekturleserin eine wertvolle Hilfe, da sie nicht dazu neigt, mein Werk in den höchsten Tönen zu loben.

Meinem Partner Andreas, der immer an mich glaubt und die Idee, einen Roman zu veröffentlichen, nicht als Spinnerei abtat. Er gab mir Hinweise, wie Trojaner funktionieren und was mit Computern alles möglich ist. Ohne ihn wäre Tessa nicht die, die sie ist.

Außerdem danke ich Gaby und Marion, die das fertige Manuskript lasen und mich mit ihrer Begeisterung bestärkten, dass Buch wirklich zu veröffentlichen.

Zum Schluss danke ich noch all den schreibenden Frauen, deren Werke ich verschlungen habe und die in mir die Saat legten, es selber zu versuchen. Exemplarisch nennen möchte ich hier die Werke von Agatha Christie und Donna Leon.